tea più

James Patterson nasce nel 1949 a Newburgh (New York). Dopo gli studi, nel 1971 si trasferisce a New York, dove comincia a lavorare per l'agenzia pubblicitaria J. Walter Thompson. In breve diventa il più giovane direttore creativo nella storia della società e successivamente conclude la sua carriera in quel campo, nel 1996, come presidente della filiale nordamericana.
Nel frattempo inizia a scrivere e nel 1976 pubblica il suo primo thriller, *The Thomas Berryman Number*, cui viene attribuito il prestigioso premio Edgar per il miglior romanzo d'esordio. Dopo oltre quarant'anni di carriera è ormai l'autore di thriller più venduto al mondo. La sua fama è legata soprattutto al personaggio di Alex Cross, il *profiler* cacciatore di serial killer protagonista di numerosi romanzi (sul grande schermo Alex Cross ha avuto il volto intenso di Morgan Freeman in due fortunate trasposizioni, *Il collezionista* e *Nella morsa del ragno*), alle quattro protagoniste dei romanzi delle «Donne del club omicidi» e ai ragazzi della serie di «Maximum Ride».
La sua vasta produzione si estende oltre il campo del thriller spaziando verso altri generi narrativi, come la narrativa per ragazzi.
Vive attualmente nella Palm Beach County, in Florida, con la famiglia.
I suoi romanzi hanno venduto 400 milioni di copie in tutto il mondo, in Italia hanno superato i 3 milioni e mezzo.

www.jamespatterson.com
www.jamespatterson.it

Dello stesso autore in edizione TEA:

I casi di Alex Cross
Il collezionista
Jack & Jill
Gatto & topo
Il gioco della donnola
Ricorda Maggie Rose
Mastermind
Ultima mossa
Il caso Bluelady
La tana del lupo
Ultimo avvertimento
Sulle tracce di Mary
La memoria del killer
Il regista di inganni
L'istinto del predatore
Il segno del male
Il ritorno del killer
Uccidite Alex Cross
Buone feste, Alex Cross
Corsa verso l'inferno
Punto debole
Il cuore dell'assassino
Qualcosa di personale
Qualcuno ucciderà

I casi delle «donne del club omicidi»
Primo a morire
Seconda chance
Terzo grado
Le donne del Club Omicidi
Qualcuno morirà
Il sesto colpo
Il settimo inferno
L'ottava confessione
Senza appello
La cerimonia
L'undicesima ora
Le testimoni del Club Omicidi
La tredicesima vittima
Peccato mortale
Tradimento finale
La seduzione del male
L'ultimo sospettato
L'enigma del rapitore

I casi di Michael Bennett
Il negoziatore
Il maestro
Il rapitore
Conto alla rovescia
Il prigioniero
L'evaso
Chi soffia suo fuoco
New York codice rosso
Al centro del mirino

Private
Private
Private Games
Il sospettato
Private L.A.

Altri romanzi
Mercato nero
Il Club di mezzanotte
Quando soffia il vento
ILa casa degli inganni
Giochi pericolosi (Honeymoon)
Come una tempesta
Bikini
Cartoline di morte
Una sola notte
Matrimonio a sorpresa
Altrimenti muori
The Store
Il presidente è scomparso
Il secondo marito
Instinct
Una coppia pericolosa
Prova d'innocenza
Luna di sangue
La First Lady è scomparsa
Una bugia quasi perfetta
La figlia del presidente

James Patterson
e Maxine Paetrc

L'enigma del rapitore

Romanzo

Traduzione di
Diana Volonté

TEA

Per informazioni sulle novità
del Gruppo editoriale Mauri Spagnol visita:
www.illibraio.it

TEA - Tascabili degli Editori Associati S.r.l., Milano
Gruppo editoriale Mauri Spagnol
www.tealibri.it

Titolo originale
The 18th Abduction

Prima edizione TEA Più luglio 2022
Prima ristampa TEA Più dicembre 2022

In memoria di
Alexander Campbell Paetro

PROLOGO

1

Io e Joe eravamo seduti sul sedile posteriore di una berlina nera che correva a tutta velocità dall'aeroporto di Amsterdam Schiphol verso la Corte penale internazionale dell'Aia.

Il cielo era grigio, ma qualche raggio di luce filtrava tra le nuvole illuminando luccicanti file di tulipani nei campi ai lati della A44. Non ero mai stata in Olanda, ma non potevo proprio abbandonarmi al suo fascino. Non eravamo in ferie, e quella non era una vacanza.

Sono una poliziotta della Omicidi di San Francisco. Possiedo cinque paia di pantaloni blu, giacche abbinate e uno scaffale di camicie in tessuto Oxford. Preferisco scarpe basse da lavoro e generalmente raccolgo i capelli biondi in una coda di cavallo.

Quel giorno indossavo un severo completo nero con la gonna, insieme a una collana di perle, scarpe col tacco e avevo un taglio di capelli appena fatto: nulla era lasciato al caso.

Mio marito Joe, ex agente dell'FBI e dell'antiterrorismo, è ora uno dei migliori consulenti di valutazione del rischio nel settore, e solitamente lavora da casa. Per l'occasione aveva sostituito i suoi pantaloni cachi e i suoi maglioni con un completo grigio e una cravatta blu a righe sottili.

La formalità era necessaria.

Eravamo lì per un caso, e non un caso qualunque, uno di importanza enorme, se non mondiale. Entrambi eravamo molto preoccupati per il possibile esito. Le mie emozioni viravano tra l'ansia, l'aspettativa, l'eccitazione e la paura.

In meno di un'ora saremmo stati seduti in un'aula della Corte penale internazionale, un tribunale creato per i reati come il genocidio, i crimini contro l'umanità e i crimini di guerra.

In che modo avrebbe deliberato la Corte sul caso di Slobodan Petrović?

Prima della fine della giornata, l'avremmo saputo.

2

Non appena io e Joe entrammo nel distretto delle istituzioni internazionali dell'Aia, vedemmo dimostranti con cartelli e striscioni che affollavano il ciglio della strada urlando slogan. Immaginai stessero manifestando a favore dei diritti umani e per la punizione dei crimini di guerra.

Il cielo si incupì e una nebbia fine scese su Oude Waalsdorperweg, la strada che portava alla Corte penale internazionale.

Jan, il nostro autista, rallentò per evitare i pedoni. La berlina dietro di noi fece lo stesso.

Joe stava fissando fuori dal finestrino, ma sembrava stesse piuttosto guardando dentro di sé e ricordando come tutto aveva avuto inizio. Colse il mio riflesso nel finestrino, si girò e mi fece un sorriso a labbra serrate. «Pronta, Lindsay?»

Annuii e gli strinsi la mano. «Tu?»

«Non vedo l'ora. Mi è sembrata un'eternità.»

La macchina si fermò accanto al marciapiede, vicino alla piazza dove si affacciava il complesso di edifici squadrati in vetro e calcestruzzo. Jan scese, spalancò un grosso ombrello e ci aprì la portiera.

La berlina dietro di noi si fermò e i due illustri avvocati di San Francisco uscirono, sollevarono i loro ombrelli e aiutarono Anna Sotovina, una donna di quarantacinque anni, nostra amica, a uscire dall'auto. Salimmo tutti e cinque velocemente i gradini e attraversammo la piazza, verso l'ingresso della Corte.

Fui sorpresa nel notare che una piccola folla si era raccolta vicino all'edificio principale. Anche loro ci videro. Aprendo gli ombrelli, corsero sotto la pioggia e sciamarono tutt'attorno a noi formando tre file.

Riconobbi i nomi degli organi di stampa europei appuntati sulle loro giacche. Ci avevano identificato grazie ai notiziari americani che erano stati seguiti con attenzione anche in Europa.

« Sergente Boxer, sono Marie Lavalle della France-Presse », mi disse una giovane donna accigliata. L'acqua le colava dalla falda del cappello da pioggia. « Mi rilascia un commento? Cosa si aspetta che succederà oggi in tribunale? »

Arretrai, ma lei insistette.

« Poche parole, un virgolettato per i nostri lettori. »

« Mi spiace », risposi. « Questo non è un caso da poche parole. »

Lavalle fu affiancata da un uomo robusto che reggeva un registratore. « Madame, Hans Schultz. *Der Spiegel.* Si dice che siate qui oggi per una ragione personale. È corretto? »

Prima che potessi rispondere, un altro reporter mi urtò mentre camminava all'indietro e cacciò un microfono davanti alla faccia di Joe. « Nigel Warwick, BBC. Ho seguito la sua carriera, signor Molinari. FBI, Homeland Security, CIA. È qui in veste ufficiale? »

Il cameraman si fece avanti.

« Io e mia moglie siamo qui come privati cittadini », scattò Joe voltandosi, mettendomi il braccio attorno alle spalle e riparandomi dalla pioggia.

Tirammo dritto verso l'ingresso e l'avevamo quasi raggiunto quando sentii una mano sulla manica. Mi voltai pronta a scrollarmi di dosso un giornalista, e invece era Anna. Il viso era oscurato dal cappuccio del cappotto, ma riuscii a notare gli occhi gonfi di pianto.

Anche i miei lacrimavano.

Mi allungai verso di lei, che mi abbracciò stretta, poi abbracciò Joe.

Quando si separarono, dissi: « Fidati di me. È la cosa giusta da fare ».

« Mi fido di te, Lindsay, e mi fido di Joe. Ma conosco il sistema. Anche in quest'aula di tribunale, giustizia non sarà fatta. Questa è stata la mia esperienza. Gli americani hanno fiducia nella giustizia. Noi no. »

La calca della stampa, insieme a decine di altre persone, avanzò e ci spinse in avanti. Joe mi afferrò la mano.

« Se va male, mi si spezzerà il cuore », dissi a mio marito.

CINQUE ANNI PRIMA

1

Anna chiuse la zip della giacca leggera che indossava sopra il maglione e i pantaloni, si avvolse una sciarpa sui capelli e la annodò sotto il mento per nascondere l'ampia cicatrice da ustione sul lato sinistro della faccia.

Doveva comprare qualcosa per cena prima che facesse buio e, se fosse andata in bicicletta, avrebbe evitato il traffico dell'ora di punta. Si mise lo zaino sulle spalle, chiuse la porta del monolocale dietro di sé, quindi fece sobbalzare la bici giù per due rampe di scale e fuori dal portone in una mite temperatura di quindici gradi. Sollevò la bici sulla scalinata d'ingresso fino alla strada, dove montò in sella e partì.

Come faceva sempre, assorbì la bellezza del vasto tappeto erboso di Alamo Square Park di fronte al suo appartamento su Fulton Street e si sentì davvero fortunata di essere viva e lì in America.

Non se ne stancava mai.

Passò in mezzo alle vecchie adorabili case vittoriane, le Painted Ladies di San Francisco, e girò a destra in Fell Street, il rettilineo che l'avrebbe portata al negozio di alimentari. Pedalò per diversi isolati prima di fermarsi a un incrocio. Mentre aspettava che il semaforo diventasse verde, Anna vide qualcosa che la lasciò senza fiato.

Un uomo grosso e robusto che fumava un sigaro stava scendendo i gradini proprio di una di quelle case vittoriane. Vederlo fu uno shock fisico, come essere investita da un'auto.

Tutto divenne nero. Le ginocchia cedettero, ma anche se

il sangue le era defluito dalla testa Anna riuscì ad appellarsi alle ultime forze, strinse il manubrio e si raddrizzò.

Quando guardò di nuovo, l'uomo era ancora lì, fermo sui gradini a riaccendersi il sigaro, lasciandole alcuni secondi perché lei potesse assicurarsi che non stava avendo un'allucinazione o un distacco psicotico dalla realtà. Forse si sbagliava.

Anna fissò lo sguardo sul diavolo che aspirava il sigaro. I capelli erano grigi ormai. Ma il volto non era cambiato per nulla: stesse labbra piene, stessa fronte ampia senza rughe, stesso collo sottile. E lei non avrebbe mai dimenticato quel corpo, né il modo in cui camminava, rigido e cauto come un orso sulle zampe posteriori.

Era *davvero* Slobodan Petrović, un uomo visto nei suoi incubi e, prima ancora, nella vita reale.

Il cervello di Anna era in fiamme. Le venne in mente un'immagine come un flash: Petrović in piedi sulle macerie di quello che era stato un condominio. Si era chinato ad abbracciare una ragazzina, le aveva avvolto attorno le braccia prima di sollevare il proprio viso raggiante verso la folla e le telecamere. La voce era entusiasta e dolce.

« Se deporrete le armi, vi proteggeremo. Ve lo prometto. »

Quel discorso era accompagnato dalle raffiche degli spari, dalle urla dei bambini, dall'esplosione delle bombe che rompeva l'aria. Si ricordò di un'altra promessa che Petrović aveva fatto: « Vi bombarderemo fino a farvi impazzire ».

In questo aveva mantenuto la parola.

Anna ritornò al presente: Petrović che scendeva i gradini su Fell Street nei suoi bei vestiti americani, fumando un sigaro, vivo e in salute a San Francisco.

Lui non l'aveva vista.

Un clacson suonò impaziente dietro di lei, interrompendo il corso dei pensieri. Il semaforo era diventato verde.

Petrović aprì la portiera di una Jaguar e vi montò. Non aspettò che passasse il flusso lento del traffico. Sterzò, accelerò di colpo e tagliò la strada alla macchina dietro di lui.

I clacson strombazzarono furiosamente e Anna guardò la Jaguar guadagnare velocità. Afferrò il manubrio della bici e partì all'inseguimento di Petrović, provando, senza riuscirci, ad arginare le immagini della sua brutalità che le affollavano la mente.

Quelle immagini vivevano ancora dentro di lei.

Petrović non l'avrebbe fatta franca per ciò che aveva commesso.

Non quella volta. Non di nuovo.

2

Anna conosceva le automobili.

Prima della guerra suo padre e suo fratello erano stati meccanici e loro le avevano insegnato parecchio sui motori. Quella Jaguar, lo sapeva, poteva andare da zero a cento in circa sei secondi ma solo su un rettilineo e con la corsia libera.

La macchina di Petrović fu immediatamente invischiata nell'ora di punta della sera, con il traffico che procedeva a singhiozzo e alla velocità massima di trenta all'ora.

Vantaggio, Anna.

Petrović non avrebbe notato una ciclista due macchine dietro di lui. Lei l'avrebbe seguito per quanto possibile.

Il traffico si sbloccò e Anna scivolò dietro un SUV in coda alla Jaguar, non visibile dallo specchietto retrovisore di Petrović. Pedalare era facile in discesa ma l'inevitabile salita successiva rese difficile tenere il passo.

Ce la mise tutta, in piedi sui pedali, e spinse la bici in avanti.

Per quanto tempo sarebbe riuscita a stargli dietro? Petrović stava guidando un'auto sportiva, mentre lei sforzava i muscoli esausti su una bicicletta vecchia di dodici anni. Un'auto suonò e la sorpassò troppo vicino, lo spostamento d'aria fece vacillare la bici, rischiando di farla cadere.

Ma Anna raddrizzò le ruote e tirò dritto, fissando lo sguardo sulla macchina di Petrović davanti a sé, che in quel momento stava arrivando a un incrocio. Il semaforo era giallo e divenne rosso, ma la Jaguar si lanciò attraverso l'incrocio e proseguì sulla via a senso unico che portava fino al Golden Gate Park.

Anna lo seguì, ignorando le urla dei pedoni sulle strisce, sfrecciandovi in mezzo e pedalando a tutta velocità come una pazza.

Perché lei *era* pazza.

Quando gli automobilisti si attaccarono ai clacson, Anna tenne gli occhi sulla Jaguar ma le venne in mente un pensiero ironico.

Dopo tutti quegli anni, avrebbe potuto ancora essere uccisa da Petrović.

Soffocò velocemente il pensiero. Se c'era una giustizia al mondo, lei gli avrebbe dato la caccia e l'avrebbe beccato.

Anna tallonava un SUV argentato, ormai era quattro macchine dietro la Jaguar e stava perdendo terreno, poi il SUV rallentò e, senza mettere la freccia, si spostò su Cole Street. Davanti, altre macchine riempirono lo spazio tra lei e la Jaguar quando Petrović accelerò allontanandosi ulteriormente.

Anna aveva memorizzato il suo numero di targa ma adesso non se lo ricordava più. Il petto le faceva male. Le gambe bruciavano. Le lacrime le scendevano dagli angoli degli occhi e le scorrevano sulle guance. Il sudore le colava sui fianchi. E le terribili diapositive di crudeltà e morte le lampeggiavano dietro gli occhi, a tempo con il *ra-ta-ta-ta* dell'artiglieria.

Si rifiutò di darsi per vinta, pedalando più lentamente ma senza fermarsi, e infine, quando la strada virò al termine del parco Panhandle verso JFK Drive, riacquistò velocità. Poteva farcela. Stava vincendo.

Avrebbe scoperto dove stava andando Petrović e avrebbe elaborato un piano. Non l'avrebbe fatta franca di nuovo.

Anna stava percorrendo a velocità sostenuta JFK Drive,

quando un'auto strombazzò alle sue spalle per poi superarla di scatto e tagliarle la strada. Lei girò il manubrio verso il marciapiede, perse l'equilibrio e rovinò a terra.

Il traffico continuò a scorrere, lasciando Anna Sotovina nel fosso a lato della carreggiata.

Urlò verso il cielo. Nessuno la sentì.

3

In un gelido mercoledì mattina il mio partner, Rich Conklin, parcheggiò la nostra auto di servizio sul versante in discesa di Jackson Street, all'ombra della Pacific View Preparatory School.

La Pacific View era verosimilmente il miglior liceo della città, con un'offerta formativa all'avanguardia, cinque campionati statali vinti nell'ultimo anno, un numero record di ammissioni nei college più prestigiosi e un corpo docente di prim'ordine.

Eravamo entrambi completamente assorbiti dal caso delle tre insegnanti della scuola scomparse. Era il nostro secondo giorno di indagini, e non facevamo progressi.

Lunedì sera Carly Myers, Adele Saran e Susan Jones erano apparentemente andate dalla Pacific View fino a un locale chiamato The Bridge, si erano godute la cena e, dopo aver lasciato il ristorante, erano svanite senza lasciare traccia. Le insegnanti erano tutte donne single di età compresa tra i venticinque e i trentacinque anni. Uno dei baristi si ricordava cosa avesse preso da bere ognuna di loro. La cameriera del loro tavolo e un cliente avevano visto le tre donne lasciare insieme il The Bridge attorno alle nove di sera. Stando alle testimonianze, erano tutte di buon umore.

Quando le insegnanti non si erano presentate al lavoro la mattina seguente, le loro auto erano state trovate nel parcheggio della scuola con le portiere chiuse, le borse dei libri e le custodie con i computer sui sedili del passeggero.

Avevamo trascorso il giorno precedente a controllare le loro case e le loro abitudini. Non avevano dormito nei loro letti, non avevano chiamato qualcuno per avvertire che sarebbero rimaste fuori, né utilizzato bancomat o carte di credito. Sembrava fossero semplicemente svanite nel nulla.

Il capo della Scientifica, Charles Clapper, aveva convocato da tutti i turni i migliori tecnici e investigatori.

Ci stavamo impegnando duramente.

Non c'erano telecamere di sorveglianza nel parcheggio della scuola, ma gli agenti della Scientifica stavano riguardando le riprese di quella interna al ristorante, fotogramma per fotogramma, stavano rilevando le impronte delle auto ed esaminando tutto quello che c'era nei computer delle professoresse.

Finora il nostro laboratorio non aveva scoperto niente di sospetto e non era saltato fuori neanche un singolo indizio.

Morale della favola: erano passate trentasei ore senza che nessuno avesse visto o sentito niente.

Prima che avessimo finito di controllare le abitazioni, il tenente Warren Jacobi si era già messo in contatto con i genitori delle donne. Comprensibilmente, per quanto Jacobi fosse bravo nel suo lavoro, le sue domande avevano mandato i parenti nel panico.

La famiglia di Carly Myers viveva in città. Io e Conklin avevamo fatto loro visita la sera precedente dopo la chiamata di Jacobi per vedere se fosse stato tralasciato qualcosa. Era andata più o meno come ci eravamo aspettati. Una grande paura, rabbia, domande senza risposta, tentativi di estorcerci la promessa che la loro figlia era sana e salva.

La paura, il dolore e il rifiuto di accettare la realtà mi erano rimasti appiccicati addosso e ancora mi riecheggiavano in testa.

Mandai giù quello che rimaneva del mio caffè, accartocciai il bicchiere vuoto e lo ficcai nel sacchetto di plastica che tenevamo in auto per la spazzatura. Il mio collega fece lo stesso.

Rich Conklin è un tipo solare, ma non si sarebbe detto quel giorno. Emetteva sospiri lunghi e profondi, e non solo a causa della frustrazione per quel puzzle pieno di tessere mancanti. Era molto preoccupato. Aveva desiderato per anni entrare alla Omicidi e adesso stava vivendo il lato oscuro del suo sogno. Sapevo a cosa stava pensando, perché ci stavo pensando anch'io.

Dov'erano le professoresse?

Erano vive?

Quanto tempo gli rimaneva?

Mentre mandavo un messaggio a Joe, il mio nuovo marito, Rich cantava il ritornello di una vecchia canzone di Steve Miller: « *Time keeps on slippin', slippin', slippin' into the future* ».

Inviai il messaggio alla svelta, quindi mi rivolsi al mio partner: « Okay, Rich. Andiamo ».

4

Io e Conklin scendemmo dall'auto e infilammo la scalinata di pietra che andava dalla strada alla scuola.

In cima alle scale c'era un prato curatissimo con una visuale aperta sull'oceano, che quella mattina era grigio e coperto da una leggera foschia. Davanti a noi si ergeva la Pacific View Prep School, un complesso di tre edifici alti cinque piani disposti a ferro di cavallo attorno a un cortile.

Andammo dritti fino all'ingresso principale nell'edificio centrale e mostrammo i distintivi alla guardia di sicurezza, la cui targhetta recitava K. Stroop.

Feci le presentazioni.

« Sergente Boxer, Omicidi. Lui è il mio collega, l'ispettore Conklin. »

« Omicidi? » rispose Stroop. « Oh, no. Avete trovato i corpi? »

« No, no », replicò Conklin. « Stiamo trattando queste sparizioni come una priorità. Sono in campo tutti gli agenti, tutte le unità. »

Stroop sembrò sollevato.

Gli chiesi: « Ha visto Myers, Jones e Saran lasciare la scuola lunedì sera? »

Scosse la testa. « Io stacco alle quattro. »

« Ma le conosce, giusto? »

« Sì, di vista. Le incrocio nei corridoi, dico 'Buongiorno', 'Buon fine settimana'. Cose così. »

« Sa se una di loro abbia dei nemici? » chiesi. « Magari un

fidanzato geloso? Uno studente, o una studentessa, che non ha ricevuto il voto che voleva? Qualcuno che abbia mostrato un interesse inopportuno nei confronti di qualcuna di loro? »

Lui scosse di nuovo la testa. « Sono tutte persone piacevoli. I nostri studenti sono bravi ragazzi. »

Annuii. « Ho alcune domande di routine da farle. »

« Faccia pure. »

Gli chiesi dove fosse stato le ultime due sere. Lunedì era rimasto a casa tutto il tempo con la moglie e il figlio; la sera prima, era andato a una cena di compleanno insieme alla moglie e ad alcuni amici, al ristorante.

Tirò fuori il telefono ed esibì i selfie fatti a cena con tanto di data, che mi offrì assieme al suo numero di telefono e a quello del festeggiato. « Vorrei tanto potervi dire di più. Vorrei dare una mano. Non riesco a smettere di pensare a loro. »

Conklin gli allungò il suo biglietto. « Chiami a qualsiasi ora, se le viene in mente qualcosa. » Quindi ci avviammo lungo l'ampio atrio.

Due giorni prima, Carly Myers, Adele Saran e Susan Jones avevano camminato in quello stesso atrio per andare e tornare dalle lezioni. Come Stroop aveva confermato, lunedì era stato un giorno di lavoro normale. Non aveva visto niente che lo mettesse in allarme.

Quindi cosa era successo alle tre insegnanti?

La mia impressione era che non avessero avuto nessun sentore che le loro vite stavano per deviare da un normale giorno di lavoro a un incubo, che fossero state rapite lunedì sera pochi minuti dopo aver lasciato il The Bridge.

Ogni ora che passava rendeva sempre più probabile che fossero morte.

5

Io e Conklin controllammo i nomi sulle porte mentre camminavamo lungo l'ampio corridoio fiancheggiato da armadietti, che portava all'ufficio della vicepreside Karin Slaughter.

In una conversazione con la preside avevamo saputo che Slaughter aveva trentadue anni, un master in Scienze dell'educazione, si trovava alla Pacific View da cinque anni e, cosa importante, era amica delle tre donne scomparse.

Era possibile che, senza saperlo, fosse in possesso di qualche indizio sulla loro sparizione.

Trovammo il suo ufficio e Conklin bussò alla porta aperta. Slaughter si alzò dalla scrivania e ci venne incontro per stringerci la mano. Aveva uno stile austero, con un vestito nero a maglia che le arrivava a metà polpaccio, scarpe con il tacco basso e uno sguardo pieno di genuina preoccupazione.

« Lei ha lo stesso nome di una delle mie scrittrici preferite. »

« Me lo sento dire spesso », rispose con un sorriso. « Siamo Google-monime. »

« Google-monime? Mi lasci indovinare: persone con lo stesso nome? »

« Esatto. Cerchi su Google *Karin Slaughter* e veniamo fuori entrambe. Anch'io sono una sua grande fan. »

Mi piacque subito. Indicò una fila di bestseller di Slaughter sulla libreria, ma quando tornò alla scrivania la sua espressione di benvenuto si contrasse in una smorfia di preoccupazione.

Io e il mio collega prendemmo le due sedie di fronte alla scrivania e lei esplose: «Sono terrorizzata. Non riesco a dormire o a pensare ad altro. Sapete che dovevo uscire con loro lunedì sera? Non sono potuta andare. Avevo troppo lavoro. Ho dovuto declinare».

Io e Conklin avevamo le foto delle donne scomparse, gli indirizzi di casa e gli orari di lavoro, ma sapevamo pochissimo della loro personalità, delle loro abitudini o relazioni. Karin Slaughter fu pronta a ragguagliarci.

«Carly Myers è una leader nata. È unica nell'organizzazione di feste o gite. Insegna Storia e adora lo sport. Baseball, football, qualunque sport. Potrei descriverla come estroversa e avventurosa. In senso buono.»

Quindi passò a descrivere Jones, che insegnava musica, era divorziata, guardava la tv tutte le sere fino a tardi e aveva perso quindici chili nell'ultimo anno. «È una persona divertente e una pianista dotata, ed è in cerca dell'amore.» Aveva comprato pantaloni attillati e si era fatta bionda.

Le chiedemmo poi di Saran, e Slaughter ci informò che era nuova a scuola.

«È arrivata più o meno un anno fa da una scuola pubblica di Monterey. Insegna Letteratura inglese, legge moltissimo e si allena nella nostra palestra ogni giorno all'ora di pranzo. È riflessiva. Seria. Ci ha messo del tempo a uscire dal suo guscio. Le facciamo bene, direi. Anche se ora...»

Io e Conklin avevamo delle domande: qualcuna di loro aveva avuto recentemente problemi con qualche studente o insegnante? O aveva ricevuto minacce? Qualcuna aveva dipendenze, guai in famiglia o con un corteggiatore? Qualche segnale di depressione?

No, no, no, no.

Secondo Slaughter, erano tutte impeccabili sul lavoro, benvolute e uscivano ogni tanto con qualcuno, tranne Adele.

«È un inferno. Mi sento malissimo a dirlo, ma davvero avrei potuto essere scomparsa anch'io adesso. Voi potreste essere impegnati a cercarmi. Per favore, ditemi che è ancora possibile che siano... salve.»

Non potevo dirle quello che voleva sentire, quindi svicolai. «Le stanno cercando tutti i poliziotti della città. Il laboratorio della Scientifica sta esaminando le loro auto, i loro appartamenti e i loro dispositivi elettronici. Siamo in contatto con i loro cari. *Troveremo* le sue amiche.»

Stavo rassicurando Slaughter e convincendo me stessa che avremmo avuto una pista solida prima della fine della giornata. Doveva esserci un video, un testimone, una dritta che ci avrebbe condotto alle professoresse scomparse. Giusto? Anche una richiesta di riscatto sarebbe stata la benvenuta.

Ringraziammo Karin Slaughter per l'aiuto, la incoraggiammo a chiamarci se le fosse venuto in mente qualcosa di utile e ci dirigemmo verso il nostro appuntamento successivo.

Prima della fine dell'orario scolastico avevamo parlato con una ventina di persone a scuola e avevamo ottenuto poche e deboli tracce, che non portavano da nessuna parte. Facemmo tappa al laboratorio nel pomeriggio, attorno alle cinque.

Clapper si stava mettendo la giacca quando entrammo. «Le loro auto sono sporche», ci disse. «Intendo, sporche in maniera normale. Tante impronte digitali, sudiciume sui tappetini, bottiglie d'acqua. Stiamo stampando le immagini di tutto. Non c'è niente che balzi all'occhio tra i loro effetti personali, e nemmeno nei loro computer a scuola, ma su questi ultimi stiamo ancora lavorando, e anche sulla memoria dei cellulari.»

«Quindi... Nulla da riferirci, giusto?»

«Boxer, stiamo ballando più veloce che possiamo», rispose Clapper.

Ci avviammo tutti verso il parcheggio.
Non riuscivamo a dire una parola.
Dov'erano quelle donne? Con chi? Cosa era successo?

6

Joe Molinari lasciò la sua scrivania negli uffici dell'FBI a San Francisco più o meno alle sette e si diresse verso la sua auto, che aveva parcheggiato su Golden Gate Avenue quasi all'altezza di Larkin Street.

Il quartiere, tra il Civic Center e il Tenderloin, era un labirinto di vie buie gremite di alberghi a ore, oltre che zona di riferimento per gli spacciatori e la loro clientela, per i criminali (alcuni violenti) e per i reietti della città.

Joe aveva le chiavi in mano e la sua auto si trovava sotto un lampione, apparentemente intatta. Stava pensando a casa e alla cena quando vide, seduta sul bordo del marciapiede vicino all'auto, una donna con la testa tra le mani. Singhiozzava.

Avvicinatosi, Joe si accorse che portava una scarpa sola e che la manica della sua giacca era strappata sulla spalla. Nonostante questi dettagli, era vestita bene. Joe non la prese per una senzatetto.

Forse era stata aggredita.

«Ehi», chiamò.

La donna alzò lo sguardo. Il lampione rivelò una brutta cicatrice da ustione sul lato sinistro del viso, dall'angolo esterno dell'occhio fino al labbro superiore. Lei tirò su la sciarpa per coprirla.

«Sta bene?»

«Una meraviglia.» Poi fece una smorfia e abbassò nuovamente la testa tra le mani.

Joe si sedette sul marciapiede vicino a lei. «Come si chiama?»

La donna si asciugò il volto sulla manica e alla fine rispose: «Anna».

«Io sono Joe. Si è fatta male, Anna?»

«Vuole la versione lunga o quella breve?»

Lui le sorrise. Giudicò che fosse più vicina ai quaranta che ai trenta. Aveva un accento particolare. Esteuropeo. «Prima la versione urgente. È ferita?»

Lei scrollò le spalle. «Non credo. Sono caduta dalla bici.» Indicò la bicicletta appoggiata a un edificio poco lontano lungo l'isolato. Il telaio era piegato e la catena rotta. Sembrava aver percorso molti chilometri prima dell'incidente.

«Ha bisogno di un passaggio?»

Aveva l'aria molto insicura. Vulnerabile. Joe non si sarebbe sentito a posto se l'avesse lasciata lì seduta sul marciapiede con lo zaino.

«Va tutto bene», le disse. Aprì il bavero della giacca e le mostrò il distintivo.

«Posso vederlo di nuovo?»

Lui glielo mostrò ancora e lei si avvicinò in modo da poter leggere la scritta sullo stemma: Federal Bureau of Investigation. Si ritrasse e aggiunse: «Un passaggio sarebbe fantastico».

Joe chiese ad Anna dove vivesse e la aiutò a salire in auto. Prese la bicicletta, la sistemò nel bagagliaio e chiamò Lindsay. «Biondina, farò un po' tardi. Mezz'ora al massimo.» Dopo aver riattaccato, appoggiò le mani sul volante della Mercedes. Anna era aggrappata alla portiera del passeggero.

«Grazie», gli disse.

«Mi fa piacere poter dare una mano.»

Mise in moto e si diresse a est sulla Golden Gate, affrontando un buon numero di svolte prima di lasciare il Tenderloin.

«Anna, mi racconti pure, se può. Perché stava seduta da sola in un angolo del peggior quartiere della città?»

«Sono andata all'FBI per raccontarlo a loro. Immagino di sembrare poco credibile, perché nessuno mi ha ascoltato. Neanche lei mi crederà.»

«Sono bravo ad ascoltare. Mi metta alla prova.»

7

Joe cercava di ascoltare Anna al di sopra dei rumori della strada mentre percorrevano McAllister Street.

La sua voce s'incrinò e poi si ruppe mentre si sforzava di raccontargli cosa l'avesse portata all'FBI. Dopo poche parole lui capì tutto, riconoscendo il nome di un criminale di guerra responsabile della morte di migliaia di persone molti anni prima.

« Viene dalla Bosnia? »

Lei chinò la testa. Sì.

« Srebrenica? »

« No. Djoba. »

Djoba era stata una fase di riscaldamento per il massacro di Srebrenica.

Joe sapeva molte cose sulla guerra in Bosnia. Il modo in cui le sei repubbliche socialiste che avevano formato la Jugoslavia avevano lacerato il Paese. I serbi che vivevano sia in Bosnia che in Croazia e che avevano cercato di riunirsi ai loro fratelli in Serbia. I combattimenti tra i cristiani ortodossi serbi e i musulmani bosniaci erano stati particolarmente feroci, un prolungamento delle guerre scatenate dalle invasioni ottomane secoli prima.

Ma era stato un genocidio: la strage di migliaia di uomini e ragazzi, lo stupro di migliaia di donne e le uccisioni brutali dei bambini.

Anna cercò di trattenere le lacrime ma poi scoppiò a piangere. Joe allungò un braccio verso il cassettino portaoggetti e le porse un pacchetto di fazzoletti, rimpiangendo di non averle chiesto di salire nel suo ufficio. Così lei poteva parlare con l'agente di turno, che avrebbe deciso se bisognava aprire un caso oppure no.

Meritava la sua completa attenzione, ma contemporaneamente lui doveva guardare la strada. Chiuse il finestrino e spense il riscaldamento, in modo da sentire meglio quello che Anna stava dicendo.

« Capisce? L'ho visto *qui*, due ore fa. *Slobodan Petrović.* »

« Sì. So chi è. Può parlare con me. Capisco di cosa sta parlando e da dove viene. »

Anna si soffiò il naso, slegò la sciarpa e cominciò a raccontare a Joe di un caldo giorno d'estate nel paesino di Djoba. « Stavo lavando il mio bimbo nel lavello della cucina quando i soldati sono entrati in paese dalla strada principale », disse con lo sguardo fisso attraverso il parabrezza negli orrori del passato. « Sono venuti a piedi. Dopo di loro i carri armati e gli ufficiali sulle jeep. Il mio piccolo, Bakir, ha iniziato a piangere. Mio marito è entrato nella stanza e mi ha detto: 'Tu resta qui'. E poi è corso fuori. Zerin non aveva neanche trent'anni. Era così forte e vitale. È stata l'ultima volta che l'ho visto vivo. »

Joe mormorò: « Mi dispiace. Mi dispiace tanto, Anna ».

Lei guardava fuori le vie ormai buie, proiettando su quello schermo vuoto la sua storia terribile. Parlò di come la sua città fosse stata dichiarata zona protetta dalle Nazioni Unite e di come centinaia di profughi vi si fossero rifugiati. Di come si fossero raggruppati nel caldo soffocante senza cibo o acqua a sufficienza. E di come la maggior parte delle persone bloccate nella cosiddetta zona protetta fossero donne, bambini e anziani.

Anna gli raccontò di come i soldati serbi si fossero mescolati ai rifugiati e avessero giustiziato senza motivo gli uomini, stanando quelli nascosti nei campi in periferia e nelle fattorie. Descrisse come i soldati avessero bruciato le case e i fienili per poi rivolgere l'attenzione alle donne e ai bambini rimasti intrappolati in città.

«Ero nascosta con Bakir in casa mia, ma mi trovarono», disse con la voce flebile per lo shock. «Presero mio figlio, il mio bellissimo bambino. Mi tennero ferma e... può immaginare cosa mi fecero. In quattro. Ridendo. Tentando di farmi più male possibile. A ogni modo, persi i sensi. La mattina seguente, se n'erano andati. Trovai il mio bimbo a un lato della strada con la gola tagliata.» Anna gemeva e poi singhiozzò incontrollabilmente con il viso tra le mani, mentre rivelava la morte orribile di suo figlio.

Joe accostò la macchina al marciapiede e mise una mano sulla spalla di Anna. Lei lo scrollò via e si appoggiò al finestrino, singhiozzando finché non ebbe pianto tutte le lacrime che aveva.

A quel punto, si girò verso di lui. «La cosa più incredibile è che quando succede qualcosa di così inimmaginabile, una cosa che ti uccide dentro, tu continui a respirare e il tuo cuore batte e tu sei ancora viva. Il tempo non smette di scorrere.»

Joe doveva combattere con le proprie emozioni, ed erano molte. Voleva confortarla. Voleva uccidere qualcuno. Petrović. Voleva piangere.

Anna continuò: «È passato così tanto tempo da quando l'ho raccontato a qualcuno, Joe. Mi spiace che sia toccato a lei. Ma vedere Petrović oggi, in salute, *fiorido*. Pensavo fosse morto. Pensavo fosse morto da tempo».

«Cosa posso fare per aiutarla?»

Anna e Joe rimasero seduti nella macchina parcheggiata e parlarono per un po', mentre lei evocava fantasie omicide e raccontava nel dettaglio conversazioni che aveva avuto con altre donne a Djoba. Conversazioni sommesse, nelle quali non avevano raccontato nel dettaglio quello che avevano subito. Non ce n'era bisogno.

«Per favore mi accompagni a casa adesso, Joe», concluse esausta. «Ho bisogno di stare da sola.»

Joe mise in moto.

Dieci minuti dopo, parcheggiò vicino al palazzo in cui Anna viveva in un monolocale in affitto. Le assicurò che avrebbe portato a riparare la bicicletta, non era un problema, e le avrebbe portato lo zaino su per le scale. Le lasciò i suoi numeri e le chiese di chiamarlo quando avesse avuto voglia di parlare di nuovo.

Lei lo ringraziò, entrò e si chiuse la porta alle spalle.

Il dolore di Anna aveva pervaso la macchina di Joe.

Riusciva ancora a vedere le immagini violente che lei aveva tratteggiato, i vecchi appesi ai fianchi dei carri armati, la strage dei bambini, i profughi che s'impiccavano piuttosto che soffrire per mano di Slobodan Petrović.

Quelle immagini lo accompagnarono per tutta la strada fino a casa.

8

Ero uscita per una veloce passeggiata con Martha e poi ero tornata nel nostro appartamento su Lake Street.

La tv era accesa sul telegiornale della sera e la zuppa stava cominciando a sobbollire quando Martha si lanciò verso la porta d'ingresso, latrando e agitandosi, per salutare Joe.

Lui si chinò per coccolare la nostra cagnetta, ma la sua espressione mi fece capire che aveva avuto una gran brutta giornata.

« Tesoro. Cosa succede? »

« Hai mangiato? » mi chiese.

« No. Tu? »

Scosse la testa.

« Sto riscaldando del passato di piselli. Posso far fare qualche altro giro nel microonde alle cosce di pollo. »

« Lo faresti? Ho bisogno di togliermi i vestiti. »

Mentre « cucinavo » chiamò Jacobi e ci aggiornammo a vicenda sulla mancanza di progressi nel caso delle insegnanti scomparse.

« Non abbiamo niente di niente », mi disse Jacobi. « Odio questa situazione. »

Ci commiserammo e parlammo dei piani per il giorno successivo, e avevo appena riattaccato quando Joe entrò nel nostro spazioso soggiorno. Aveva i capelli bagnati e indossava l'accappatoio.

Mi chiese della mia giornata, ma risposi: « Prima tu ».

A spizzichi e bocconi mi raccontò dell'incontro con Anna

Sotovina, una reduce di guerra bosniaca, un paio d'ore prima. La sua storia agghiacciante era passata a lui. E ora stava passando a me.

«Com'è?» chiesi.

«Una donna distrutta. Ha il viso sfregiato. Tutta la sua vita è sfregiata. È sopravvissuta al peggio – tortura, stupro, gli omicidi di suo marito e suo figlio – ed è arrivata qui dopo la guerra. Ha un buon lavoro e un appartamento in affitto sulla Fulton. Ha dovuto ricominciare da capo, Linds. E poi vede Slobodan Petrović uscire da un edificio a pochi isolati da casa sua.»

«Era davvero Petrović? È sicura?»

«Non ha dubbi.»

Non avevo bisogno di parlare a Joe dei riconoscimenti dei testimoni oculari, di come la mente riempia i buchi della memoria, in modo che ogni volta che un ricordo viene ripescato per essere esaminato viene anche rielaborato nel presente. Avevamo avuto entrambi esperienza in prima persona di testimoni che avevano confermato l'identificazione di criminali che, al momento del crimine, erano a San Quintino in regime di massima sicurezza.

«L'ho considerato», confermò Joe.

Portò al lavandino il suo piatto mezzo pieno e riempì entrambi i bicchieri di vino.

«Petrović», ripetei. «Mi ricordo che aspetto ha. Un uomo tozzo e grasso con la faccia rossa.»

«Esatto», rispose Joe. «Fu accusato di crimini di guerra e crimini contro l'umanità, andò a processo e fu condannato, ma venne rilasciato. Uno scandalo, all'epoca. Poi, scomparve. Trovarono un cadavere in un fiume, credo, gonfio e in decomposizione, e lo identificarono come Petrović. Ma da chi fu identificato? Amici ai piani alti? Se Anna ha ragione, ha cambiato aria ed è finito qui.»

«Cosa ti dice l'istinto?»

Io e Joe eravamo sposati solo da pochi mesi, però Martha lo adorava. Trotterellò verso di lui e gli appoggiò il muso sul ginocchio. Joe la accarezzò, bevve il suo vino e si prese una pausa lunga e pensosa che non interruppi.

«Le credo, Lindsay», rispose poi. «Abbastanza da fare un controllo. Non so ancora se e come posso aiutarla, ma domani inizierò a scavare.»

Al posto di Joe, avrei fatto lo stesso.

9

La mattina dopo, Joe stava guidando per andare al lavoro e pensava ad Anna Sotovina, quando lei lo chiamò.

« Possiamo incontrarci? » chiese. « Devo mostrarle un paio di cose. »

Venti minuti più tardi, Joe accostò all'altezza del palazzo a tre piani su Fulton Street dove viveva Anna. Stava per suonare il citofono quando lei fece capolino da una Kia rossa parcheggiata lungo la strada. Era vestita da ufficio, con un completo blu con la gonna e il rossetto. I capelli erano acconciati in modo da coprire l'ustione sulla guancia.

Lasciò passare alcune auto poi attraversò, aprì la portiera dal lato del passeggero e montò in auto dicendo: « Devo scusarmi per ieri sera. Tutto quel piangere ».

« Non si scusi. Ha una buona ragione per piangere. »

« Ero sotto shock per aver visto Petrović. »

« Ovviamente. »

« Gliel'ho detto. L'ho inseguito in bici. Una pazzia. »

« Sono contento che non l'abbia preso. »

Lei annuì. « Non mi è neanche venuto in mente che fosse una pazzia. Non riuscivo a pensare con lucidità. L'ho visto. E se l'avessi raggiunto, cosa pensavo di fare? Insultarlo? Era *lui*. Il Macellaio di Djoba. »

« È stata molto coraggiosa, Anna. Pazza, ma coraggiosa. »

Annuì ancora.

« Voleva mostrarmi qualcosa. »

« Sì. »

Prese dalla borsetta una cartellina di plastica portadocumenti. Dentro c'era un articolo di giornale piegato in tre. Aprì la pagina logora e ingiallita con le mani che tremavano e la mostrò a Joe.

L'articolo era in bosniaco. Anna picchiettò con il dito sulla foto in alto al centro, proprio sotto il titolo.

« Questo è lui che entra alla Corte penale internazionale in manette. Vede? Era accusato di crimini di guerra e crimini contro l'umanità. Ed è stato condannato. Erano state uccise migliaia di persone. Ho visto i cadaveri. Ma lui è stato semplicemente *rilasciato*. Non so perché. »

Tirò fuori il portafoglio ed estrasse una foto da una busta di plastica trasparente, poi la tenne in modo che Joe potesse vedere l'immagine di un uomo giovane sulla ventina che rideva e faceva saltare un bimbo tra le braccia.

« Vede quanto amore? »

« Sì. »

« Petrović era l'ufficiale che ha comandato la distruzione della mia città. Hanno impiccato il mio povero marito. Hanno tagliato la gola al mio piccolino. In migliaia sono stati uccisi e Petrović ne ha ammazzati molti con le sue stesse mani. Perché la mia famiglia deve essere morta quando lui invece è vivo e libero? »

« Le parole sono semplicemente insufficienti per questi crimini », disse Joe.

Lei annuì e continuò: « Sa che, dopo il rilascio di Petrović, ci fu una grossa protesta. Poi dissero che era stato ucciso ».

« L'ho letto anch'io. Trovarono il suo cadavere decomposto in un fiume. Senta, Anna, devo chiederglielo: è possibile che Petrović sia stato ucciso e che l'uomo che ha visto ieri gli somigliasse? Che glielo ricordasse? »

« È *lui*, Joe. Pensa che non saprei riconoscerlo? » Mise il palmo della mano a pochi centimetri dal viso. « Io sono stata *a tanto così* da lui. Sotto di lui. Capisce? »

« Oddio. Mi dispiace. »

Era più che dispiaciuto. Voleva uccidere l'uomo che le aveva fatto questo. Ucciderlo lentamente.

« Anch'io pensavo fosse morto », riprese Anna. « Ora so che fu un errore, o una bugia, o un insabbiamento. Petrović aveva lasciato l'Europa. Qualcuno doveva saperlo, e forse l'ha aiutato. »

« Ho fatto un controllo con l'Interpol ieri sera e non ci sono mandati a suo nome, nulla che gli impedisca di usare il suo passaporto. »

« Quando era un militare portava i capelli molto corti. Ora sono più lunghi. Ha preso una quindicina di chili. Per il resto, è lo stesso. Grasso e in salute. Ha una macchina costosa. Settantacinquemila dollari, Joe. Dove prende i soldi? »

Joe non sapeva rispondere a quella domanda. Dieci minuti di ricerca gli avevano detto che Petrović poteva aver cambiato nome ed essere entrato legalmente negli Stati Uniti. L'FBI non aveva giurisdizione su un criminale di guerra condannato dalla Corte penale internazionale che, per una qualche ragione, era stato rilasciato.

« Le dispiace se facciamo un giro? » chiese Anna.

10

Percorremmo tre isolati lungo Steiner Street e altri tre su Fell Street: meno di tre minuti.

«Laggiù», disse Anna.

Joe si accostò al marciapiede e lei abbassò il finestrino.

«Qui è dove l'ho visto.» Indicò una casa vittoriana giallo pallido, ben curata e con decorazioni blu scuro. «Scendeva dagli scalini come se l'America fosse sua.» Si girò verso Joe e tirò indietro il sipario di capelli che le copriva la cicatrice. «Mi ha fatto questo. Dopo avermi stuprata, mentre lo insultavo in tutti i modi che mi passavano per la testa. Volevo che mi sparasse. Volevo morire. Ha usato l'accendino...»

«Lei era nell'hotel», mormorò Joe.

Anna scosse la testa. «Non voglio parlarne.»

Non aveva bisogno di aggiungere altro. Joe era nell'FBI in Virginia quando a Djoba i serbi avevano trucidato gli uomini, catturato le donne e rinchiuso molte di loro in una scuola, definendola «hotel dello stupro». Il senso era stato non solo umiliare e disonorare quelle donne e quelle ragazze musulmane, ma anche ingravidarle con i figli dei loro nemici.

La voce di Anna irruppe nei suoi pensieri quando lo chiamò e indicò una Jaguar parcheggiata un centinaio di metri più in là sulla via. «È la sua auto», disse. «È in casa, nella sua bella palazzina. Non può semplicemente entrare e sparargli in mezzo agli occhi?»

«No, non posso. Resti qui.»

Joe scese dall'auto e fotografò la casa, e in quel momento l'uomo che Lindsay ricordava dalle foto come tozzo, grasso e dalla faccia rossa uscì dall'elegante edificio giallo. Scese rapidamente i gradini parlando al cellulare.

Joe puntò il suo telefono verso la faccia di Petrović ma i lineamenti erano in gran parte nascosti dall'apparecchio che teneva in mano. L'uomo entrò in auto e avviò subito il motore immettendosi su Fell Street.

Anna era scesa dalla macchina e gridava in direzione di Joe: « È lui. È *lui*. È Slobodan Petrović. Mi crede ora? Lo segua. *Lo segua, la prego* ».

L'auto si era allontanata velocemente e altre macchine avevano presto riempito lo spazio tra la Jaguar e il punto in cui Joe era fermo con Anna.

« Anna, no. Non posso arrestarlo per crimini che ha commesso in Bosnia. »

Lei si accasciò vicino alla macchina. « Bene », disse. « Forse posso fare qualcosa io. Ho bisogno di una pistola. Così potrò spararargli io stessa. » Allungò il collo per vedere la Jaguar sparire in fondo alla strada.

Attorno a loro, la vita normale continuava. I cani venivano portati a passeggio. La gente andava a correre al parco. Il furgone di un alimentari faceva consegne. La gente andava al lavoro. Ma per una donna che era sopravvissuta a un massacro, nessuna di queste cose aveva la minima importanza.

Joe capiva. Anna si era rifatta una vita. E poi era apparso Petrović. Come avrebbe potuto non dare di matto?

Le parlò al di sopra del tettuccio dell'auto. « Anna, mi ascolti. Ha chiesto il mio aiuto. Sono un agente federale. Mi comporterò secondo la legge: è il modo giusto. Per favore, mi guardi. »

Lei distolse lo sguardo dalla macchina che si allontanava.

Joe continuò. « Non affronti quest'uomo da sola. Sa che

se lui si sentirà minacciato potrebbe reagire con violenza. Mi prometta che lascerà che gestisca io questa situazione. Me lo prometta. »

« Prometto », rispose lei e risalì sull'auto di Joe.

11

Tutto questo succedeva cinque anni fa, ma lo ricordo come fosse ieri.

Quella settimana avevo un appuntamento a pranzo con Cindy Thomas. Mi stava aspettando al Fast 'n Good, una caffetteria a due isolati dal suo ufficio, ed ero in ritardo. Mi mancavano ancora dieci minuti di strada e stavo camminando lungo Fourth Street il più veloce possibile senza correre.

Jacobi aveva convocato una riunione improvvisa quella mattina. In piedi di fronte alla squadra aveva tuonato: «Dobbiamo dare una stretta a questo caso. Ci serve un indizio. Un testimone. Una teoria che non faccia acqua. Come sapete, Boxer è l'investigatore capo. Boxer, nessuno va a casa finché non abbiamo qualcosa che stia in piedi».

Eravamo tutti d'accordo. Dov'erano Carly, Adele e Susan? Non ne avevamo la più pallida idea. L'orologio della morte stava ticchettando e la decina di investigatori della squadra Omicidi lavorava senza sosta continuando a sperare, al di là di ogni ragionevolezza, di ritrovare vive le insegnanti.

Cindy, una delle mie migliori amiche, è una reporter di cronaca nera del *San Francisco Chronicle*. La prima volta che l'ho incontrata si stava occupando di un efferato duplice omicidio ed era riuscita a intrufolarsi sulla scena del crimine. La *mia* scena del crimine. Alla fine mi aveva aiutata a risolvere il caso ed eravamo diventate amiche. Non mi sorprendeva che ora si stesse facendo un nome come persona piena di talento e dal grande futuro.

Pur essendo in ritardo, sapevo che Cindy avrebbe usato quel tempo per rispondere a chiamate, controllare fonti, scrivere appunti o abbozzare il suo articolo. Quando mi fossi fatta vedere ne avrebbe approfittato, ovvero mi avrebbe messa sulla graticola finché non le avessi dato almeno uno straccio di notizia pubblicabile.

In cambio, però, doveva rivelarmi qualcosa che non sapevo.

L'insegna APERTO appesa alla vetrina del Fast 'n Good lampeggiava. Spinsi la porta e feci scorrere lo sguardo fino a quando non vidi la zazzera di ricci biondi che spuntava da dietro un séparé. Lo raggiunsi e crollai sulla panca di fronte a Cindy. « Ehi. Mi spiace averti fatto perdere tempo », dissi.

Potevo già intravedere la domanda nei suoi occhi color fiordaliso.

« Avete qualcosa di nuovo sulle insegnanti? » chiese.

« Solo quello che avevo ieri, amica mia. Niente. Per favore, non rigirare il coltello nella piaga. »

12

Cindy mise giù il suo sandwich con bacon, lattuga e pomodoro mangiato a metà. «Quattro stelle al pomodoro», dichiarò.

Ordinai una scodella di zuppa e del formaggio grigliato con il bacon. Poi ripresi: «Cos'hai per me?»

Lei digitò sul telefono e visualizzò la foto di una donna chinata ad abbracciare un grosso cane che le lavava la faccia con la lingua. «Guarda *oltre* la ragazza e il cane», disse.

Ingrandii l'immagine e sullo sfondo vidi una coppia che attraversava un parcheggio, molto lontano dalla fotocamera. L'uomo era allampanato, più alto della donna, con i capelli a spazzola. La donna era girata a guardarlo. Il viso era di profilo. Le strisce gialle sull'asfalto delimitavano gli spazi per la sosta. Potevo vedere la fiancata di un SUV scuro e si distingueva un edificio nella parte alta dell'inquadratura.

«Okay. Cosa sto guardando?»

«Mi è stata inviata da una fonte confidenziale. Un ragazzo che legge il mio blog. La nota allegata diceva: 'Carly Myers e un amico. Si tratta di una delle insegnanti scomparse, giusto?'»

Guardai più da vicino. Avevo visto soltanto un ritratto ufficiale di Carly Myers. Quello scatto non era a fuoco e mostrava soltanto il profilo della donna, ma poteva essere lei. «Chi è l'uomo?» chiesi a Cindy.

«Non lo so. Ancora.»

«Dov'è questo parcheggio? Al The Bridge?»

«Questa immagine è tutto quello che ho. La mia fonte stava facendo una foto alla propria ragazza con il cane. Poi ha guardato bene e ha riconosciuto Carly Myers. L'aveva già vista prima.»

«Cin, non pubblicarla finché non abbiamo Carly, okay? Non facciamola uccidere. E devi mettermi in contatto con la tua fonte. Abbiamo bisogno del nome del tizio che è con lei.»

«Capisco. Ma non parlerà con te. Ha in sospeso dei mandati a suo carico.»

«Okay, okay. Gli parlerò al telefono. Andrà bene lo stesso.» Per ora.

«Vediamo cosa riesco a ottenere.»

«Tu puoi ottenere qualsiasi cosa, Super Reporter.»

Rise.

Riprese il telefono per mandare la foto a me e un messaggio alla sua fonte. Arrivò il mio pranzo e mentre lo divoravo diedi un'altra occhiata all'immagine che Cindy mi aveva inviato.

Era stata fatta di sera. Era sfocata e non c'era modo d'intervenire. Forse si trattava di Carly Myers. Chi era l'uomo? Era stata l'ultima persona a vedere Carly quando aveva lasciato il The Bridge? Lei gli aveva detto dove stava andando? Era stato lui a rapirla?

Riferii a Cindy quello che la vicepreside Karin Slaughter mi aveva detto delle tre donne scomparse e in particolare di Carly Myers.

«Carly è una sportiva e un'esperta di storia. Vive da sola. I suoi genitori...» Sospirai pensando a loro. «Dicono che, per quanto ne sapessero loro, non stava uscendo con nessuno.»

Inoltrai a Cindy le foto delle tre insegnanti. Le avrebbe pubblicate sul *Chronicle* il giorno stesso con una richiesta di aiuto al pubblico. L'annuncio avrebbe fatto uscire allo scoperto i soliti pazzi e avrebbe sommerso i nostri centralini con un novantanove per cento di segnalazioni senza senso, ma il restante uno per cento poteva essere utile. Forse c'era ancora tempo per riportare quelle donne a casa, vive.

«Aspetta!» esclamò Cindy.

Mi mostrò il messaggio che aveva appena ricevuto. Il nome del mittente era Kev32 e il testo recitava: «Dovrei avere il nome dell'accompagnatore entro un'ora».

Prendemmo la torta di mele con il caffè e insistetti per offrire io il pranzo. Era stato veloce e buono, come recitava il nome del locale, e, per un vero indizio, dannatamente economico.

13

Joe guardò Anna mettere in moto la propria auto, immettersi nel traffico di Fulton Street e svoltare a sinistra in Steiner Street.

Partì per andare verso l'ufficio solo dopo averla vista girare l'angolo.

Credeva a tutto quello che lei gli aveva raccontato sulla brutalità, il terrore, i ripetuti stupri di gruppo, l'assassinio della sua famiglia e di quasi tutti gli uomini di Djoba.

Aveva solo una domanda: era Slobodan Petrović l'uomo che era sceso dagli scalini di un'elegante casa su Fell Street, o Anna aveva sovrapposto i ricordi che ancora bruciavano a una persona solo somigliante al mostro che lei non avrebbe mai dimenticato?

Joe non aveva abbastanza informazioni. Ma le avrebbe trovate.

Parcheggiò l'auto nel garage per i dipendenti con accesso diretto all'edificio dell'FBI ed entrò dalle porte di vetro. Passò i controlli della sicurezza e prese l'ascensore fino al proprio piano, allarmato per la storia di Anna e con la mente già proiettata al computer.

Digitò il codice del suo ufficio, accese la luce e appese il cappotto dietro la porta.

Il suo era un ufficio funzionale, senza foto o cianfrusaglie, nulla di personale. Aveva una scrivania di legno standard, un computer recente, una tv LCD sulla parete di fronte, un'unica sedia priva di braccioli, una bandiera nell'angolo e una finestra alla sua destra con vista sulla città dal dodicesimo piano.

Avviò il pc, trasferì la foto di « Petrović » che aveva scattato venti minuti prima e studiò l'immagine ingrandita. Se quello era Slobodan Petrović, allora alle 08.14 di quella mattina Joe era stato a pochi metri da un mostro colpevole di genocidio.

L'immagine, però, era deludente.

Sapeva di aver preso Petrović solo di sbieco ma quello che vedeva sul monitor era uno spicchio del volto dell'uomo ancora più piccolo di quanto ricordasse.

I capelli, piuttosto lunghi, ricadevano sugli occhi e, ancora peggio, la mano e il cellulare coprivano la maggior parte di guancia e orecchio. Lo sguardo era basso, rivolto verso i piedi, e le pieghe del collo si accumulavano sotto il mento alterando ulteriormente il profilo.

Joe era esasperato. Aveva perso un'opportunità e in più, se fosse tornato per ottenere uno scatto migliore, Petrović avrebbe potuto vederlo.

E non ne sarebbe venuto niente di buono.

Joe si concentrò su quello che aveva.

I contorni della testa e del naso di Petrović erano piuttosto caratteristici.

Aprì FACE, il software di riconoscimento facciale dell'agenzia, e importò la foto dell'uomo « tozzo, grasso e con la faccia rossa ». Il programma era in grado di identificare un'immagine parziale con l'ottantacinque per cento di affidabilità. Se il muso di Petrović era in qualche database federale o in quelli di altri sedici Paesi, FACE l'avrebbe inchiodato.

Joe fissava lo schermo mentre il programma faceva la ricerca, ma quando finì aveva recuperato solo tre corrispondenze trascurabili. Nessuna era positiva. Nessuno di loro era Petrović.

Joe si collegò all'Interpol Criminal Information System, un database globale di criminali, e, dopo aver inserito il nome di Petrović, trovò numerose fotografie simili a quella del ritaglio di giornale tutto strappato che Anna aveva portato con sé.

Scaricò documenti e centinaia di pagine che riguardavano la carriera militare di Petrović e il suo arresto, insieme alle trascrizioni tradotte degli interrogatori di polizia. Le trascrizioni erano censurate pesantemente. Perché? Un'occhiata veloce fece capire a Joe che Petrović aveva respinto tutte le accuse – le uccisioni, gli stupri, le torture – sostenendo di essere un semplice soldato.

Qualcuno aveva fatto un errore nell'identificazione. Avevano preso l'uomo sbagliato.

Joe aveva sentito le stesse odiose cazzate da criminali colpevoli per tutta la sua lunga carriera. E, in assenza di prove, negare poteva funzionare, anche per gli assassini dalla faccia rossa con le mani sporche di sangue.

Nel caso di Petrović, però, c'erano montagne di cadaveri. E c'erano sopravvissuti come Anna che avrebbero certamente testimoniato. Com'era stato possibile che il Macellaio di Djoba venisse rilasciato?

Solo una possibilità aveva senso per Joe. Petrović doveva aver testimoniato contro gli ufficiali di alto rango che infatti erano stati processati per crimini di guerra e condannati. Se questo era vero, aveva stretto un accordo.

Dopo il suo rilascio, Petrović poteva aver cambiato nome ed essersi allontanato molto dai luoghi dei suoi crimini.

Secondo Joe, era proprio quello che aveva fatto.

14

La giornata di Joe non stava andando come aveva sperato.

La sua concentrazione era stata interrotta da un briefing di Craig Steinmetz, il supervisore della divisione di San Francisco. La riunione aveva riguardato tre insegnanti di una scuola privata che erano scomparse ormai da tre giorni: il caso di Lindsay, Joe lo sapeva. Non c'erano indizi su dove si trovassero e la polizia di San Francisco aveva chiesto aiuto.

Joe avrebbe voluto essere coinvolto, ma c'erano altri agenti disponibili e capaci, e lui aveva fatto una promessa ad Anna.

Quando la riunione finì, tornò nel suo ufficio e provò a riprendere il lavoro, ma ci furono nuove interruzioni.

Il direttore chiamò da Washington e andò dritto al punto. Un complotto terroristico interno che Joe aveva smascherato mesi prima reclamava la sua attenzione. Subito. Il sospettato era americano di nascita e in collegamento attraverso la Siria con un pezzo grosso di un gruppo terroristico. Erano stati decifrati alcuni messaggi. Avevano noleggiato un camion, ma nulla era riuscito a inchiodare Greg Stassi, l'americano.

Stassi era in custodia, ma non stava collaborando. Senza una prova diretta che portasse a lui o senza una confessione, sarebbe stato rilasciato nel giro di quarantott'ore.

« Molinari, tu conosci Stassi. Con te parlerebbe. »

Due giorni prima, Joe avrebbe preso subito un aereo per Washington e avrebbe incontrato il sospettato, ma quel giorno rispose al direttore: « Marty, è un brutto momento. Potrei provare a liberarmi in una settimana o giù di lì, ma ho tra le mani qualcosa qui. Non posso sganciarmi. Mi dispiace».

Petrović non era un caso e nemmeno un fascicolo. Joe non aveva mai ingannato il direttore prima. D'altronde non aveva mai nemmeno promesso a una sopravvissuta di una pulizia etnica che avrebbe provato a inchiodare un assassino, specialmente uno mostruoso come il Macellaio di Djoba.

Joe era convinto al novanta per cento che l'uomo in Fell Street fosse Slobodan Petrović, ma senza un'ulteriore verifica non poteva provarlo, neanche a se stesso.

Punto.

Sollevò il telefono, chiamò Hai Nguyen, uno dei migliori tecnici forensi dell'FBI a Quantico, e gli inoltrò due foto. Una, la foto del grugno di Petrović alla Corte penale internazionale; la seconda, il parziale della faccia di Petrović di quella mattina.

«Darò un'occhiata, Joe.»

«Grazie, Hai. E...»

«Lo so. Subito.»

Dopo essersi fatto una buona tazza di caffè, Joe ricominciò a cercare l'uomo accusato di aver trucidato centinaia se non migliaia di civili bosniaci.

L'elenco dei file gli riempiva lo schermo e Joe li aprì tutti. Ogni documento aggiungeva sfumature, colore e data a quello che già sapeva: dove era nato, la sua educazione brutale e il durissimo addestramento militare, indizi che in parte spiegavano gli assassinii di massa.

Fatto: dopo la fine del conflitto Slobodan Petrović era stato catturato mentre fuggiva, accusato di crimini di guerra e crimini contro l'umanità e condannato dalla Corte penale internazionale. Poi, dopo la condanna, per qualche ragione era stato rilasciato e il suo fascicolo criminale archiviato.

Supposizione: qualche tempo dopo era arrivato in America, dove aveva comprato o preso in affitto una casa e un'auto a San Francisco.

Joe ci avrebbe scommesso.

Aveva passato le foto di bassa qualità scattate a Petrović nel database della Motorizzazione e non fu sorpreso di non fare centro. Quindi richiamò Hai Nguyen. «Come sta andando?»

«La mail, Joe. Aprila.»

La foto ricostruita da Nguyen somigliava alle immagini di Petrović che aveva recuperato dai file dell'Interpol. Aveva una qualità sorprendentemente buona ed era abbastanza utilizzabile.

Joe la caricò nel database della Motorizzazione. Sullo schermo apparve una patente. Era l'uomo che aveva visto in Fell Street, ma il suo nome non era Slobodan Petrović.

Era Antonije Branko.

15

Joe era concentrato, immerso nel flusso dei suoi pensieri, il posto in cui si sentiva più a suo agio.

Una volta che ebbe in mano nome e foto, non ci mise molto a risalire a tutto il resto: dichiarazioni dei redditi, ricevute di parcheggi e documenti relativi alla vendita ad Antonije Branko di una casa in Fell Street un anno prima.

Ora aveva qualcosa di tangibile.

Si concesse un momento di entusiasmo, mentre analizzava tutto quel nuovo materiale. Presumibilmente, molto tempo prima di lasciare la Bosnia, Petrović aveva cambiato nome scegliendone sempre uno serbo. Se fosse mai stato riconosciuto, avrebbe potuto rispondere: « Io e Petrović siamo dello stesso villaggio. Potrebbe essere un mio cugino di terzo grado. Molti di noi si somigliano tra loro ».

Le brillanti intuizioni di Joe furono soppiantate da una più immediata.

Si chinò sulla tastiera e fece una veloce ricerca su Antonije Branko nel database del dipartimento di polizia di San Francisco. Era schedato, in quanto era stato visto fare comunella con noti criminali in « luoghi equivoci » come bar, night club e quartieri malfamati.

Petrović aveva parcheggiato in quei quartieri la sua costosa Jaguar blu notte. Era stato portato in centrale e interrogato a proposito di due casi minori di droga, in quanto aveva acquistato MDMA per uso personale. Gli investigatori della

Narcotici non erano riusciti a incriminarlo. Nessun arresto. Nessun'accusa.

Joe era dell'opinione che Petrović usasse degli intermediari per i suoi affari e fino ad allora non aveva lasciato neanche un'impronta digitale. Il fatto che avesse coperto il volto con il telefono e la mano mentre scendeva i gradini di casa sua sembrava ora voluto e calcolato.

Ma Joe non riusciva a ipotizzare un buon motivo perché l'FBI lo convocasse per interrogarlo.

Se in Bosnia Petrović aveva *legalmente* cambiato nome, ottenuto passaporto e carta di credito a nome Branko, e se una volta arrivato negli Stati Uniti aveva fatto domanda per la green card e ottenuto la patente di guida come Branko, nessuna di queste cose era un crimine.

Joe, tuttavia, non credeva che le persone potessero cambiare.

Petrović non si era lasciato alle spalle tutti quei cadaveri a Djoba per venire negli Stati Uniti a fare una vita da chierichetto. Come si era domandata Anna, dove prendeva i soldi?

La cosa da fare era lasciare che il pesciolino continuasse a nuotare. Osservarlo, seguirlo e, se fosse stato coinvolto in attività illegali, pescarlo e tirarlo in secca.

Joe si abbandonò di nuovo contro lo schienale, con le dita intrecciate dietro la nuca, e fissò lo sguardo sui pannelli del soffitto.

Non riusciva a smettere di pensare ad Anna. La sua storia lo aveva colpito ed era preoccupato per lei. Voleva sbattere dentro Slobodan Petrović. Se avesse tentato di far aprire un caso ufficiale su Branko senza nessuna ragione, sarebbe stato fermato.

Se però non avesse aiutato Anna, lei si sarebbe fatta ammazzare.

16

Grazie alla fonte anonima di Cindy, io e Conklin ottenemmo identità e locale preferito dell'uomo che poteva essere uscito con Carly Myers.

Nome: Tom Barry. Luogo preferito per il pranzo: Casey, un bar per appassionati di sport sulla Fillmore.

Non ero mai stata al Casey e diedi una lunga occhiata dalla porta d'ingresso.

La sala era piccola, scura e affollata, con le pareti piene di foto incorniciate di sportivi famosi. Un grosso bancone correva per tutta la sua lunghezza e c'erano tavoli e poltroncine sia davanti che dietro. Tre schermi tv ad alta definizione erano posizionati a intervalli regolari ed erano tutti sintonizzati su una corsa di cavalli che si stava svolgendo a Saratoga Springs.

La folla era in fermento, c'erano soldi in ballo.

Io e Conklin guardammo in direzione degli uomini al bancone e uno di loro corrispondeva alla foto. Bianco, tra i venti e i trent'anni, allampanato, capelli a spazzola, che si beveva il suo pranzo. A voler essere onesti, c'era anche una ciotola di noccioline davanti alla birra.

Attraversammo la sala mettendoci proprio di fronte a lui, e dal suo sguardo fu subito chiaro che gli stavamo decisamente rompendo le palle per aver invaso il suo spazio. *Mi spiace, amico. Affari di polizia*. Eravamo pronti ad agguantarlo, se avesse provato a scappare.

Mostrai il mio distintivo, presentando sia me che il mio collega, e gli chiesi se fosse Tom Barry.

« Perché lo volete sapere? »

Tirai fuori il telefono e gli mostrai l'immagine del parcheggio. Gli chiesi se fosse lui l'uomo nella fotografia.

« Sembro io. Quella è la mia giacca di pelle. »

« Chi è la persona con lei? »

« Uh. Carly? »

« Era con lei qualche sera fa. »

« No. L'ho vista la settimana scorsa, martedì. È il giorno in cui siamo usciti. Cosa succede? »

Conklin evitò la domanda, chiedendo a Barry se sapesse dove avremmo potuto trovare Carly.

« Io? No. Non siamo così intimi. Se ci troviamo a bere nello stesso bar, ogni tanto usciamo per un mordi e fuggi. »

« È scomparsa. Nessuno l'ha più vista da qualche giorno. »

« Non so nulla di questa storia », si affrettò a rispondere Barry ritraendosi e mostrando segni d'allarme.

I cavalli sullo schermo stavano lasciando la curva e iniziavano a calpestare il rettilineo. La folla all'interno del bar esplose in grida e incitazioni.

Barry alzò lo sguardo verso il monitor e si mise a urlare: « Daaaai, Fast Talker! Fooorzaaa! » Poi si ricordò che ci trovavamo di fronte a lui e si rigirò disgustato verso di noi. « Non so niente di Carly. Mi state facendo perdere tempo. »

« Le crediamo, signor Barry », dissi. « Ma se le importa qualcosa di Carly, abbiamo bisogno del suo aiuto. »

« Cristo. Non ho neanche il suo numero di telefono. »

« Alle volte le persone sanno più di quel che credono », attaccò Conklin con quel suo tipico modo piacevole e innocuo. « Apprezzeremmo molto se volesse seguirci in centrale, signor Barry. Potrebbe aiutarci a far luce su questo caso. »

« Guardi, devo essere al lavoro alle due, okay? Gestisco l'autolavaggio su Third Street. »

« Sarà di ritorno in tempo », mentii.

Barry sbatté una banconota da dieci sul bancone e mi accorsi che aveva le nocche scorticate. Doveva aver colpito qualcuno o qualcosa di recente e da vicino. Mentre lottava per infilarsi la giacca di pelle, Conklin allungò una mano dietro di lui e afferrò per il bordo il bicchiere della birra. Io distrassi ulteriormente Barry rimettendogli sotto il naso la sua foto e chiedendogli: « Questo è il parcheggio del The Bridge, giusto? » Conklin, nel frattempo, si fece dare dal barista un sacchetto di plastica.

« Credo di sì », borbottò Barry.

Con le sue impronte su un bicchiere imbustato sotto la giacca a vento di Conklin, lo scortammo fuori in strada fino al retro della nostra auto. Mentre il mio collega guidava, io inserii il nome di Thomas Barry sul computer all'interno del cruscotto.

Barry aveva qualche piccolo precedente: un arresto per ubriachezza molesta e disturbo della quiete pubblica al Casey una notte di un paio d'anni prima, un tamponamento in quello stesso anno e un'accusa per guida in stato di ebbrezza. Il suo fascicolo minorile era inaccessibile.

Avevo in testa l'immagine di Carly Myers e Barry, e lui non aveva né l'aspetto né l'odore di qualcuno adatto a lei. Che cosa ci vedeva in quel tipo?

Il mio interesse si era risvegliato. Al punto da essere cautamente ottimista che Tom Barry ci potesse indirizzare verso il luogo in cui si trovavano le tre insegnanti.

17

Il Palazzo di Giustizia era un grosso edificio rettangolare in granito su Bryant Street, dove si trovavano il tribunale penale, l'ufficio del procuratore distrettuale, una prigione e la divisione sud del dipartimento di polizia di San Francisco, che includeva la Omicidi per la quale io e Conklin lavoravamo nel cubicolo al terzo piano.

A dispetto della sua storia e del fascino discreto, il palazzo era infestato dai ratti e incline a nevicate di amianto e perdite dalle fognature, oltre che instabile dal punto di vista sismico.

Lavoravamo lì da così tanto tempo che io e Conklin notavamo a malapena quanto fosse pericoloso per la nostra salute. Quando ne parlavamo, concordavamo sul fatto che quel vecchio rottame ci sarebbe mancato se alla fine fosse stato demolito.

In quel momento, però, con un possibile sospettato a rimorchio, pensavamo soltanto alle professoresse scomparse.

Io, Conklin e Tom Barry eravamo seduti a un tavolo di metallo in uno stanzino per gli interrogatori in fondo al corridoio che portava alla sala operativa della squadra. Il tenente Warren Jacobi, vecchio amico e comandante in capo, era dietro il vetro.

Iniziai l'interrogatorio chiedendo a Barry di aiutarci. Lui rispose in malo modo, prima negando ancora una volta di sapere qualcosa su Carly, poi diventando polemico e aggressivo. Fece quasi una scenata. E la verità era che non avevamo nulla su di lui.

Avrebbe potuto andarsene in qualsiasi momento.

Conklin fece un tentativo. «Signor Barry, la pianti. Si tratta di una faccenda molto seria. Stiamo tentando di salvare delle vite qui, e lei si comporta come se avesse qualcosa da nascondere. Se è innocente si comporti come tale, okay? È uscito con Carly, ha passato del tempo con lei, quindi ci dia qualcosa con cui andare avanti. Dove potrebbe essere se fosse andata da qualche parte di sera dopo il lavoro?»

«Io. Non. Lo. So. Senta, non avevo una relazione con lei. Proprio per niente. Parlavamo di baseball, di football e soprattutto di calcio. Scopavamo. Una volta da me, una da lei. Non le ho mai comprato un regalo per San Valentino. Non l'ho mai presentata a mia madre. Era una relazione occasionale. Cosa non le è chiaro?»

Dopo un'ora di questo teso botta e risposta, pensai di aver cavato da Thomas Barry tutto quello che aveva da offrire; non solo il suo calendario lavorativo ma anche il nome di una donna che avrebbe potuto garantire per lui sulla notte in cui Carly, Susan e Adele erano scomparse. Ci diede i nomi di altre due donne con cui se l'era spassata le notti successive. Thomas Barry era un giocatore. Avremmo mandato le sue impronte al laboratorio, magari erano state trovate anche sull'auto di Carly Myers.

Erano le due meno un quarto del pomeriggio.

«Posso andare ora? Non ho voglia di essere licenziato» chiese Barry.

«Le farò dare un passaggio da un agente», risposi.

«Okay. Finalmente.»

Si alzò per infilare la giacca e mi scoccò uno sguardo strano, che lessi come un segnale che stava per farci un favore. «Sergente, non ho niente a che fare con la scomparsa di Carly. Né di nessun'altra di loro. Se fossi in voi, incagherei meglio su Carly. Ho l'impressione che non sia un angioletto. Ha un lato oscuro. Più di questo non so dirvi. »

Bussarono alla porta ed entrò Jacobi con aria affranta. « Signor Barry, le ho predisposto un passaggio. Grazie per il suo aiuto », disse. « Boxer, Conklin, ho bisogno di parlarvi subito. »

Accompagnai Barry fuori, dall'agente Mahoney, e feci ritorno all'ufficio di Jacobi con le pareti di vetro in fondo alla sala operativa.

Lui e Conklin mi stavano aspettando.

Afferrai una sedia. « Tempo perso », dissi. « Non abbiamo abbastanza per un mandato... »

Jacobi m'interruppe. « Abbiamo un cadavere. Potrebbe essere Carly Myers. Motel Big Four, stanza 212. Chiamatemi quando arrivate lì. »

18

Richie perse a testa o croce, così guidai io.

Arrivammo in Ellis Street in tempo record e raggiungemmo il Big Four, rallentando solo per evitare i tossici che vagavano senza meta su e giù per Larkin Street.

Mi fermai nel parcheggio di fronte allo squallido motel a ore, spensi l'auto e feci un respiro profondo. Non eravamo soli. Una decina di residenti del Tenderloin, tra senzatetto, indigenti e drogati, era accampato sull'asfalto tra le macchine parcheggiate.

Stavano per perdere il loro posto di bivacco.

Il parcheggio era una scena del crimine secondaria che doveva essere liberata e delimitata con il nastro dal resto della strada.

Io e Conklin scendemmo dall'auto. Il mio cervello pullulava di domande, anche se nessuna avrebbe avuto risposta finché non fossimo arrivati nella stanza 212.

Domanda numero uno: la donna morta era Carly Myers?

Domande numero due e tre: se era Carly, cosa l'aveva uccisa? E perché lì?

Un gruppetto di ospiti del motel era schierato sotto la tenda parasole fuori dalla reception e si lamentava a gran voce di aver bisogno di rientrare nelle proprie maledette camere.

Il direttore del motel urlava a voce altrettanto alta: «I poliziotti hanno detto che quando avranno finito, avranno finito. Non posso farci nulla».

Interruppi la disputa per chiedere il nome del direttore, Jake Tuohy, e avvertirlo di restare nei paraggi. Saremmo tornati.

La camera 212 era sul retro del motel. Girammo l'angolo dell'edificio di tre piani e avvistammo una piccola flotta di mezzi ufficiali: due autopattuglie, un'ambulanza e due furgoni della Scientifica, tutti vuoti.

Mostrammo il distintivo all'agente ai piedi delle scale, ci abbassammo per passare sotto il nastro attorno alla scena del crimine e arrivammo al primo piano dove un altro agente, Robert Nardone, ci stava aspettando. All'epoca Nardone era un poliziotto di quartiere ambizioso e promettente. Ci disse di essere stato il primo ad arrivare sulla scena.

«Dicci quello che sai», lo incalzai.

«La cameriera, Nancy Koebel, è arrivata per pulire la 212 alle dodici e mezzo o giù di lì, e ha trovato il corpo che penzolava appeso per il collo al tubo della doccia. Ha avvertito il direttore, Jake Tuohy, che ha dato un'occhiata nel bagno, ha chiuso la porta e ha chiamato.»

«Dov'è Koebel?»

«Se n'è andata prima che arrivassi», rispose Nardone.

«Hai esaminato la camera?» gli chiese Conklin.

«Sono stato molto attento a non contaminare nulla. Era buio. Ho acceso l'interruttore con il gomito e sono entrato nel bagno. Ho visto la vittima e le ho controllato le funzioni vitali. Non respirava. Le ho toccato una gamba. Era fredda come il ghiaccio.»

Nardone sembrava triste, forse non stava bene. Me lo immaginai in quel bagno appoggiato con la mano alla parete mentre si allungava a toccare la vittima. Le sue impronte erano probabilmente sul muro e di sicuro sul pomello della porta. La maniglia era stata impugnata anche dalla cameriera e dal direttore, che avevano contaminato con tutta probabilità qualunque cosa il colpevole si fosse lasciato dietro.

«Continua», dissi.

«Dal corridoio ho guardato dentro la camera. Le tende erano chiuse, ma riuscivo a vedere qualcosa grazie alla luce del bagno. Nella stanza non c'era nessuno, né vivo né morto. Ho chiamato il tenente.»

«Okay. Bel lavoro, Bobby.»

Parlammo ancora qualche minuto della procedura.

Ordinai a Nardone di segnare i numeri di targa di tutte le auto in sosta davanti e dietro l'edificio, di sgomberare e isolare il parcheggio, e di approntare un posto di blocco per la stampa sulla Ellis.

«Tranne le forze dell'ordine, nessuno entra o esce da qui finché non do io l'okay. Ti mando qualcuno che ti aiuti a radunare gli ospiti nella reception.»

«Sono piuttosto nervosi», disse.

«Protesteranno. Tu sii gentile, ma fermo. Questa è un'indagine di polizia su un possibile omicidio, chiaro?»

«Chiaro, sergente.»

Chiamai Jacobi. «Capo, ho bisogno di agenti e investigatori. Dobbiamo interrogare degli ospiti che non si offriranno precisamente volontari.»

Jacobi rispose che se ne sarebbe occupato.

Io e Conklin ci dirigemmo verso la stanza 212 e verso la scena del crimine che ci stava aspettando.

19

Fui molto contenta di vedere Charles Clapper fuori dalla camera 212, intento a digitare sul suo telefono.

Ex tenente della Omicidi a Los Angeles, Clapper era un criminologo che lavorava sul campo, gestiva bene il suo laboratorio e non era né un esibizionista né un asservito alla politica. Era una roccia e io lo consideravo un amico.

Ci salutammo, poi Conklin chiese a Clapper se esistessero filmati della sicurezza.

« Sarebbe come ricevere uno zuccherino », disse Clapper.

« Lo prendo per un no », replicò Conklin.

« È un forse. I clienti qui non amano le telecamere, ma ho due ragazzi che stanno controllando il bancomat dall'altro lato della strada. Sto tenendo a freno l'entusiasmo. »

La porta della 212 era aperta e i flash delle macchine fotografiche illuminarono a tratti la camera.

Clapper iniziò a parlare non appena ci fummo infilati guanti e sovrascarpe. « Potrei tenere una lezione universitaria di scienza forense su questa scena del crimine, ma questo non vuol dire che ci stia capendo qualcosa. »

Lo seguimmo sulla soglia per dare la nostra prima occhiata. La 212 era una camera standard da molti punti di vista: cinque metri di lunghezza dalla porta alla finestra sul lato opposto, due metri e mezzo di larghezza, la maggior parte dello spazio occupato dal letto. Il bagno era subito alla nostra sinistra, a destra dell'ingresso.

Il motel Big Four era stato un'istituzione per trent'anni al

Tenderloin e, durante tutto quel tempo, era invecchiato male. La moquette era grigio sporco, colore originario non definibile. Le tende erano logore e il copriletto era sudicio e macchiato. Il letto matrimoniale era ancora intatto, ma i cuscini erano in disordine.

Io e Conklin ci fermammo sulla porta a guardare gli uomini della Scientifica che scattavano foto a tutto, annotavano la disposizione degli oggetti e rilevavano le impronte. Un'attività alquanto inutile, quest'ultima, viste le tre decadi di materiale organico accumulato. Ma bisognava farlo. Forse un'impronta chiara, o anche solo una parziale, avrebbe avuto un riscontro nell'AFIS.

La Scientifica aveva posizionato dei marcatori vicino ai vestiti femminili spiegazzati sul pavimento: un indumento nero, forse dei pantaloni o una gonna; un top in pizzo con le maniche lunghe; un reggiseno. Vicino al letto c'era un paio di scarpe con i tacchi alti, un soprabito leggero era appeso allo schienale di una sedia e ai suoi piedi si trovava una capiente borsa da donna. Era aperta e sembrava grande abbastanza da contenere vari dispositivi elettronici, libri o persino il lavello della cucina.

Per com'erano di solito le scene del crimine, quella era in ordine. Ma non avevamo ancora visto il corpo; i due tecnici nel bagno ci bloccavano la visuale.

«Avete trovato un messaggio?» chiesi a Clapper.

«Non ancora. Ho aperto la borsa per controllare i documenti. La patente dice che è Carly Myers e il viso combacia con la foto. Porteremo la borsa in laboratorio e vi faremo sapere quello che troviamo.»

Se nella borsa ci fossero stati un telefono o un computer, avrebbero esaminato le chiamate in entrata o in uscita e avrebbero letto i messaggi e le mail. Un telefono avrebbe potuto aprire uno spiraglio su quello che era successo prima della scomparsa. Pregando Dio, quella pista avrebbe potuto portare a Susan Jones e Adele Saran.

Come a sottolinearlo, Clapper disse: « Siamo qui da venti minuti, perciò questo è solo un preliminare. Quello che vi posso dire è che la vittima è una donna caucasica trovata impiccata con un cappio di filo elettrico. L'altra estremità del cappio è stata arrotolata molte volte attorno al tubo della doccia e al bastone della tenda come ulteriore supporto. Il filo era stato tagliato da una lampada da terra presente nella stanza. Le forbici sono sul pavimento ». Clapper proseguì. « Portava una camicia da uomo extra large. Sembra nuova. »

« Cosa ne hai fatto? » chiesi.

« Ancora niente. La esamineremo. Non ho visto segni di colluttazione sulle braccia della vittima, ma non ho controllato le mani. Aveva i polsi legati davanti a sé con un paio di mutandine. Il medico legale le prenderà la temperatura del fegato, ma posso dirvi che il rigor mortis sta sparendo. La mia valutazione è che sia morta da ventiquattro a trentasei ore fa. »

I cadaveri non erano tutti uguali. Gli ambienti non erano tutti uguali. Ma per il momento potevamo basarci sulla valutazione estemporanea di Clapper.

Carly era stata vista l'ultima volta lunedì sera, quindi era morta probabilmente martedì notte o mercoledì mattina.

Clapper continuò: « Stiamo iniziando ora a esaminare il bagno, ma potete dare un'occhiata. Siete pronti, amici miei? »

Bussò sullo stipite. I tecnici uscirono con il loro equipaggiamento e lui spalancò la porta con la punta del piede.

Io e Conklin entrammo.

20

Entrai nella stanzetta piastrellata sapendo che avrei visto qualcosa che non avrei più dimenticato.

Clapper scostò la tenda della doccia con il dorso della mano guantata, rivelando il corpo di una donna che indossava una camicia da uomo talmente grande che l'orlo le arrivava a metà coscia.

Come ci aveva anticipato Clapper, il laccio era un filo elettrico arrotolato attorno al tubo tra il soffione e la parete e annodato sotto la mandibola della vittima. I polsi erano stati bloccati davanti al corpo con dell'intimo da donna rosa. Un po' di pizzo elasticizzato non avrebbe resistito ai tentativi di liberarsi le mani da parte di Carly, per quanto deboli fossero. I piedi penzolavano sopra lo scarico, subito sotto i rubinetti.

Non c'erano segni di lotta nella camera e neanche lì notai indizi di trambusto. La tenda non era stata strappata e il tappetino del bagno era piatto, allineato alla vasca.

Provai a immaginarmi Carly Myers, una donna popolare, attraente, atletica e di successo, che si spogliava, indossava a mo' di vestito una camicia bianca da uomo, preparava un cappio con del filo elettrico, se lo faceva scivolare attorno alla testa e lo stringeva. Doveva aver assicurato l'altro capo al soffione e poi essersi avvolta ai polsi le mutandine, in un doppio otto.

E poi cosa? Era rimasta in piedi sul bordo della vasca e aveva saltato qualche centimetro oltre lo scarico?

No. Avrebbe istintivamente scalciato contro il bordo e la

parete, tirato il cavo e strappato l'intero impianto dal muro. No, no, no. Era stata prima uccisa e poi molto probabilmente il suo assassino l'aveva impiccata. Si trattava di un suicidio inscenato. Le mutandine erano un ornamento. Ci avrei scommesso il distintivo.

Conklin si avvicinò per guardare meglio. «C'è il segno di un morso sul collo», osservò.

«Bel colpo. E sembra che manchino due asciugamani», aggiunsi.

«Li ha usati per pulire e se li è portati via.»

Scattò qualche foto del cadavere e del resto della camera. Quando finì, Clapper ci chiese di indietreggiare e chiamò Hallows, il suo vice, per aiutarlo a staccare il corpo.

Hallows stese un telo bianco pulito sul pavimento tra la vasca e il muro. Clapper resse il cadavere mentre Hallows si avvicinava e tagliava il filo elettrico nel mezzo per proteggere il più possibile il DNA all'altro capo.

Calcolai che Myers dovesse pesare una cinquantina di chili. Cadde velocemente non appena il filo fu tagliato, ma Clapper sostenne il corpo, Hallows afferrò le gambe e in due la distesero sul pavimento ricoperto dal telo.

Hallows imbustò le mani legate per preservare eventuali prove sotto le unghie, e io e Conklin uscimmo nel corridoio per prendere aria.

«Tutto bene?» chiesi a Conklin.

«Non proprio. Tu?»

Ci appoggiammo alla ringhiera e guardammo le autopattuglie rallentare e accostarsi al marciapiede. Cappy McNeil e Paul Chi, due dei migliori investigatori della Omicidi di tutto lo Stato, scesero da una Chevy grigia e si identificarono con l'agente vicino al nastro. Passanti e curiosi affollavano Ellis Street dall'altro lato.

Volevo parlare al direttore Jake Tuohy. Subito. Avevo delle domande.

Chi si era registrato nella stanza 212? Volevo vedere il registro e scorrere i nomi degli ospiti. Volevo parlare con la cameriera che aveva trovato il cadavere.

E volevo che Chi e McNeil interrogassero gli ospiti del motel rinchiusi nella hall. Il nome di qualcuno di loro avrebbe potuto far lampeggiare il database dei criminali. Qualcuno poteva aver visto qualcosa, una persona sospetta, una lite, una targa. Mi venne in mente che chiunque avesse impiccato Carly Myers alla doccia avrebbe potuto essere ospite al Big Four.

Nonostante l'urgenza che avvertivo, sarebbe valsa la pena di analizzare insieme a Conklin le possibili teorie.

«Cominciamo», dissi al mio collega.

21

«Rich, siamo d'accordo sul fatto che non è stato un suicidio?»

«Siamo d'accordo. La lingua non sporgeva. Le mutandine e la camicia sembrano uno scherzo. Era già morta quando è stata appesa alla doccia.»

Era il mio turno di concordare. «Se avesse voluto suicidarsi non si sarebbe uccisa in questo buco. L'avrebbe fatto nel suo appartamento. Avrebbe preso delle pillole. Non avrebbe voluto che i genitori immaginassero quello che abbiamo visto noi in quel bagno. Quindi ricominciamo.»

«Va bene», disse Conklin. «Iniziamo con il luogo in cui è stata vista l'ultima volta. L'assassino la vede tornare all'auto dopo che lei e le sue amiche lasciano il The Bridge lunedì sera.»

«Le si avvicina da dietro con una pistola», m'intromisi. «E la obbliga a entrare in macchina.»

«O magari lei lo conosceva. Sale sull'auto e lui la porta qui. C'è una colluttazione e per Carly finisce male, ma le sue due amiche? Dove sono?»

«Concentriamoci su Carly per adesso», gli risposi. «Più probabilmente, il tizio la rimorchia e, da uomo di classe qual è, la porta in questo buco. Il piano era quello fin dall'inizio. La uccide in camera martedì notte o mercoledì mattina, e la impicca. Immagina che, quando verrà scoperta, i poliziotti penseranno a un suicidio.»

«Funziona», convenne Rich. «L'assassino pulisce tutto e

se ne va con la sua auto. Potrebbe anche essere a Vancouver ormai.»

«Ma ci saranno prove dell'omicidio nella 212. Cosa ne dici della camicia?»

Conklin fece spallucce. «Diciamo che questo maniaco adora le donne che indossano un'enorme camicia da uomo. Forse ci ha lasciato sopra qualcosa di sé.» Fece un cenno in direzione della strada. «Guarda. Abbiamo compagnia.»

Alcuni mezzi della stampa e il furgone di una tv satellitare avevano parcheggiato in seconda fila lungo Ellis Street, e un manipolo di giornalisti in attesa di dichiarazioni affollava l'area.

Vidi Cindy. Salutava con la mano. La salutai di rimando, ma non accennai a lasciarla passare.

Me l'avrebbe rinfacciato.

«Dobbiamo avvisare i genitori di Carly prima che lo faccia la stampa», disse Conklin.

«Giusto, ma prima parliamo con Tuohy.»

22

Io e Conklin eravamo con Jake Tuohy nel suo ufficio sudicio, seduti di fronte a una scrivania lercia.

Tra i sessanta e i settant'anni, era un uomo corpulento con ciuffi di capelli neri che gli spuntavano a ferro di cavallo tutti attorno allo scalpo quasi calvo. Aveva le mani callose, gli abiti cascanti e un aspetto generale degno dell'atmosfera fatiscente del Big Four.

Aveva anche una personalità monocorde e aggressiva.

Nonostante l'atteggiamento e l'aspetto non lo rendessero un assassino, lo trattai come un sospettato.

Sembrava forte fisicamente. Aveva accesso alle camere. Le sue impronte e il suo DNA sarebbero stati in tutta la 212 e avrebbe potuto spiegarlo facilmente. Il segno di un morso sul collo di Carly Myers combaciava forse con l'impronta dei denti di Tuohy? C'era della saliva?

Tuohy ci consegnò il registro delle presenze, era costretto a darcelo. Per legge. Ma non avevo il diritto di chiedergli un calco dei suoi denti o un campione di saliva, e non avevamo nessun valido motivo per arrestarlo.

Il tempo correva e la nostra indagine era in stallo. Tamburellai con le dita sopra il sottile bracciolo di plastica della sedia, mentre aspettavamo che il capo di Tuohy lo chiamasse e gli desse il via libera per parlare con noi anche senza la presenza di un avvocato.

Il silenzio mi stava uccidendo.

Fissavo sopra la testa di Tuohy una fotografia color seppia

appesa dietro la sua postazione, un ritratto dei quattro magnati delle ferrovie che avevano costruito la Central Pacific Railroad, finanziando la loro impresa con quelli che erano stati ampiamente descritti come mezzi discutibili. Erano chiamati i Big Four.

Sempre appesa alla parete c'era la foto di un Jake Tuohy più giovane in qualche bosco del North Carolina. Era in piedi vicino a un cervo appeso a un albero per una delle zampe posteriori. Tuohy sorrideva a trentadue denti. Aveva un coltello in mano ed era sul punto di eviscerare la sua preda.

Quell'immagine di un animale morto e il piacere sul viso del giovane Tuohy mi davano una gran brutta sensazione.

Il suo telefono vibrò.

Lesse un messaggio, digitò qualcosa, lesse un altro messaggio, poi lo riappoggiò. «Bene», disse. «La donna morta si è registrata martedì sera, pagando in contanti.»

«Martedì», sottolineai. «Non lunedì sera? È sicuro?»

«È nel registro. Martedì. Non mi ha detto nulla, mi ha solo allungato i soldi attraverso il bancone. Due pezzi da dieci e uno da venti.»

«Era sola?» chiese Conklin al direttore del motel piegandosi in avanti.

«Sì.»

«A che ora?»

«Alla solita ora. Dopo le dieci, più o meno. E, come sempre, ha messo il cartello NON DISTURBARE sulla porta. Da queste parti rispettiamo quella richiesta. Almeno fino a un certo punto. A causa dello sciopero della lavanderia di ieri, siamo stati costretti a entrare circa un'ora fa.»

«Che aspetto aveva?» lo incalzò Conklin.

«Non capisco la domanda.»

Il mio collega specificò: «Sembrava normale? O era agitata?»

« Che cazzo ne so », rispose Tuohy. « Ero al telefono. Lei mi ha allungato i contanti e io le ho dato la chiave elettronica per la 212. »

« Ha detto 'alla solita ora' », m'intromisi. « L'aveva già vista prima, quindi? »

« Certo. Ogni due o tre settimane. Cannella era una professionista di un certo tipo. »

« Cannella? No, penso che lei stia parlando di qualcun altro. Io le sto chiedendo di Carly Myers. »

« Guardi, non so e non m'interessa quale fosse il suo vero nome. Voi mi avete mostrato la sua foto e io ve lo sto dicendo. Io conosco quella ragazza soltanto come Cannella. E da quello che ho potuto capire, ai suoi clienti piacevano le situazioni speziate. »

Mi girava la testa. Carly Myers era una professionista? Una prostituta?

Ma no. Com'era possibile?

23

Tuohy ci aveva detto che Carly Myers era arrivata al motel martedì sera e che il suo nome era nel registro.

Controllai io stessa.

Come aveva detto lui, il nome era proprio lì, in mezzo ad altri ospiti arrivati martedì sera. Quindi dov'era stata Carly per ventiquattr'ore dopo aver lasciato il The Bridge lunedì?

Non aveva senso.

Recuperai la foto di Carly dal mio telefono, attraversai la stanza e la mostrai a Tuohy. « Questa è la donna morta? »

« Sì. È lei. Usava il nome Cannella. Di solito il pappone la scarica nel parcheggio ma l'altra sera quando si è registrata non l'ho visto. »

« Come si chiama il pappone? » chiese Conklin.

Mi aspettavo di sentire Tuohy ripetere: « Che cazzo ne so ». Invece rispose: « Denny o Danny. L'ho sentita dire qualcosa come 'A più tardi, Denny'. E non chiedetemi se so altro di lui, perché non lo so. Non l'ho mai visto da vicino. Non riuscirei a riconoscerlo in un confronto, non so che tipo di auto guidi e nemmeno se ha qualche 'segno particolare' ».

Bussarono alla porta.

Tuohy brontolò, si puntellò pesantemente sulla scrivania e si alzò. Si avviò verso la porta e aprì.

L'agente Nardone entrò consegnandomi un rapporto; aveva preso i nomi degli ospiti e fotografato i loro documenti. Qualcuno aveva protestato. Uno gli aveva confessato che era fuori su cauzione e che un arresto lo avrebbe rovinato. Un altro gli aveva vomitato sulle scarpe.

«Gliel'ho detto. Ci sono solo animali selvaggi là fuori.» Scosse la testa e continuò: «Nessuno di loro ha visto qualcosa o qualcuno, inclusa Carly Myers. Inoltre gli ispettori McNeil e Chi si sono fatti carico degli interrogatori».

Era un bene. La palla ora si sarebbe mossa.

Mi diressi alla nostra improvvisata stanza di custodia per parlare con McNeil e Chi, e allestimmo un collegamento telefonico tra loro e Nardone. Quest'ultimo avrebbe inserito i nomi degli ospiti nel computer dell'auto mentre Chi e McNeil erano con loro, e poi li avrebbe informati su chi aveva dei precedenti.

Un altro agente presidiava l'ingresso. Gli ordinai di uscire sulla via e fotografare la folla. Il colpevole poteva essere tornato sul luogo del delitto. Capita.

Di nuovo nell'ufficio di Tuohy, guardai l'orologio. Erano le sei di pomeriggio. Eravamo lì da quattro ore. Nella nostra linea temporale si era aperto un grosso buco di ventiquattro ore. Carly era stata da qualche parte prima di essere portata lì. Dove si trovavano le sue due amiche ancora scomparse?

Avvertii Tuohy che avrei avuto bisogno del contatto della cameriera.

Lui digitò qualcosa sul cellulare, scarabocchiò un numero sul retro di un biglietto e me lo consegnò. «È tutto quello che ho. Posso fare altro per voi?»

Il suo ringhio era carico di sarcasmo.

«Ha dei precedenti, signor Tuohy?»

«Sono immacolato da vent'anni.»

«Quindi non ha nulla di cui preoccuparsi. Abbiamo bisogno che venga con noi in centrale. Ha parlato con la vittima. Le sue impronte sono sulla porta. Questo la rende testimone oculare di un omicidio. Metteremo a verbale le sue dichiarazioni.»

«Figli di puttana.» Tuohy ci guardò torvo.

Mi si serrò lo stomaco. Potevo tranquillamente immaginarlo uccidere una prostituta.

Poteva essere stato un omicidio non premeditato e poi era stato inscenato il suicidio. O forse era stata una cosa personale e lui aveva pensato di farla franca.

Lo osservai mentre pensava alle sue opzioni. Gli uomini nella sua posizione erano navigati. Sapeva che non era costretto a venire in centrale ma sapeva anche che, se non l'avesse fatto, avremmo raddoppiato gli sforzi. Avremmo ottenuto un mandato di perquisizione per la sua casa e, già che c'eravamo, anche per la sua auto. Avremmo potuto smontare la sua vita pezzo per pezzo.

Tuohy mandò un messaggio al suo capo.

Poi si infilò cappello e giacca e lo scortammo alla nostra auto.

24

Conklin si mise al volante e, mentre avanzavamo a rilento verso il Palazzo di Giustizia nel traffico dell'ora di punta, io controllai la fedina penale di Tuohy sul computer.

Jacob «Jake» Tuohy aveva passato un po' di tempo nel carcere di Folsom per ricettazione, dopo aver rapinato un minimarket notturno armato di un dito in tasca, e più o meno a quell'epoca la sua ex moglie aveva ottenuto un ordine restrittivo nei suoi confronti.

Mi aspettavo di più e di peggio, invece il suo fascicolo era pulito da vent'anni come aveva affermato lui stesso. «Immacolato.»

Sebbene mi piacesse l'idea di Tuohy come assassino di Carly Myers, non lo vedevo come una persona organizzata, ideatore di un piano, o serial killer. Jake Tuohy, però, era tutto quello che avevamo.

Lasciammo l'auto di pattuglia parcheggiata su Bryant Street davanti al Palazzo di Giustizia e scortammo Tuohy su per le scale fino alla Omicidi. La sala operativa era praticamente vuota, tutti gli agenti erano in strada a parlare con gli informatori o a tentare di localizzare le altre due professoresse scomparse e probabilmente morte.

Conklin fece accomodare Tuohy nella sala interrogatori n. 1, mentre io mi diressi alla stanza di osservazione dietro il vetro e insieme a Jacobi guardai Conklin che interrogava il nostro sospettato.

Iniziò con domande soft, per poi passare ad altre più incalzanti, scagliandogliele addosso.

Tuohy si attenne alla sua storia: non aveva ucciso Carly Myers e non sapeva chi l'avesse fatto. Non aveva visto nessuno entrare nella sua camera al motel. Inoltre, non aveva mai sentito parlare di Susan Jones o Adele Saran. Osservò le loro foto e affermò di non riconoscere nessuna delle due.

Non notai segnali. Non annusai bugie. Però gli uomini che dirigono i motel a ore sono navigati e diffidenti nei confronti della polizia. Fanno accordi con i loro ospiti, sesso in cambio di droga o di una notte in più. A loro, le bugie vengono facili.

Conklin ci raggiunse dietro il vetro e Jacobi prese il suo posto nella sala interrogatori. Jacobi era un professionista che aveva passato gran parte della carriera su un'autopattuglia e molto di quel tempo nel Tenderloin. Per un periodo ero stata seduta vicino a lui in macchina. Era un duro.

All'epoca aveva appena passato i cinquanta e ogni compassione avesse mai potuto provare nei confronti degli psicotici squattrinati era ormai sparita.

Jacobi fece un giro di domande, ottenendo un nuovo risultato.

Tuohy ora ricordava di aver visto, forse, un uomo nel parcheggio mentre Carly si registrava e pagava. Lo aveva visto solo di schiena. Dichiarò che era grosso, con le spalle quadrate. Non ricordava di averlo mai visto prima. Si chiedeva ora se Carly non avesse lavorato in proprio per quell'appuntamento.

Un uomo grosso, visto da dietro. Cristo santo.

Stava lanciando un osso a Jacobi perché lo lasciasse uscire?

« Ha visto che auto aveva? » chiese Jacobi a Tuohy.

« No. »

« Cosa indossava? »

« Che cazzo ne so. »

« Vorrei lasciarla andare, signor Tuohy. Ho bisogno delle sue impronte e tutto il resto. »

Tuohy sospirò e annuì.

Jacobi si alzò dal tavolo e lasciò la stanza.

25

Due ore dopo aver portato Tuohy alla Omicidi della divisione sud, avevamo la sua deposizione, un set di dieci impronte digitali che combaciavano con quelle già presenti nel sistema, un campione di saliva e un calco dei denti.

Tuohy era anche stato affidato a Conklin perché gli scattasse foto delle braccia nude e della parte superiore del busto. Il suo corpo era pulito, ma Tuohy non era contento.

Pensavo che avrebbe morso *me*.

Incaricai un agente di accompagnare a casa il troll del motel e riposi tutte le prove fisiche che avevamo raccolto dentro la borsa da consegnare la mattina dopo al laboratorio forense.

C'era del cibo italiano da asporto in un sacchetto sulla scrivania di Jacobi, quando io e Conklin entrammo per augurargli buona serata.

« Cosa ne pensi? » chiesi al mio capo ed ex partner di pattuglia.

« Non mi convince », rispose Jacobi. « Aveva i mezzi e l'opportunità, e se è uno psicopatico l'opportunità può essere stata il suo movente. Conosceva la ragazza. Lei potrebbe averlo fatto entrare in camera. È successo qualcosa e lui l'ha uccisa. Ma è tutto un *se*, Boxer. Pura speculazione. Finché Washburn e Clapper non dicono la loro, non scommetto su nulla. »

Questo significava che non aveva intenzione di chiedere al procuratore distrettuale un mandato di arresto e nemmeno uno di perquisizione per l'abitazione, l'ufficio e la macchina di Tuohy. Non c'era un valido motivo. Eravamo fortunati ad avere impronte e DNA per poterli distinguere da quelli presenti sulla scena.

Feci un cenno d'approvazione. Qualunque tizio entrato dalla porta di Carly poteva averla spinta dentro e uccisa. Avrebbe potuto anche avere una camicia bianca pulita in valigia.

« Vi siete mossi bene », ci disse Jacobi.

Erano le nove di sera passate quando io e Conklin salimmo in auto e ci dirigemmo verso Russian Hill.

Carly Myers era stata uccisa. Come, da chi e perché era ancora un mistero, e questo era devastante. Non eravamo proprio al punto di partenza, ma quasi.

Dov'erano Susan e Adele?

Non avevamo il minimo indizio.

Io e Conklin parcheggiammo in Filbert Street davanti a un bel condominio dove la famiglia Myers attendeva che la polizia portasse loro buone notizie o almeno un po' di speranza.

Tragicamente, tutto quello che avevamo era che Carly era stata assassinata in un motel frequentato da prostitute nel quartiere probabilmente più squallido della città. Non avevamo un sospettato ma, per attenuare il dolore per la morte di Carly, avremmo promesso loro di trovare il suo assassino.

Per ora quella promessa avrebbe fatto acqua da tutte le parti.

Scendemmo dall'auto e allacciammo le cinture di sicurezza psicologiche. Quello che avevamo da dire ai genitori di Carly stava per cambiare la loro vita per sempre.

26

Avevo lasciato Joe che dormiva ancora quando ero uscita dal nostro appartamento quella mattina prima delle sette.

Ora, più di quindici ore dopo, ero esausta. Trovai tutte le luci accese nel soggiorno e chiusi stancamente la porta d'ingresso. Lasciai cadere le chiavi sul tavolino, riposi il cinturone nell'armadietto e abbracciai il mio cane.

Chiamai Joe, ma non rispose.

Volevo raccontargli la mia giornata. Le tracce che ci avevano portato a sbattere contro un muro, un assassino che aveva cancellato tutte le prove e, forse la cosa peggiore, una coppia di genitori che avrebbe preferito morire piuttosto che vivere senza la figlia uccisa.

Quando Jacobi rimane bloccato su un caso, lo rivolta come un guanto e lo guarda attraverso gli occhi di un'altra persona o da un'altra angolazione. Feci lo stesso con il mio caso mentre mi slacciavo le scarpe.

Tre donne erano state viste per l'ultima volta mentre lasciavano un locale dopo aver passato una bella serata. Avevano bevuto, ma nessuna di loro si era ubriacata.

Una era stata ritrovata tre giorni dopo, morta da 36 ore, impiccata alla doccia di un motel che frequentava nel suo lavoro part time come prostituta.

Questa cosa mi faceva uscire di testa da qualsiasi angolazione la guardassi, ma me la rigirai nel cervello. Carly era al verde?

Era una tossicodipendente?

Qualcuno la teneva in pugno?

Il suo amante occasionale, Tom Barry, aveva detto che Carly aveva un lato oscuro. Jake Tuohy aveva confermato che si prostituiva: non quello che immaginavo quando Barry aveva parlato di «lato oscuro».

Era possibile? Insegnante di giorno, prostituta di notte?

Karin Slaughter, la vicepreside, era amica di Carly. Se ne sarebbe accorta se Carly avesse fatto uso di droghe. I genitori di Carly non erano benestanti, ma di sicuro avrebbero potuto aiutarla se non le fossero bastati i settantamila dollari l'anno di stipendio. Per quello che ne sapevo, aveva una rete di sicurezza. Quindi, perché ricorrere alla prostituzione?

In realtà, in merito avevamo solo la parola di Jake Tuohy.

Allo stesso modo, Adele e Susan avevano amici, un lavoro, dei genitori. Anche loro sembravano avere delle reti di sicurezza. Ma non si può mai sapere cosa succede sotto la superficie. Qualcosa era andato storto?

Erano vive e magari in pericolo? O si trovavano in squallide stanze di motel, appese per il collo e nessuno le aveva ancora scoperte?

Gli appartamenti delle tre donne erano stati perquisiti e non era stato trovato nessun altro telefono, computer o tablet.

Avevo interrogato la coinquilina di Adele, Patricia Sanders, che era a pezzi per la tensione. Non aveva idea di cosa potesse essere successo all'amica. A suo dire, lunedì mattina Adele era uscita per andare a lavorare, in ritardo. Aveva avvertito che sarebbe rimasta fuori a cena e le aveva lanciato un bacio mentre correva fuori dalla porta.

La coinquilina aveva confermato che Adele aveva con sé una borsa a spalla con il cellulare e il laptop.

La Scientifica era in possesso dei dispositivi elettronici, ma fino a quel momento non era saltato fuori nulla, rendendo sempre più credibile l'ipotesi che le donne fossero state rapite da una o più persone che non conoscevano.

Allo stesso tempo, non c'erano richieste di riscatto né telefonate ai familiari, e i cani non avevano rilevato tracce dell'odore di qualcuna di loro nel parcheggio del The Bridge.

Se era stato un rapimento, com'era avvenuto? Con la forza? O erano andate di loro volontà? E, in quel caso, cosa aveva usato il rapitore come esca?

Mi ero tolta le scarpe e le avevo allineate sotto l'attaccapanni.

Martha si dimenava davanti ai miei piedi per farmi capire quanto le fossi mancata. La sollevai, la baciai e la coccolai. Dopo aver ripetuto alla mia cagnolina quanto bene le volessi, entrai nel soggiorno a cercare Joe.

27

Trovai il mio Joe steso sulla sua poltrona reclinabile, con davanti una pila di documenti, il computer aperto sulle cosce, e profondamente addormentato.

Erano già passate le dieci e anch'io avevo voglia di dormire, ma avevo più voglia di parlare con lui. Forse il mio agente speciale personale sarebbe riuscito a individuare una pecca nel mio ragionamento o una porta che non avevo aperto.

Lo chiamai, attraversai la stanza, lo baciai sulla testa e lui iniziò a svegliarsi.

«Joe, tesoro. Ho davvero bisogno di parlare con te.»

Raddrizzò lo schienale e rispose: «Anch'io ho bisogno di parlarti. Anzi, potrei aver bisogno di parlarti più di te».

«Prima tu», invitai il mio uomo. «Ma devo farti una confessione. Puzzo.»

«Non è vero.»

«Invece sì.»

Nel tempo in cui io mi feci una doccia, infilai il pigiama e preparai tè e sandwich con prosciutto e maionese per due, Joe era di ritorno con Martha dalla loro passeggiatina notturna attorno all'isolato.

Portai la cena al tavolino e insieme ci rilassammo nell'invitante abbraccio del nostro lungo divano in pelle. Avevo fretta che Joe iniziasse a parlare. E lo fece.

«Si tratta di Anna. La donna che ho incontrato seduta sul marciapiede di Golden Gate Avenue.»

«So chi è.»

«Be', le cose stanno così: non ho aperto un caso su di lei quella sera. Mi sembrava che avesse passato l'inferno, e avevo ragione. In realtà, ne sapevo ben poco, quindi mi sono detto 'fanculo il protocollo e l'ho accompagnata a casa.»

«Non mi sembra una cosa tanto brutta, Joe. Adesso puoi ritornare al protocollo, no?»

Joe prese il suo sandwich, lo osservò come se non avesse mai visto niente del genere, e lo riappoggiò sul piatto. «Avrei dovuto farlo prima di iniziare a indagare su Slobodan Petrović. Non sapevo se la storia di Anna fosse vera o se stesse vedendo immagini dei suoi incubi. Se avessi aperto un caso, lei avrebbe dovuto incontrare un agente in servizio ed essere interrogata. In maniera approfondita. Cosa sarebbe successo se l'agente non le avesse creduto? C'erano buone possibilità. E la Bosnia non è precisamente nella nostra giurisdizione. Non ci ho riflettuto a fondo.»

Ricordavo l'espressione di Joe quando mi aveva raccontato la storia di Anna la sera che l'aveva incontrata. Era stato vicinissimo a scoppiare a piangere quando mi aveva parlato della sua città rasa al suolo, del feroce assassinio di suo marito e di suo figlio.

«Ti sei comportato con umanità, tesoro. Sottoporre Anna a un terzo grado dell'FBI senza prima aver vagliato la sua storia avrebbe potuto essere la cosa peggiore per lei, e anche per te.»

«È quello che mi sono detto. Ma adesso quello che sto facendo... chiedere a persone di altri uffici di fare ricerche, scavare nei file governativi in nome del mio interesse per questa donna... Mi sto comportando come un investigatore privato, non come un agente federale. È imperdonabile. Potrei addirittura essere sospeso.»

Joe Molinari era una persona integerrima. Solida. Onesta. Qualcuno avrebbe detto un eroe. Aveva semplicemente accettato di correre un maledetto rischio per una sconosciuta. Una donna. Provai a non farmi infastidire dalla cosa.

«Cosa puoi fare per aggiustare tutto?» chiesi.

«Ora che mi sono spinto fino a questo punto, preferisco riferire a un supervisore. Se Petrović vive in Fell Street legalmente, voglio sapere com'è successo. Perché è qui? È in un programma di protezione testimoni? Lo controllano? Che accordo ha? Se Anna si sbaglia e si tratta di un sosia di Petrović, la calmerò risparmiandole la pena di essere interrogata dall'FBI. E confesserò.»

«Non dovresti metterci molto», commentai.

Scrollò le spalle. «Devo lavorare da solo e non permettere che sia coinvolto nessun altro. Comunque, ora tocca a te. Racconta.»

Non ebbe bisogno d'insistere. Non vedevo l'ora di parlargli della mia giornata.

28

Io e Joe cambiammo posizione sul divano. Mi sdraiai con la testa sul suo grembo e lui iniziò ad accarezzarmi i capelli. Gli dissi che era piacevole. Sorrise, ma non capì davvero. Sembrava esausto quanto me.

Buttai fuori tutto; che avevamo trovato il cadavere di Carly e che sembrava omicidio.

«Ho sentito qualcosa a proposito di una donna trovata morta al Big Four.»

«È lei.»

«Oddio. Che brutto, Linds.»

Lo aggiornai sui dettagli, compresa la parte più scioccante, ovvero che si era registrata al motel da sola e che secondo il direttore l'aveva già fatto in precedenza. «Ha detto che era una prostituta.»

«Sul serio? La professoressa?»

«Così sostiene il direttore. Per ora non ho nulla che lo confermi. Ma, Joe, se Carly era una prostituta potrebbe averla uccisa *chiunque*.»

Joe mi fece un'altra coccola e mi esortò a continuare.

«Il direttore dice che potrebbe aver visto l'uomo con cui aveva appuntamento, ma solo di spalle. Sostiene che Carly avesse un pappone di nome Danny o Denny, non sa bene. Gli agenti in servizio notturno stanno mostrando in giro la foto di Carly chiedendo ai loro informatori di lei e di questo eventuale Danny o Denny. E poi ecco la sorpresa: nessun cliente del motel ha visto o sentito nulla di sospetto mentre

Carly era al Big Four. Queste tre donne avevano una bella vita più o meno secondo tutti gli standard. Cosa mi sfugge? »

« Forse non sono loro », rispose Joe. « Forse è lui. Che tipo di persona potrebbe averlo fatto? » La sua rabbia era palpabile, proprio sotto la superficie. Stava pensando a Petrović e Anna? Che genere di uomo aveva commesso quel crimine sconvolgente?

« Credo che l'assassino sia una persona attenta », dissi. « Organizzata. Questa non è roba da dilettanti. Penso proprio che abbia già ucciso. »

« Non potrei essere più d'accordo. »

Mi immaginai le tre donne che lasciavano il The Bridge felici, forse un po' stanche, alticce... Cos'era successo?

« Joe, non c'erano segni di lotta nel parcheggio del locale. Mettiamo che abbia offerto loro un passaggio per riprendere le loro macchine a scuola. Diciamo che ha intravisto un'opportunità. Perché quelle donne sono salite in auto? »

« Pioveva? »

« No. »

« Forse si fidavano di lui. »

Gli sorrisi e gli strinsi la mano. « O forse era una di loro a fidarsi. »

« Sei nelle prime fasi dell'indagine. Hai bisogno di più informazioni, Linds. Vuoi andare a letto e dormirci sopra? »

Mi sembrò una buona idea. Diedi una pulita mentre Joe sistemava i piatti nella lavastoviglie. Pochi minuti dopo, ritrovai l'uomo che amavo in camera da letto. Ci infilammo sotto le coperte e Martha si arrampicò in mezzo a noi.

Ci addormentammo tutti.

29

I miei occhi si spalancarono a notte fonda.

Non riuscivo a ricordare il sogno per intero, ma il frammento che mi era rimasto in testa era un'immagine di Carly, Adele e Susan che montavano su un veicolo fuori dal The Bridge.

A quel punto si manifestò la mia parte razionale.

Se le tre donne erano salite sull'auto dell'assassino, com'era possibile che ventiquattr'ore dopo Carly si fosse registrata da sola al motel Big Four?

Bella domanda: dov'era stata per tutto quel tempo?

Se Carly si prostituiva, *qualunque* psicopatico con un minimo di accortezza avrebbe potuto ucciderla nella stanza 212.

Avevo paura.

Ero preoccupata che quel caso potesse essere un gomitolo senza capo né coda, che sarebbe rimasto insoluto per vent'anni. O per sempre.

Domanda successiva, inesorabile: dov'erano Adele e Susan?

« Neanche tu riesci a dormire? » disse Joe.

« Oh, scusa. Non volevo svegliarti. »

« Ero sveglio. Non riesco a spegnere il cervello. »

Martha si rotolò sulla schiena e le massaggiai distrattamente la pancia. « Ho la testa piena di omicidi insoluti », dissi.

« E io di voci che mi parlano », replicò Joe. Rotolò verso di me. « Mi dicono: 'Concentrati, idiota'. »

« *Cattive* queste tue voci. »

Lui sospirò e mi cinse con un braccio.

Martha saltò giù dal letto e io mi buttai tra le braccia di Joe.

Ci consolammo a vicenda, e poi facemmo l'amore prima di riaddormentarci di nuovo finché il sole non fece capolino attraverso la finestra della camera da letto.

Era venerdì mattina. Ero a capo di un'indagine rivoltante e non avevo ancora nessun indizio. Dovevo andare al lavoro.

30

Alle otto e mezzo di quella mattina, io e Conklin eravamo l'uno di fronte all'altra, seduti alle nostre scrivanie, e tentavamo di contattare Nancy Koebel, la cameriera che si era imbattuta nella scena raccapricciante della camera 212.

Poi era svanita.

Saltò fuori che il suo numero era di un cellulare prepagato. Chiamai Tuohy che mi ripeté ancora una volta che quello era l'unico che aveva.

« Era qui solo da un paio di mesi. »

« Grazie », gli risposi secca. Quel tizio mi aveva proprio rotto.

Tornai al computer.

Il nome Koebel non compariva nel database della Motorizzazione, né in quello della polizia di San Francisco, né in quello nazionale e nemmeno in altri database di criminali. Riceveva uno stipendio dal Big Four, o veniva pagata in nero? Pagava le tasse? Ne dubitavo. Non c'era traccia di lei.

« È una clandestina », dissi a Conklin. La mia era un'ipotesi plausibile.

In quel momento chiamò Clapper.

Forse aveva trovato qualcosa sul corpo di Carly Myers.

« Aspetta un attimo », lo interruppi. « Ti metto in vivavoce. »

Pigiai il tasto sul telefono.

Si salutarono, poi Clapper proseguì: « Cosa preferite prima? Le buone o le cattive notizie? »

«Le cattive», risposi. «Non indorarci la pillola.»

«Inventario della borsa di Carly: due libri di testo, storia americana e civiltà occidentale. Un ragguardevole set per il trucco. Un paio di scarpe da ginnastica e un paio di calzini bianchi. Vari taccuini e penne. Una striscia di preservativi. Telefono e caricabatterie. Computer portatile e caricabatterie. Abbiamo tirato giù numeri ed email; fa acquisti e paga le bollette online. Nulla di particolare.»

«Merda.»

Clapper continuò. «In ogni caso, ecco qualcosa per tenere viva la speranza. Abbiamo messo sotto sequestro il bancomat dello Stop 'n Go di Polk Street proprio sul retro del motel. Lo stiamo smontando e dovremmo sapere in breve tempo se la telecamera era accesa, se l'hard disk funzionava e se la lente era pulita. Se tutto va bene, riusciremo a capire se ha colto qualcosa di utile.»

«Bene», risposi incrociando le dita.

«Adesso ho una riunione», proseguì Clapper. «Ma abbiamo finito di esaminare il corpo di Carly Myers all'obitorio ieri sera. Claire ha tutti i miei appunti. Chiamatemi se avete domande.»

Io ce le avevo, le domande. E moltissime. «Charlie, aspetta!» urlai.

«Non posso, Boxer. Andate all'obitorio. Claire vi sta aspettando. E abbiate fede.» Attaccò.

Guardai il mio collega. «Pronto?»

«Vai tu. Prendi appunti. Io continuo a lavorare sulla Koebel.»

D'accordo.

Corsi giù per le quattro rampe di scale fino all'atrio e fuori dalla porta, e camminai a passo svelto per trecento metri fino all'ufficio del medico legale. Tirai la pesante porta di vetro e la aprii.

Erano più o meno le nove del mattino e la sala d'attesa era piena di poliziotti e civili, questi ultimi probabilmente familiari in attesa dei risultati di qualche autopsia.

Aprii la giacca, mostrai il distintivo alla nuova receptionist e la informai che la dottoressa Washburn mi stava aspettando.

La receptionist pigiò il tasto dell'interfono e annunciò: « Dottoressa, il sergente Boxer è qui ». Poi si rivolse a me: « Vada pure ». Schiacciò un pulsante e fece aprire la porta automatica.

Molte delle persone che stavano aspettando il proprio turno notarono la cosa e mi guardarono male.

Be', ero della polizia.

Mi diressi verso la sala delle autopsie. Eravamo ancora all'inizio dell'indagine, ma forse Claire mi avrebbe offerto qualche bocconcino o, a Dio piacendo, perfino una scoperta che ci avrebbe condotti all'assassino e magari da lì anche alle due donne ancora scomparse.

Claire, medico legale capo di San Francisco e mia migliore amica, indossava il camice, la cuffietta e i guanti azzurri di ordinanza. Mi salutò: « C'è lì un completo anche per te, Lindsay. Lo vedi? »

Su uno sgabello di metallo c'era una pila di camici blu ripiegati, necessari per prevenire qualsiasi contaminazione del cadavere di Carly Myers.

Quando fui vestita adeguatamente, entrai.

Io e Claire ci demmo un colpetto con i pugni guantati, un saluto che la figlioletta di Claire, Rosie, chiamava bacio da elefante. Sorridemmo e poi rivolgemmo la nostra attenzione a Carly Myers. Era avvolta in un telo dalle ginocchia alle ascelle.

Claire cominciò: « Ovviamente non ho ancora iniziato

l'autopsia interna, ma ho qualche annotazione utile e una cosa che mi ha lasciata senza parole».

«Parti da lì», la esortai.

«Cosa? Vuoi rovinarmi tutto il divertimento?»

«Dio non voglia. Inizia pure da dove preferisci. È la tua festa e sono a casa tua.»

31

Claire aprì la bocca della vittima e illuminò l'interno con la torcia elettrica. «Dai un'occhiata qui, Lindsay. Prendila come una conferma dei tuoi sospetti. In una morte per impiccagione, generalmente trovi la lingua tagliata a morsi.»

La lingua di Carly mi sembrava intatta.

«Quindi era già morta quando è stata impiccata», commentai.

«Sì, è quello che penso. Ho trovato emorragie petecchiali negli occhi ed ematomi attorno al collo. La cartilagine cricoidea nella gola era fratturata. Questo non capita quando ci si strangola con un cappio.»

«Con cosa allora? Strangolamento manuale?»

«Corretto, mio caro sergente.»

Claire mi mostrò i lividi attorno alla gola di Carly, che era stata coperta dal colletto della camicia bianca.

Continuò: «E poi guarda: escoriazioni su ginocchia, avambracci, e qui, alla base dei palmi. Potrebbe essersele fatte tentando di scappare dal suo aggressore e cadendo quando lui l'ha sopraffatta».

Quando avevo visto il cadavere nella doccia quei graffi erano nascosti dai lembi della camicia e dalle mutandine rosa attorno ai polsi. Se fosse stata aggredita nella stanza del motel, alcune fibre della moquette avrebbero potuto incastrarsi nelle abrasioni sulle ginocchia. Se fosse stata assalita all'esterno, avrebbe potuto avere tracce di terra, di erba o di asfalto, o anche di un tappetino per auto.

Quel tipo di prova avrebbe potuto essere una svolta.

«Che genere di tracce ha trovato la Scientifica nelle ferite?» chiesi.

«Linds, odio dovertelo dire ma lo stesso Clapper ha tamponato le escoriazioni la scorsa notte e la sua opinione è che il corpo sia pulito.»

«Quanto pulito? Stai dicendo che è stata lavata?»

«Clapper crede di sì. Quando arriveranno i risultati dei test del DNA sarà in grado di affermarlo con certezza, ma di primo acchito è tutto quello che ha. Le hanno pettinato i capelli e non sono state trovate particelle estranee. Nessuna traccia sotto le unghie. È stato eseguito il tampone al morso sul collo ed è andato dritto al laboratorio. La bottiglia di shampoo trovata in bagno era vuota e anche con la decomposizione puoi sentirle addosso l'odore del sapone. Camomilla.»

«Che palle. L'assassino ha davvero ripulito tutto dopo il suo passaggio.»

«Sembra molto furbo. Se ha fatto sesso con lei, ha usato un preservativo e non ha lasciato tracce nel letto, né da qualsiasi altra parte.»

«Mancavano degli asciugamani», ricordai.

«Quindi li ha messi sul letto per prevenire la contaminazione. Uhm, possibile.»

«Che altro?» chiesi.

Claire m'informò che aveva inviato al laboratorio il kit stupro e i campioni di sangue, e che i risultati non sarebbero arrivati prima della settimana successiva.

«Aspettiamo settimane per il DNA. Io posso solo sollecitare e l'ho fatto molto spesso di recente.»

Ricordavo le tante occasioni in cui ero rimasta con Claire in quella stanza, a usare la logica e l'esame patologico per ricostruire quello che era accaduto alla persona sul tavolo, impossibilitata a raccontarci alcunché.

Claire mi scosse le dita davanti alla faccia. « Sei ancora con me, Linds? »

Mi scrollai dai miei pensieri. « Assolutamente sì », risposi. « Dobbiamo aspettare che arrivino i risultati del kit stupro. »

« Giusto », approvò. « Ma non ho finito qui. Non ancora. »

32

« Okay », riprese Claire. « La Scientifica non ha trovato niente di niente sulla camicia. È di una marca comune, in puro cotone, misura XXL, disponibile per l'acquisto in ventimila negozi nel Paese e online, a un prezzo tra i dodici e i venti dollari, prodotta in Cina. »

Sospirai, a lungo e rumorosamente.

Claire non se ne accorse e continuò: « La camicia non era mai stata indossata, prima che qualcuno la usasse per rivestire il cadavere di Carly ».

« Ottimo », dissi tristemente.

Se il colpevole aveva con sé una camicia nuova, questo indicava un crimine premeditato.

« E i vestiti di Carly abbandonati sul pavimento della stanza? »

« Erano stati indossati ma non c'era sangue o terra, o altro che possa aiutarci. Però, ho qualcosa per te. »

« Per favore, Claire, fammi felice. »

Lei sorrise. Si stava divertendo. Maledizione, era un lavoro duro e se qualcuno doveva supervisionare un migliaio di autopsie all'anno, era meglio che fosse qualcuno a cui il proprio lavoro piaceva.

« Ho scattato alcune foto delle ferite, comprese queste », disse.

Abbassò il telo mettendo in mostra il torace di Carly. Aveva molti lividi sul corpo, dal petto fino ai fianchi, e c'era di più: una mezza dozzina di tagli netti nella carne, lunghi sette centimetri, come ferite da coltello con uno schema casuale.

Proseguì: « È stata picchiata per un paio di giorni, ma queste ferite sono fresche. Ne ha altre simili sulla schiena e sulle natiche ».

« Che diavolo sono? »

« Me lo chiedo anch'io. Le incisioni sono superficiali e sono state fatte con un tipo insolito di lama. Guarda: non ci sono ematomi secondari nel punto d'entrata. »

« E questo che significa? »

« Che era una lama con la punta smussata, a doppio taglio e superaffilata. Non posso ancora identificare lo strumento, e questo è un bene. È un tipo di coltello che non ho mai visto. Quindi se trovi l'arma, trovi anche l'assassino. »

« I tagli sono stati fatti prima o dopo la morte? »

« Era viva quando glieli hanno fatti. E questo avvalora l'opinione di Clapper che il corpo sia stato lavato. Anche se i tagli sono superficiali, Carly deve aver sanguinato. Ma non c'è traccia di sangue. Detto ciò, tieni a mente che queste ferite non l'hanno uccisa, Lindsay. È stata strangolata. È un crimine commesso da un uomo. »

« Quindi ufficiosamente... » la incitai.

« Ufficiosamente, circostanze del decesso: omicidio. Causa del decesso: asfissia per strangolamento manuale. Ti chiamo dopo che avrò effettuato l'autopsia interna. »

33

La receptionist di Claire aprì la porta con il gomito e annunciò: « Sergente, ha chiamato l'ispettore Conklin. La sta aspettando di sopra ».

« Grazie. Ci sentiamo dopo », dissi per salutare Claire e lasciai l'ufficio del medico legale, imboccando la passerella coperta che conduceva all'uscita sul retro dell'atrio di marmo del Palazzo di Giustizia. C'era un ascensore in attesa, lo presi fino al terzo piano e percorsi il breve corridoio luminoso fino alla Omicidi.

Conklin era seduto alla sua scrivania, e Cindy alla mia. Anche prima che si mettessero insieme, c'era sempre stata chimica tra la mia amica e il mio partner, conosciuto come Ispettore Bollore dalle donne che frequentavano il palazzo. Mi piaceva quel loro feeling.

« Cosa puoi dirmi? » attaccò Cindy.

Era molto sfacciato da parte sua: venire da noi, appropriarsi della mia sedia, fare domande. Era una persona irritante e divertente, spesso in contemporanea.

Le risposi sorridendo: « Questo è davvero tutto quello che posso dirti, Cindy: puoi scrivere che la vittima è Carly Myers e che le autorità stanno cercando chiunque possa aver visto lei o il suo assassino ».

« Causa della morte? »

« Ancora indeterminata. Claire sta eseguendo l'autopsia proprio adesso. »

« Quindi è stata identificata come Carly Myers, deceduta.

E le altre due donne? Secondo i miei calcoli, mancano da quattro giorni. »

« Ci stiamo lavorando. Tutti. » Feci un cenno con la mano ad abbracciare la sala operativa, quasi vuota.

« Okay. Scriverò sul blog un altro post sulle donne scomparse. »

« Ottimo, grazie. Ed ecco una cosa che non abbiamo rivelato: Nancy Koebel era una cameriera del Big Four ed è sparita. Puoi scrivere sul blog che la polizia di San Francisco ha bisogno di mettersi in contatto con lei? Potrebbe aver visto o sentito qualcosa che riguarda questo crimine. »

Le feci lo spelling del nome della Koebel, sperando che rendere pubblica la questione non la spingesse ancora più verso la clandestinità.

Cindy chiuse il tablet e raccolse le sue cose. « Ho del lavoro da fare », disse. « Parlerò con voi più tardi. Con tutti e due. » Fece un cenno di saluto nella nostra direzione e uscì.

Conklin la seguì con gli occhi.

« Al lavoro, Tigre », lo esortai.

Lo informai di quello che avevo saputo da Claire. « La prima cosa è anche la peggiore, Richie: non c'è nessuna traccia sul cadavere di Carly. Secondo Clapper, e Claire è d'accordo, il corpo è stato lavato per distruggere le prove. Nulla di interessante neanche nel telefono e nel laptop, per quanto abbia appurato Clapper. I campioni di sangue e di DNA sono in laboratorio per le analisi. »

« Merda », commentò Rich. « L'assassino ha cancellato le tracce sbattendola sotto la doccia prima di impiccarla. »

« Sì, e l'ha lavata con il campioncino di shampoo del motel. La camicia che indossava è una normale camicia da uomo che potrebbe essere stata acquistata ovunque. Claire è sicura, ufficiosamente, che Carly sia stata strangolata con le mani. Il filo elettrico non è stato l'arma del delitto. »

«Quindi è stata una messa in scena?»

«Esattamente», risposi. «Un modo per distrarre l'attenzione. Una finta. Un tocco artistico.»

Riferii a Conklin quello che aveva colpito Claire, ovvero che Carly era stata tagliuzzata in una decina di punti sul corpo, davanti e dietro, con una lama affilata non identificata, che lasciava un taglio dalla forma insolita. Gli mostrai la foto. «Sottile alle estremità e più largo al centro.»

«Cosa dice Claire di queste... ferite?»

«Dice che Carly era viva quando le sono state inferte. Alcune di quelle incisioni sono così.» Usai un tagliacarte per simulare un colpo di taglio sul mio avambraccio. «Altre erano di sbieco. Un taglio le ha solo sbucciato la spalla, staccando un lembo di pelle.»

«Se le ferite non erano letali, a cosa servivano?» chiese Conklin.

«Penso volesse spaventarla, Rich. O costringerla a obbedire. A ogni modo, Carly è stata torturata.»

34

Joe seguì la Jaguar blu di Petrović partendo dalla casa gialla in Fell Street, rimanendo sempre nascosto dietro un buon numero di auto.

Quando la Jaguar si fermò nella piazzola di fronte a Tony's Place for Steak su California Street, apparve un parcheggiatore che girò attorno alla vettura per aprire la portiera del conducente.

La persona nella Jaguar stava ricevendo un trattamento da celebrità.

Mentre l'uomo scendeva dall'auto, Joe intravide soltanto la gamba di un pantalone blu e una scarpa.

Mescolato nel flusso del traffico, guidò verso est per un altro paio di isolati prima di svoltare a destra in Mason Street. Poi girò attorno all'isolato un'altra volta, e un'altra ancora, fino a ritrovarsi di nuovo in California Street.

Parcheggiò su Taylor e percorse una lunga salita fino alla steakhouse, entrando nel locale all'una meno un quarto. Osservò l'intera sala dall'ingresso. Era piena di tappeti e specchi appesi a entrambe le lunghe pareti, in alto i lampadari gettavano una luce scenografica sulla folla ben vestita dell'ora di pranzo, accomodata nei séparé di pelle rossa e attorno ai tavoli nel centro della sala.

A destra c'era una porta chiusa che sembrava condurre a una sala privata.

Il maître si avvicinò.

«Non ho una prenotazione. Può trovarmi un posto?» chiese Joe.

«Posso darle un tavolino sul fondo.»

«Andrà benissimo.»

Mentre seguiva il maître, Joe cercò con lo sguardo l'uomo che poteva essere Petrović ma non riuscì a vederlo. Prese posto con la schiena rivolta alle porte della cucina. Un cameriere si presentò come Giorgio e gli chiese cosa volesse ordinare da bere. Joe scelse dell'acqua frizzante.

Era un bel posto, gli ricordava il Palm di New York. La porta della cucina dietro di lui si apriva sbattendo quando gli anziani camerieri in divisa entravano e uscivano con i vassoi. Giorgio tornò dopo pochi minuti e gli domandò se fosse pronto a ordinare.

Joe chiese una New York strip steak, cottura media, con spinaci alla panna e patate al forno. Quando il cameriere se ne fu andato, ripensò alla conversazione avuta con Lindsay la notte prima.

Lei gli aveva consigliato di rispettare il protocollo in quell'indagine su Petrović, e lui sapeva di doverlo fare. Ma non aveva ancora capito come ottenere un via libera da Steinmetz.

La porta della cucina sbatté di nuovo e ne uscirono due uomini che oltrepassarono il suo tavolo.

Uno era di altezza e corporatura medie, e indossava un completo grigio. Aveva i baffi sottili e i capelli grigi. L'altro era grosso, corpulento e portava un abito blu, una camicia bianca e una cravatta a righe. Joe lo vide di profilo mentre diceva qualche parola all'uomo in grigio. Parlavano serbo.

Non era possibile confondere il tizio grosso con nessun altro.

Era Slobodan Petrović.

L'uomo in grigio stava dicendo, in un serbo abbastanza elementare perché Joe riuscisse a seguirlo: «Tony, l'ho saputo più o meno un minuto fa. Posso occuparmi di lei stanotte».

Tony. Antonije Branko era lo pseudonimo di Petrović. I due uomini stavano camminando verso l'ingresso del ristorante quando Petrović si bloccò a metà di un passo e si girò indietro.

Joe sentì un colpo al cuore.

Era evidente che anche Petrović era dotato dell'attenzione tipica di un poliziotto o di un militare. Lo aveva riconosciuto. Era bastato solo un momento perché gli ingranaggi s'incastrassero, perché lui riuscisse a contestualizzare il volto di Joe.

Petrović fece qualche passo verso di lui e si piazzò in piedi di fronte al tavolo, guardandolo dall'alto. «Bene, buongiorno. Mi fa piacere vederla qui. Abbiamo appena riaperto. Io sono Tony Branko», attaccò porgendo la mano.

Joe strinse la grossa mano rispondendo: «Bel posto. Complimenti».

«E lei è?»

«Molinari. Joe.»

L'uomo in blu gli lasciò andare la mano e gli chiese: «Dov'è la sua fidanzata? Quella che passa in bicicletta davanti a casa mia in Fell Street».

Merda. Petrović aveva visto Anna. Sapeva chi era?

Il cameriere raggiunse il tavolo con il pranzo. «Scusi, signor Branko», disse e appoggiò i piatti davanti a Joe. «Posso portarle qualcos'altro?»

«No, grazie. Sono a posto», rispose Joe e il cameriere sparì.

Petrović rimase al tavolo. Non aveva presentato a Joe l'uomo in grigio, che rimaneva a disagio in piedi a pochi metri da lui. «È un poliziotto?» chiese.

«Indovinato.»

Petrović sorrise. «Probabilmente un agente federale. Ehi, Molinari, se ha bisogno di una donna, un'altra intendo, me lo faccia sapere. Credo che potremmo diventare amici.»

E se ne andò.

Joe si sforzò di mangiare, ma si sentiva un coglione. Non avrebbe dovuto fermarsi. Avrebbe dovuto continuare a guidare. Che diavolo di problemi aveva?

Chiese il conto, pagò in contanti e si diresse verso l'uscita. Nel momento in cui passava davanti alla sala privata, ora aperta, Petrović/Branko si alzò da una tavolata di soli uomini e lasciò la stanza per urlargli dietro: «Spero che abbia trovato ogni cosa di suo gradimento, Joe Molinari! Torni a trovarci!»

La faccia di Joe avvampò mentre lasciava il ristorante e percorreva la strada in discesa verso la sua auto.

35

Era sabato mattina, il quinto giorno da quando Carly Myers, Susan Jones e Adele Saran erano andate al lavoro alla Pacific View Prep School per quella che poteva essere stata l'ultima volta.

La task force che lavorava sul caso aveva preso il controllo della sala operativa. Oltre a me, Conklin, McNeil e Chi, ora comprendeva anche due ispettori in carriera della Omicidi, Samuels e Lemke. Era presente inoltre una decina di volontari provenienti dalle unità che si occupavano di rapine e di reati contro la persona. Quella mattina era venuta anche la nostra assistente, Brenda Fregosi, per assicurarsi che avessimo caffè appena fatto e qualcosa da mangiare.

In quel momento stavamo guardando la televisione appesa in alto sulla parete, proprio al centro tra la mia scrivania e quella di Conklin.

Sullo schermo Kathy Cabot, giornalista della NBC, stava intervistando Jacobi. Cabot lo pregava di aggiornare il pubblico sulla scomparsa delle insegnanti.

Jacobi aveva l'aria rassicurante e sembrava avere il controllo della situazione, mentre la reporter gli chiedeva: «Tenente, le persone hanno paura. Cosa può dirci dell'assassinio di Carly Myers?»

«Come già dichiarato, Carly Myers è stata vittima di un omicidio. Mi dispiace, ma non posso fornire altri dettagli, c'è un'indagine in corso» rispose lui.

«Ha informazioni su Susan Jones? O su Adele Saran?»

Jacobi estrasse dal taschino della giacca due fotografie e le tenne in modo che la telecamera potesse inquadrarle. «Susan Jones e Adele Saran sono scomparse lunedì notte. L'intero corpo di polizia le sta cercando. Il sindaco ha appena autorizzato una ricompensa di venticinquemila dollari per chi abbia informazioni che conducano all'arresto e alla condanna dell'assassino di Carly Myers, e la stessa somma per qualsiasi informazione che porti al ritrovamento di Susan Jones e Adele Saran. Contattate il nostro centralino al numero...» Jacobi lesse il numero a voce alta.

La signora Cabot era preparata a quell'annuncio. Il numero apparve in sovrimpressione sullo schermo. Chiese aiuto al pubblico, ringraziò Jacobi e concluse, restituendo la linea allo studio.

La telecamera catturò un'immagine di commiato di Jacobi che saliva le scale del Palazzo di Giustizia. L'inquadratura era abbastanza ampia da includere le autopattuglie che impedivano alla stampa di entrare nell'edificio.

Nella sala operativa, oltre una decina di poliziotti preoccupati e ansiosi sentivano la pressione di quel complicato omicidio da risolvere, senza dimenticare le due persone scomparse.

Presi il telecomando e tolsi l'audio alla tv, facendo cenno a Conklin di cominciare la riunione.

36

Conklin si diresse alla lavagna che avevamo posizionato sul cavalletto a un capo della sala.

Dietro di me, i poliziotti avevano trascinato le sedie fino al nostro piccolo e affollato cubicolo. Tutti conoscevano i volti delle professoresse, ciò nonostante attaccai le loro foto in cima alla lavagna.

Lemke si avvicinò per dire: « È una vergogna, Boxer. Le troveremo ».

Cappy McNeil si alzò e si rivolse al gruppo. Pesante e calvo, con un muso da bulldog e la voce roca, Cappy sembrava depresso mentre ricapitolava gli appunti che lui e Paul Chi avevano raccolto durante gli interrogatori dei ventisei ospiti del motel.

« Gli interrogatori sono stati di tre tipi: 'Non so niente', 'Non ho visto niente' ed 'Ero nella mia stanza a farmi i fatti miei. Posso andare ora?' »

Ci fu un accenno di risata, poi Cappy riassunse i precedenti penali degli ospiti. Nessuno dei ventisei era del tutto pulito, ma non c'erano condanne per reati contro la persona.

Paul Chi prese il posto del collega. Aveva una mente acuta e i modi gentili. In molti pensavano che avrebbe avuto un grande futuro nel dipartimento di polizia di San Francisco.

Raccontò al gruppo che le notizie sull'omicidio e sui presunti rapimenti erano diventate virali. I genitori delle vittime erano stati intervistati e avevano supplicato di ricevere informazioni, rivolgendo un messaggio alle figlie: « Se ci state guardando, sappiate che vi vogliamo bene e che vogliamo riavervi a casa».

Dalla copertura dei mezzi di comunicazione, social network compresi, i centralini avevano raccolto un gran flusso di traffico telefonico ma pochissime informazioni utilizzabili.

«Un'ora fa abbiamo avuto una traccia promettente», continuò Chi. «Edna Gutierrez, che lavora in una lavanderia automatica nei dintorni, ha chiamato per dire che un uomo in un SUV scuro lunedì sera più o meno alle dieci ha fatto scendere una donna che somigliava a Carly Myers davanti al motel Big Four. La signora Gutierrez è venuta a parlare con il tenente questa mattina. Boxer, hai la registrazione?»

Attivai l'audio della signora Gutierrez che riferiva i fatti a Jacobi.

La signora aveva raccontato che il SUV sembrava nuovo e che era nero o blu. I finestrini erano troppo scuri perché lei potesse vedere qualcosa del conducente e non riuscì a fornire nessun tipo di descrizione. Credeva fermamente, però, che la donna lasciata davanti all'ufficio del motel fosse Carly Myers.

«Sono sicura che fosse lei. Praticamente sicura.»

Non una testimonianza a prova di bomba, ma era comunque qualcosa.

Avevo disegnato un diagramma sulla lavagna, annotando le date e gli elementi fondamentali del caso. Usai un puntatore laser per tenere occupate le mani.

Feci ripercorrere alla squadra gli ultimi cinque giorni, a partire dal momento in cui le tre donne avevano ordinato da bere e da mangiare al The Bridge. Avevo disegnato con il pennarello una grossa stella nera sulla lavagna sopra le parole GIORNO 3, GIOVEDÌ.

Continuai: «Questo è stato il giorno in cui il direttore del motel, Jake Tuohy, ci ha chiamati per segnalare un corpo appeso alla doccia nella camera 212. Ci ha riferito, ma non abbiamo conferme, che Carly Myers si prostituiva. Sempre stando alle parole di Tuohy, potrebbe aver avuto un pappone di nome Danny o Denny. Non sa o non vuole descriverlo. Conoscete qualcuno del genere? » chiesi alla sala.

Nessuno rispose, ma vidi che qualcuno prendeva appunti.

Proseguii: « C'è un'altra persona scomparsa. Nancy Koebel è la cameriera che ha trovato il cadavere ».

Spiegai.

Secondo Tuohy, Koebel era isterica dopo avergli riferito del cadavere, aveva afferrato la borsetta ed era corsa fuori. Mai più vista o sentita da allora. Non avevamo sue foto. Il numero era di un cellulare prepagato e lei non rispondeva alle nostre chiamate.

« L'assassinio può averla spaventata », aggiunse Conklin. « O forse il colpevole l'ha vista e lei ha una buona ragione per essere terrorizzata. È una testimone chiave. »

L'ispettore Joy Robinson prese la parola dal fondo. « Oppure l'assassino l'ha già uccisa per non farla parlare. »

Conklin annuì e mise giù il suo puntatore. « Viva o morta, dobbiamo trovarla. Viva è preferibile. »

Guardammo tutti verso l'ingresso della sala operativa quando qualcuno entrò e si fermò accanto alla scrivania di Brenda.

« Scusate l'interruzione », disse nel silenzio generale.

John Clark era un tecnico video del nostro laboratorio forense. Lo conoscevo e, quando mi accorsi della sua espressione, sentii un piccolo guizzo di speranza.

« Hai qualcosa? » chiesi.

« Forse », rispose Clark. « Credo di sì. »

37

Non appena Clark ebbe fatto il suo rapporto, convocai un pranzo di lavoro con le mie migliori amiche, nonché Donne del Club Omicidi.

Eravamo tutte al lavoro quel fine settimana: ecco fino a che punto eravamo in allarme per quelle donne ancora scomparse.

Le Donne del Club Omicidi si incontrarono da MacBain's, la griglieria situata dall'altro lato della strada poco oltre il Palazzo di Giustizia. Arrivammo tutte alle dodici meno un quarto, prima della ressa dell'ora di pranzo, per accaparrarci il nostro posto preferito: il tavolino con gli sgabelli alti vicino alla vetrina nella parte anteriore della sala. Con un po' di fortuna, avremmo fatto arrivare il nostro ordine in cucina prima che fosse oberata.

Lo facevamo da anni, da quando Cindy mi aveva aiutata a risolvere il caso di un orribile duplice omicidio. Ci aveva scherzosamente soprannominate le Donne del Club Omicidi e il nome ci era rimasto attaccato. Ora, quando qualcuna di noi era alle prese con un problema complesso – d'amore, di lavoro o di vestiario – noi quattro ci incontravamo per analizzarlo.

Feci un segno a Sydney MacBain, la nostra cameriera preferita, e lei si affrettò verso di noi per prendere l'ordine, il solito: hamburger, patatine fritte e birra per quattro. Ci sorrise, cosa rara, quindi disse a Claire che stava bene in rosa e si diresse in cucina. Nel frattempo la sala si stava riempiendo. Il jukebox suonava musica rock. E le risate rimbalzavano da parete a parete.

La nostra era una riunione, ma MacBain's non aveva nulla della sala riunioni tranne l'essere geograficamente appetibile. Avvicinammo le teste, in modo da poter sentire ed essere sentite. Cindy fu costretta a giurare di tenere per sé tutto quello che avremmo detto e sbuffò per il fastidio. «Quando vi fiderete di me, eh? Quanti anni ancora ci vorranno?»

«Ci fidiamo di te», rispondemmo all'unisono.

«Se non te lo chiedessi trascurerei i miei doveri», aggiunsi. «Non prenderla sul personale, Cin. Per favore, okay?»

Girò la testa dicendo: «Okay, okay». Poi mi chiese: «Novità su Carly Myers?»

«Un'ora fa vi avrei detto che avevamo sbattuto contro un muro.»

«E adesso?» chiese Cindy.

Informai le mie amiche delle ultime novità arrivate direttamente dal laboratorio forense. «Il bancomat del negozio che si trova in Polk Street sul retro dell'ormai famigerato motel Big Four ha ripreso tre immagini di un uomo che potrebbe essere un sospettato per l'omicidio di Carly Myers.»

«Puoi mostrarcele?» chiese Yuki.

«Eccole.»

Lì, sul mio telefono, c'era la ricostruzione fotografica fatta in laboratorio di alcuni fotogrammi che mostravano, da un centinaio di metri di distanza, un uomo che avanzava lungo il ballatoio del primo piano del motel. Un lampione nel parcheggio illuminava la sagoma, ma l'inquadratura della telecamera era obliqua. La ricostruzione era servita a definire meglio i lineamenti dell'uomo.

Continuai: «Da quello che hanno potuto determinare i nostri tecnici di laboratorio, è sui trentacinque anni, capelli rossicci, alto un metro e ottanta e in forma. Hanno rifinito quanto più possibile i tratti del volto, ma non combaciano con nessuno nei database del ViCAP o della Motorizzazione».

«Cosa ti fa credere che abbia qualcosa a che fare con Carly Myers?» chiese Yuki.

«Solo questo: sembra stia lasciando il primo piano e la foto indica la data di martedì notte alle 23.23. Carly è stata probabilmente uccisa attorno a quell'ora. E poi un'altra cosa: una donna ha chiamato il centralino raccontando di aver visto un SUV scuro lasciare Carly al motel quella sera.» Puntai il dito su una delle foto del signor X, che includeva il retro di un SUV scuro parcheggiato a pochi metri dal soggetto in questione.

«Merda, non si vede la targa», sbottò Cindy.

«Mi hai rubato la battuta», dissi. «Cindy, ti darò questa foto dell'uomo senza nome al momento giusto. Per ora abbiamo bisogno di trovarlo, non di farlo scappare. A ogni modo, ho qualcosa per te che rientra nella tua teoria della 'ricompensa in cambio di informazioni'. Nessun altro ce l'ha.»

«Questo è parlare», approvò Cindy.

«La vicepreside della scuola di Carly, Karin Slaughter, me l'ha data perché la usassimo come ritenevamo opportuno.»

Mostrai a Cindy una foto molto dolce di Carly, Adele e Susan, scattata al The Bridge la settimana precedente. Le donne erano al tavolo rilassate e avevano sistemato le sedie abbastanza vicine da abbracciarsi l'una con l'altra.

Una settimana prima, quando era stata scattata la fotografia, la tragedia era in agguato dietro le quinte.

In quel momento, però, sembravano tutte molto felici.

38

Dopo pranzo ci salutammo fuori da MacBain's. Cindy prese un taxi verso casa, Yuki se ne andò a piedi lungo la via per una riunione fuori sede, e io e Claire tornammo insieme verso il Palazzo di Giustizia.

Quando arrivammo all'incrocio tra Bryant e Harriet Street, Claire mi confidò: « Ho alcune notizie dell'ultima ora per te ».

« Davvero? Ti ascolto. »

« È arrivato l'esito dell'esame tossicologico. Carly è stata drogata con il Roipnol. Una dose massiccia. »

« Carly era stata stordita con della droga? »

Claire continuò: « L'esito del kit stupro è arrivato prima del previsto ».

Le afferrai il braccio e la guardai. « Dammi qualcosa di buono. »

Il semaforo diventò verde e attraversammo la strada. Non vedevo l'ora che Claire riattaccasse a parlare.

Quando fummo sul lato opposto dell'incrocio, Claire stava per girare in direzione del suo ufficio ma aggiunse: « Non c'era liquido seminale, però abbiamo trovato del lubrificante per preservativi. Ho avuto un presentimento e le ho fatto un esame pelvico: ho trovato un pelo pubico. Uno solo. E non è di Carly ».

« Wow. Potrebbe essere una svolta. »

« È un'ottima notizia, ma non ho bisogno di ricordarti che la prova deve mettersi in fila per il confronto del DNA. »

«Claire, non possiamo saltare la fila? Usa tutta la tua influenza, okay?»

«Linds, ogni poliziotto della città tenta di saltare la fila facendosi largo a spintoni. Ma posso certamente far pressione su un paio di persone.»

L'abbracciai per ringraziarla, la salutai e poi proseguii su Bryant Street fino all'ingresso principale del Palazzo di Giustizia.

Attraversai l'atrio quasi vuoto e mi diressi all'ascensore, pensando alle notizie datemi da Claire e immaginando gli ultimi momenti di vita di Carly.

La vidi che aspettava fuori dal The Bridge, saliva su un'auto con le sue amiche o forse senza. E ventiquattr'ore dopo si registrava al Big Four. Dov'era stata durante quel buco di ore? Era stata in compagnia della persona che l'aveva caricata al locale?

Forse era stato il suo accompagnatore o amante o cliente a portarla in auto al Big Four la notte successiva, ad aspettarla mentre lei si registrava nella camera 212, e poi a parcheggiare e raggiungerla al piano.

Se ci avevo visto giusto, chiunque fosse quel tizio aveva pianificato la notte con Carly. Era stato tutto premeditato. Su in camera le aveva propinato un drink o qualcos'altro, corretto con il Roipnol, una droga potente che mette fuori combattimento.

Lei era crollata.

Mentre era incosciente, il suo aggressore aveva steso gli asciugamani sul letto e le aveva fatto cose orribili. L'aveva tagliuzzata, stuprata, strangolata, rivestita con indumenti figli della sua immaginazione malata e aveva impiccato il suo cadavere alla doccia.

Era stato bravo, ma non perfetto.

Si era lasciato alle spalle un biglietto da visita: un piccolo pelo con un frammento di pelle attaccato, un fantastico pacchettino del suo DNA rivelatore.

Alla fine, avevamo una vera traccia.

Speravo ardentemente che ci portasse all'assassino di Carly.

39

Joe aveva incontrato Anna durante il fine settimana per prepararla al suo incontro del lunedì mattina con il supervisore Craig Steinmetz.

Alle nove in punto erano seduti ognuno a un'estremità del divano ad angolo in pelle, nella reception degli uffici dell'FBI al dodicesimo piano.

Joe diede una rapida occhiata ad Anna.

Sembrava impassibile, auricolari nelle orecchie e occhi chiusi. Una tenda di capelli castani nascondeva la terribile cicatrice sul viso. Tornò con il pensiero alla settimana precedente, al momento in cui lei gli aveva raccontato nel buio dell'auto di come Petrović l'avesse ustionata con un accendino, e l'avesse violentata mentre alcuni uomini la tenevano ferma a terra.

Come allora, anche adesso Joe era in preda alla rabbia. E tutto quello che poteva fare era rimanere seduto immobile al proprio posto. Pensava ad Anna e alle centinaia di altre donne che avevano vissuto ed erano morte in quell'«hotel».

Tamburellò con le dita sulle ginocchia e volse lo sguardo allo stemma dell'FBI appeso alla parete di fronte al divano. Era un medaglione rotondo, blu e oro, con le parole DEPARTMENT OF JUSTICE e FEDERAL BUREAU OF INVESTIGATION a circondare il bordo esterno e a racchiudere un cerchio di stelle. Al centro dello stemma, c'erano uno scudo a strisce rosse e bianche, e la bilancia della giustizia.

Sotto la bilancia, le parole FIDELITY, BRAVERY e INTEGRITY. Fedeltà, coraggio e integrità.

Un altro modo di dire FBI. Quelli erano i valori attorno ai quali lui aveva costruito la sua vita da quando era entrato nel Bureau.

In mezzo a quei pensieri, fu colto di sorpresa nel momento in cui udì il suo nome.

Il supervisore Craig Steinmetz sbucò dalla porta e gli chiese di entrare. «Joe, solo tu.»

Lui lo seguì lungo il corridoio fino all'ufficio all'angolo e prese la sedia dall'altro lato della scrivania. Proprio come il suo ufficio, anche quello era in ordine, con la bandiera in un angolo e lo stemma su una parete, e sull'altra un paio di attestati incorniciati e alcune foto con ex presidenti. Nella foto con il presidente George W. Bush, un capitano Steinmetz più giovane indossava l'uniforme dei marine con file di medaglie sul lato sinistro del petto.

Joe conosceva la storia di Steinmetz.

Dopo l'ultima missione in Afghanistan, era entrato nell'FBI e aveva comandato per una decina d'anni un'unità antiterrorismo a Quantico, dove Joe l'aveva conosciuto. In seguito, era passato a dirigere gli uffici di San Francisco e lo faceva ormai da cinque anni.

Era improbabile che Steinmetz chiudesse un occhio per amore dei vecchi tempi, per cui Joe si preparò alla possibilità di essere sospeso per aver condotto una sorveglianza non autorizzata, cosa che in effetti aveva fatto. Senza un caso aperto o un'inchiesta preliminare, aveva probabilmente ottenuto un po' di tempo in spiaggia senza stipendio.

Mettendo da parte questa possibilità, Joe guardò il suo supervisore e mise le carte in tavola, sapendo che la conversazione sarebbe stata registrata.

«Una cittadina naturalizzata americana, Anna Sotovina,

originaria della Bosnia, stava percorrendo in bicicletta Fell Street lo scorso mercoledì pomeriggio quando ha visto un criminale di guerra, Slobodan Petrović, scendere le scale di casa e salire in auto. Era sicura che fosse lui e così l'ha seguito. In bicicletta. Qualche isolato dopo, è stata urtata di striscio da una macchina. Allora è venuta da noi portando la bici a mano per tre chilometri. L'ho vista seduta fuori dall'edificio. Era distrutta e la bici...» Joe alzò le mani in segno di sconforto e continuò. «Voleva fare una deposizione, ma gli uomini della sicurezza l'hanno allontanata. Era isterica, sembrava una senzatetto o una che avesse appena fatto a botte, e non faceva una buona impressione. Comunque, le ho chiesto come si chiamasse e cosa fosse successo. Mi ha raccontato di aver visto quel criminale di guerra sbucato fuori dal suo passato. Le ho dato un passaggio fino a casa e in macchina mi ha riferito di aver vissuto a Djoba e di essere sopravvissuta al massacro di Petrović.»

Steinmetz lo interruppe: «Puoi aspettare un attimo?» Uscì dall'ufficio, chiese al suo assistente di posticipare la prossima riunione e ritornò alla scrivania. «So cosa è successo a Djoba. Ti ascolto.»

40

Joe riprese da dove aveva lasciato.

«Anna è certa che l'uomo che ha visto quel pomeriggio fosse Petrović. Sembrava credibile, ma non potevo esserne sicuro. Aveva ragione? O se lo immaginava a causa della somiglianza dell'uomo con Petrović? Ho deciso di controllare la sua storia e vedere se potevamo andare più a fondo.»

Steinmetz guardò l'orologio e chiese a Joe di continuare.

Lui proseguì: «Ho quasi finito. Il giorno dopo essermi imbattuto in Sotovina, sono andato con lei nel posto in cui aveva visto quell'uomo. È apparso ed è sceso dai gradini di casa sua. Ho fatto questa foto ma è di profilo, e la mano e il cellulare coprono gran parte della faccia. Somigliava alle foto di Petrović che avevo visto, però non potevo averne certezza. Mi sono rivolto a Nguyen in Virginia per rendere la foto utilizzabile e a quel punto ho ottenuto un riscontro. L'uomo che la Sotovina ha visto è effettivamente Slobodan Petrović, che ora si fa chiamare Antonije Branko».

Gli occhi di Steinmetz si spalancarono. Joe immaginò che fosse allarmato perché aveva coinvolto Nguyen senza avere un caso. O forse stava reagendo alla notizia francamente scioccante della conferma della vera e della finta identità di Petrović.

Una cosa era sicura: Steinmetz non poteva essere felice che Joe si fosse buttato in un'indagine senza autorizzazione.

Il supervisore scosse la testa, si passò le mani tra i capelli e ruotò la sedia prima a sinistra poi indietro, risistemandosi in direzione di Joe. «Ho l'impressione che ci sia dell'altro», disse.

«Be', sì. Venerdì ho seguito Petrović fino a una steakhouse di California Street. Ho ordinato il pranzo. Dieci minuti dopo, è uscito dalla cucina ed era chiaro che fosse il capo. Ma c'è di peggio: si è accorto di me quando l'ho fotografato, si ricordava la mia faccia e mi ha collegato ad Anna Sotovina.»

«Oh, fantastico», commentò Steinmetz. «E dopo esserti strozzato con la bistecca cosa hai fatto?»

Joe si scusò. Non riusciva a ricordare di essersi mai scusato sul lavoro, ma sapeva che entrare in contatto con Petrović era stato un serio errore di valutazione. «Quello che so ora è che Petrović è stato processato e condannato per crimini di guerra e crimini contro l'umanità dalla Corte penale internazionale, però è stato rilasciato. Adesso fa la bella vita e ha aperto questo ristorante. Secondo i rapporti di polizia, è stato interrogato due volte negli ultimi due anni per contatti con spacciatori di droga, ma finora non ha oltrepassato la linea.»

Steinmetz mi bloccò: «Quindi non hai nulla su di lui».

«Non esattamente. Ho la conferma che è un genocida che usa un nome falso e svolazza libero come un uccellino a San Francisco. Craig, cosa ci fa qui? Tu lo sai?»

Steinmetz non rispose ma gli fece una decina di domande, tutte incentrate sul perché Joe avesse agito fuori dai confini e dalle regole del Bureau correndo il rischio di finire anticipatamente la carriera.

Stabilì che Joe non aveva preso soldi né usato Anna per un avanzamento di carriera, non aveva tradito il Bureau o il governo, e gli aveva riferito di quell'indagine irregolare prima di spingersi troppo oltre.

«Assicurami che non hai una relazione con questa donna.»

«Non c'è niente tra noi e non ci sarà mai.»

Steinmetz mise qualche puntino sulle *i* e qualche croce sulle *t* sul suo taccuino, poi spense il registratore. «Sarò pronto a vedere la testimone tra mezz'ora», concluse.

41

Anna stava di nuovo sentendo la musica quando Steinmetz aprì la porta della reception e la chiamò: «Signora Sotovina, prego, si accomodi».

Joe fece le presentazioni, poi tornò al suo posto sul divano. Guardò il cielo grigio attraverso i vetri che occupavano l'intera parete e ripercorse il colloquio appena avuto con Steinmetz. Naturalmente non era stato capace di leggere nel pensiero del suo superiore. Non sapeva se sarebbe stato assegnato al caso, anche nell'eventualità che Steinmetz avesse trovato credibile Anna.

Joe le aveva promesso che avrebbe tolto di mezzo Petrović, ma anche con il semaforo verde non sarebbe stato facile. Per quel che ne sapeva, Petrović non aveva commesso nessun reato. Il grassone dalla faccia paonazza gestiva una steakhouse: non esattamente il crimine del secolo.

C'era una buona possibilità che Steinmetz dirottasse quell'indagine verso la divisione di Washington, e allora Joe avrebbe dovuto stare al gioco e avrebbe infranto la promessa fatta ad Anna. Questo lo preoccupava. Lei gli aveva ripetuto più di una volta che avrebbe sparato a Petrović con le sue mani, e lui le credeva.

Joe lesse una copia del *Chronicle* lasciata lì da qualcuno, finché Anna non tornò al proprio posto e Steinmetz gli chiese di rientrare. Rimasero in piedi in corridoio dove il supervisore gli comunicò senza nessuna espressione o inflessione particolare: «Sei autorizzato ad aprire un'indagine sul sospetto in questione».

Joe sentì un'ondata di sollievo. Steinmetz gli chiese di tenerlo aggiornato e gli disse che, se non avesse messo insieme qualcosa contro Petrović nei successivi trenta giorni, sarebbe finita lì.

Si strinsero la mano.

«Craig, grazie.»

La porta si chiuse e Joe si diresse verso Anna e le toccò il braccio.

«È stata fantastica. Sono stato ufficialmente assegnato al caso.»

Anna si alzò e lo abbracciò. «Grazie. Non riesco a esprimere la mia felicità.»

«Sono contento. Contentissimo di poterla aiutare. Questo è il nostro ascensore. Andiamo.»

42

Joe scortò Anna fuori dall'edificio e lungo Golden Gate Avenue per tre isolati, fino alla sua piccola Kia rossa.

Parlarono dell'incontro e Joe definì un piccolo miracolo il fatto che Steinmetz l'avesse appoggiato. Dopotutto Petrović non aveva commesso reati sul suolo statunitense, almeno per quel che ne sapevano fino a quel momento.

«Lo farà», dichiarò Anna.

«Proverò a esserci quando manderà tutto a puttane, e la aggiornerò quando avrò qualche nuova informazione. Ma devo dirle una cosa, Anna: Petrović sa che lei passa in bicicletta davanti a casa sua.»

«L'ha detto?»

«Ci ha visti insieme la settimana scorsa. Non so se l'abbia riconosciuta da Djoba, ma non gli dia modo di pensare a lei. Per ora vada al lavoro e non gli dia la caccia.»

Anna abbassò la testa. «Non ha bisogno di ricordarmelo. Quello è stato il mio ultimo inseguimento.»

«Mi dispiace. Non era mia intenzione rimproverarla. Sono solo preoccupato che quell'uomo possa spararle dai gradini di casa sua. Lei lo sa meglio di me.»

Anna annuì vigorosamente. Poi lo abbracciò di nuovo, con forza.

Joe le diede un colpetto sulla schiena, le aprì la portiera e la guardò mettere la cintura.

«Grazie davvero. Grazie, per mio figlio e per mio marito», gli ripeté lei con voce rotta.

« Stia attenta », disse Joe e richiuse la portiera, rimanendo sul marciapiede mentre lei partiva.

Tornò all'FBI. Non appena fu nel suo ufficio, chiuse a chiave la porta e mandò un messaggio a Lindsay: « È andata bene. Ti racconto tutto stasera ».

Avviò il computer e scavò nei file che aveva iniziato a raccogliere relativi alla pulizia etnica che aveva devastato la Bosnia da metà degli anni Novanta. Le immagini uscirono dallo schermo e gli inondarono la mente; storie raccontate da donne divise dalle famiglie e brutalizzate, e da uomini detenuti e costretti a cantare canzoni serbe e a commettere atti sessuali tra di loro nell'attesa di essere giustiziati.

Erano immagini fresche ora; come la storia raccontata a metà da Anna sulla sua prigionia in una stanza simile a una cella nell'hotel dello stupro mentre gli stessi uomini che le avevano ucciso il marito e il figlio la violentavano ripetutamente. Uno di loro era stato proprio Petrović.

Ricordò l'espressione di Anna mentre gli narrava quelle violenze terribili, e poteva quasi sentire il suo terrore e la sua repulsione, con la minaccia di una morte imminente come qualcosa in cui sperare.

Si alzò e s'incamminò lungo il corridoio verso la sala caffè. Dieci minuti dopo, era di ritorno alla sua scrivania e si muoveva tra i file alla ricerca di qualcosa che rivelasse di più su Slobodan Petrović.

Il suo nome era menzionato in centinaia di documenti che Joe aveva accumulato. La sua carriera militare era tutta lì: un soldato che si era fatto strada tra i ranghi fino a raggiungere la vetta con il comando del massacro di Djoba. C'erano foto che lo ritraevano mentre ispezionava un fienile in cui decine di persone si erano impiccate alle travi, preferendo il suicidio alle torture e all'umiliazione della morte per mano sua.

Joe fissò quei cadaveri e le ombre che gettavano sulle tavole del pavimento, poi guardò il sorriso sadico di Petrović e la sua espressione trionfante.

C'erano stati alcuni testimoni al processo, e Filip Nikolić e i suoi comandanti in capo erano stati condannati all'ergastolo. Petrović però, pur condannato anche lui al carcere a vita, era stato rilasciato nonostante il gran numero di testimonianze contro di lui e la prova incontrovertibile dei suoi indicibili crimini. Poi, per quel che si sapeva, era annegato.

Joe si alzò, attraversò l'ufficio e si appoggiò alla cornice della finestra mentre il sole calava dietro i fatiscenti edifici sul lato opposto della via. La mente continuava a nuotare negli orrori della guerra in Bosnia, ma era il momento di focalizzarsi sulla promessa che aveva fatto. Era un uomo solo che lavorava in un ufficio a San Francisco. Avrebbe probabilmente potuto ottenere che Steinmetz gli affiancasse uno o due agenti per lavorare sul caso, ma finché non avesse avuto qualcosa che valesse la pena di risorse aggiuntive avrebbe dovuto lavorare da solo.

Aveva promesso ad Anna il massimo impegno per rimandare in galera Petrović. L'altra promessa, quella ufficiale fatta a Steinmetz, era di mettere insieme un caso velocemente o di lasciar perdere.

Al momento Joe non sapeva se ci sarebbe riuscito.

Ma era determinato a fare del proprio meglio.

43

Joe era seduto alla sua scrivania negli uffici dell'FBI di San Francisco, ma i suoi pensieri erano a Quantico, in Virginia.

In maniera vivida come se si trovasse davvero lì, ricordò se stesso seduto a un lungo tavolo nella sala conferenze del seminterrato. Era stato un profiler dell'Unità di scienze comportamentali. Con lui a quella riunione c'erano una quindicina di agenti antiterrorismo: FBI, CIA, esercito.

Non stava pensando a Petrović mentre se ne stava seduto in quella sala sotterranea a guardare il video che il legale dell'ambasciata americana a Sarajevo aveva spedito con corriere diplomatico: un video del tribunale della Corte penale internazionale che emetteva le sentenze di condanna nei confronti dei criminali di guerra in piedi alla sbarra.

Il peggiore era Filip Nikolić, il comandante responsabile delle ottomila vittime di Srebrenica. Più di cinquecento testimoni avevano deposto contro di lui. Oltre diecimila prove erano state presentate alla corte e, dopo quattro anni di processo, Nikolić era stato giudicato colpevole e condannato all'ergastolo.

Erano stati condannati anche molti ufficiali di alto rango dell'esercito serbo. I familiari delle vittime avevano affollato il palazzo del tribunale e le vie attorno per riuscire a vedere i mostri che avevano assassinato centomila civili.

Una di quelle mogli distrutte dal dolore, una giovane madre, aveva dichiarato a un giornalista: « Devono essere giudicati colpevoli. Ma, anche a giustizia fatta, non c'è niente che il tribunale possa fare per punirli a sufficienza».

Joe era sicuro che Anna la pensasse allo stesso modo.

C'era stata una persona ancora più nota al processo, e le sue immagini erano apparse sullo schermo curvo del vecchio televisore appoggiato sul supporto a un capo del tavolo.

Jelena Jovanović aveva un aspetto del tutto ordinario: donna bianca di una certa età, dall'acconciatura severa, che sarebbe sembrata a suo agio dietro la cassa di un grande magazzino o a un cocktail party a Georgetown. Quella settantaduenne, invece, era l'ex presidente della Serbia, conosciuta come la Donna di Ferro. Jovanović era stata un'impenitente sostenitrice della pulizia etnica dei non serbi, in particolare dei musulmani, definendo l'eliminazione delle persone non serbe un «fenomeno naturale».

Dopo alcune difficoltà del suo governo e in seguito ad aspri conflitti con i suoi sodali, Jovanović si era ritirata dalla politica, ma non si era allontanata abbastanza da evitare le indagini della Corte penale internazionale.

L'anno successivo al suo ritiro aveva scoperto che esisteva un fascicolo secretato su di lei, contenente numerosi capi d'imputazione per genocidio e crimini contro l'umanità. Aveva negato le accuse e si era consegnata volontariamente alla Corte per affrontare il processo.

Mentre era in attesa di giudizio, Jovanović aveva all'apparenza subito un cambiamento nel profondo di quello che lei chiamava cuore. Si era dichiarata colpevole di ogni accusa e aveva ritrattato le sue deposizioni precedenti, affermando che le vittime delle sue purghe erano state innocenti.

A Quantico, Joe e gli altri membri delle agenzie antiterrorismo avevano guardato l'annuncio della sentenza. Era rimasto sbalordito nel sentire la Corte annunciare che, per i sopravvissuti di quella nazione ancora lacerata dalla guerra, la confessione e l'ammissione di colpa di Jovanović avrebbero significato più di un verdetto di colpevolezza dopo un processo durato vari anni.

Dov'era la giustizia in tutto ciò?

In cambio dell'ammissione di colpa per i crimini di guerra, le accuse di genocidio erano state fatte cadere. Jovanović era stata condannata a venticinque anni per crimini contro l'umanità, ma prima di poter fare anche un solo giorno di carcere la sua condanna era stata ridotta a undici anni, da scontare in una prigione svedese dotata degli stessi comfort di un resort di lusso.

In seguito era stata ulteriormente ridotta a cinque anni, vista la pena già scontata e la buona condotta, e all'età di settantanove anni, dopo appena sei anni di carcere, Jovanović era stata rilasciata.

Com'era potuto succedere?

Forse quella donna, negli accordi segreti con i giudici della Corte, aveva ottenuto la possibilità di uscire in cambio non solo di una confessione, ma anche di informazioni su alti ufficiali dell'esercito? L'incredibile colpo di scena era stato che, una volta libera, Jovanović aveva ritrattato in pieno anche la confessione, sostenendo di averla rilasciata solo per ottenere una sentenza indulgente.

Era successo davvero.

Dopo aver esaminato con cura il caso di Jovanović, Joe era ancora più sicuro che anche Petrović fosse libero in seguito al patteggiamento.

Petrović era stato un colonnello. Aveva preso ordini dai generali condannati per genocidio e crimini contro l'umanità.

Pesci più grandi di lui.

Se era possibile, Joe voleva conoscere sia i dettagli dell'accordo di Petrović sia i termini del suo rilascio. Perdio, come era stato possibile che il Macellaio di Djoba aprisse una steakhouse a San Francisco?

44

Joe aveva fame, ma non voleva smettere di lavorare per andare a casa a mangiare.

A Washington era ancora tardo pomeriggio.

Digitò il numero di telefono del dipartimento di Stato e chiese di parlare con il vicedirettore Brandon Reilly. La chiamata fu inoltrata e Reilly rispose.

Dopo i convenevoli, Joe gli chiese: « Ti ricordi un colonnello dell'esercito serbo di nome Slobodan Petrović? »

« Lo stronzo cattivo. Me lo ricordo. È annegato o qualcosa di simile, giusto? »

« Magari. »

Joe riassunse a Reilly la situazione, cioè che Petrović si trovava a San Francisco, decisamente vivo e vegeto. Dopo di che, fece la sua richiesta: ottenere informazioni su come avesse fatto il bastardo a dribblare una condanna all'ergastolo per crimini di guerra e crimini contro l'umanità.

« Dammi un momento », rispose Reilly.

Joe aspettò e fu sollevato quando l'altro tornò in linea.

« Molinari, ci sei ancora? »

« Sì. Cosa sai? »

« Sembra che Petrović sia passato sopra alcune persone dell'alto comando in cambio dell'immunità. Ci sono stati sette rinvii a giudizio e condanne come risultato delle informazioni da lui fornite alla Corte. »

« Figlio di puttana. »

Reilly continuò: « Per questo ha ottenuto l'accordo. Visto

il gran numero di nemici che si era fatto gli è stata data una nuova identità, passaporto incluso, e gli è stato permesso di lasciare il Paese. Ora si chiama Antonije Branko.»

«Quali sono state le condizioni per il rilascio?»

«Solo una: se commette un reato in qualsiasi posto, dalla Bosnia fino alla Luna, dovrà scontare la condanna all'ergastolo originaria.»

«Quindi, se ho capito bene, se Petrović venisse condannato per un reato grave tornerebbe dritto alla Corte penale internazionale e sconterebbe la condanna sospesa in cambio di un'ammissione di colpa e di informazioni.»

«Sì. Naturalmente, potrebbe non funzionare. Per estradarlo, devi proprio inchiodarlo al muro.»

«Grazie, Reilly. Era quello che avevo bisogno di sapere.»

Joe trascrisse sul computer alcuni appunti e poi lo spense. Finché Petrović avesse gestito affari puliti senza sbandierare le condizioni dell'accordo, era libero di sfrecciare per la città con la sua Jaguar e di essere il capo al Tony's Place for Steak.

Se però avesse riciclato denaro, trasportato droga o trafficato bambini, sarebbe stato rispedito all'Aia, e da lì in prigione, dove un certo numero di ufficiali suoi ex compagni sarebbero stati felici di ucciderlo.

45

Anna aveva promesso a Joe di non seguire Petrović e avrebbe mantenuto la promessa.

Ma non si era detto nulla sul parcheggiare lungo Fell Street, da dove lei poteva vedere il Macellaio andare e venire, osservarne i movimenti quando non era al lavoro ed essere sicura che se anche l'avesse notata non sarebbe riuscito a vederla chiaramente in viso.

Erano le otto di sera passate e Anna era nella sua auto, parcheggiata dall'altro lato della strada. C'era poco traffico e lei riusciva facilmente a vedere la fila di case vittoriane, specialmente quella gialla con le decorazioni blu dove già due volte aveva visto Petrović scendere le scale.

Le eleganti case di Fell Street erano illuminate all'interno e Anna poteva scorgere il bagliore blu dei televisori e le sagome dei proprietari dietro le tende.

Una volta aveva vissuto in una bellissima cittadina di montagna con belle casette, televisori, auto, parcheggi, negozi, ponti sopra freddi torrenti e un'antica fortezza. Lei e le sue amiche avevano letto libri ed erano andate al lavoro e si erano vestite all'occidentale come in ogni altra nazione europea. Era stato come un sogno, ma non si era accorta di stare solo sognando.

Scartò una barretta al cioccolato e la mangiò mentre osservava quella via da cartolina. Ripensò al periodo in cui lei e suo marito avevano posseduto, non troppo tempo prima, una casa alla periferia di Djoba.

Non era una casa grande, ma era accogliente.

Costruita in mattoni e legno, era di un blu pallido fuori e bianca dentro, con le travi del soffitto a vista e una stufa di mattoni in cucina. Amava cucinare su quella stufa e si sentiva completamente a casa in quella cucina semplice con il tocco dolce dei piatti decorati appesi alle pareti.

Non appena si era sposata, la sua migliore amica e sua sorella maggiore Tina le avevano insegnato le loro ricette su quella piccola stufa e le avevano svelato dei trucchetti per preparare cene deliziose.

C'era un dolce chiamato *krempita*, una specie di torta alla crema, che si cucinava per le feste e i compleanni. Anna ricordava i primi tentativi di stendere la pasta sfoglia e preparare il ripieno di crema pasticcera. La sua amica e sua sorella avevano riso così tanto per la farina appiccicata ai capelli, al viso e alle mani e a ogni altra superficie, ma lei aveva imparato e aveva finito per amare il momento in cui serviva la *krempita* sui piatti da torta blu della nonna, utilizzando le forchettine che erano della sua famiglia da generazioni. Ed era stato il dolce preferito di suo marito, anche se la madre di lui ne preparava una versione differente: la *sampita*, in cui la crema pasticcera era sostituita dalla meringa. Lui la prendeva in giro facendole la voce sexy: «Anna, tesoro mio, io adoro la tua *krempita*».

Il modo in cui lo diceva la faceva sempre ridere.

Anna non aveva più cucinato una torta da quando l'esercito di Petrović aveva occupato Djoba. La sua famiglia era stata seppellita in una fossa comune, tranne il suo bambino. Non sapeva dove riposassero le sue povere ossa.

Le lacrime le scendevano lungo le guance, ma non singhiozzò e nemmeno sbatté le palpebre. Le strofinò via con il dorso della mano e tenne gli occhi fissi sull'elegante casa in cui viveva Slobodan Petrović.

46

Anna vide un paio di fari nello specchietto retrovisore, ma finché non l'ebbero sorpassata non realizzò che erano di una Jaguar blu.

C'era un posto vuoto davanti alla casa gialla e la macchina ci s'infilò, parcheggiò, e i fari si spensero.

Era di nuovo buio e Anna riprese a respirare. Guardò l'orologio e vide che era appena passata la mezzanotte. Si era addormentata senza accorgersene. Il ristorante di Petrović doveva aver chiuso e lui era tornato a casa.

Lo vide scendere dall'auto, il telefono all'orecchio come al solito, e passare sotto le decorazioni in legno della veranda. Si accesero le luci nell'ingresso e poi in salotto.

Proprio mentre Anna metteva in moto, apparve un'altra auto che avanzava sulla via, e i fari le brillarono negli occhi. Attese prima di partire, per farla passare, ma la macchina avanzò fino a mettersi parallela a un'auto parcheggiata e si fermò. In seconda fila.

Si aprì la portiera del conducente e ne scese un uomo dai capelli argentati con un soprabito grigio, che sbatté la porta del SUV scuro. Anna conosceva le auto. Era una Cadillac Escalade.

Chi era?

Un agente dell'FBI che pedinava Petrović?

Un amico o un collega che gli faceva visita a mezzanotte?

L'uomo in grigio camminò fino alla casa di Petrović e salì i gradini. La porta si aprì. Anna vide la gigantesca sagoma scura di Petrović indietreggiare e permettergli di entrare. La porta si richiuse.

Anna spense il motore, prese un sorso d'acqua dalla bottiglietta e la rimise sul sedile. Avrebbe aspettato finché l'uomo in grigio non avesse lasciato la casa. Aveva promesso a Joe di non seguire Petrović, ma tecnicamente seguire un suo contatto non era seguire *lui*.

Più cose avessero saputo sul suo conto, meglio era.

E non dovette aspettare a lungo.

Circa cinque minuti dopo essere entrato nella casa gialla, l'uomo in grigio uscì, salì in macchina e partì a bassa velocità, fermandosi subito. Proprio accanto a lei.

L'uomo nell'auto aspettò che Anna si girasse verso di lui e poi fece un cenno per chiederle di abbassare il finestrino.

Anna non lo fece. In effetti era paralizzata. Si immaginò una pistola puntata contro. Lei che si abbassava verso il fondo dell'auto. Si vide scappare fuori dalla macchina sul marciapiede e poi soltanto correre, correre, correre, con i proiettili che le piovevano addosso mentre correva.

Anna sentì l'uomo urlare attraverso il finestrino aperto.

«Ha bisogno di aiuto?» gridava.

Lei scosse la testa. Cercò le chiavi e accese il motore. C'era spazio per uscire e passargli oltre. A malapena. Girò lo sterzo e, appena fu sulla sua corsia, si voltò verso l'uomo al volante della Escalade.

Le stava sorridendo. Era quel tipo di sorriso che aveva già visto prima, nei giorni più neri del suo inferno in terra. Quel sorriso esprimeva potere.

Le stava facendo sapere quanto fosse consapevole del suo potere di farle del male.

Le gomme della Kia di Anna fecero presa sull'asfalto e stridettero quando l'auto partì a razzo sulla strada. Controllò lo specchietto retrovisore quando raggiunse l'incrocio tra Fell e Broderick.

La Cadillac non la stava seguendo. Ma se l'uomo l'avesse cercata avrebbe riconosciuto la sua Kia. Parcheggiò a qualche isolato di distanza dal suo portone e camminò nell'ombra per arrivare fino a casa.

47

Nancy Koebel, la cameriera del motel Big Four, se n'era andata chissà dove dopo aver trovato il cadavere di Carly Myers.

Non solo aveva scoperto il corpo ma, vista la sua presenza nella zona del motel nei giorni precedenti all'omicidio, avrebbe potuto avere informazioni sull'assassino di Carly. Quindi io e Conklin fummo sorpresi e molto felici di vederla entrare dall'ingresso della Omicidi e chiedere di me martedì mattina.

La scortammo alla sala interrogatori n. 2 e le chiedemmo se volesse qualcosa da bere. Declinò e ci disse subito che non poteva trattenersi a lungo.

Nancy Koebel era giovane, tra i diciotto e i ventidue anni, e magra, con capelli castani ondulati e cerchi scuri sotto gli occhi. Spiegò che aveva dovuto trasferirsi a San Francisco dal Canada quasi tre mesi prima con il fidanzato, Roger Lewis.

«Doveva essere una vacanza, ma non andavamo d'accordo. Io ho detto delle cose. Roger ha detto delle cose. Poi mi ha scaricata. Avevo pochissimi soldi, nessuna macchina, una carta di credito vuota e un visto turistico che stava per scadere. Vivevo con i miei genitori e mi ero innamorata di quel coglione. Ora sono ospite da mio zio, che vive a Pacifica, ma ero troppo imbarazzata per chiedergli soldi in prestito. Quindi ho deciso di trovarmi un lavoro e darmi da fare finché non avessi guadagnato abbastanza per tornare a casa con un minimo di dignità.»

Io e Conklin la compatimmo e lei continuò, raccontandoci di aver visto il cartello CERCASI CAMERIERA fuori dal motel Big Four. Aveva ottenuto il lavoro per un paio di settimane, che poi erano diventate un paio di mesi.

Il famoso fascino di Conklin con le donne non si limitava al suo bell'aspetto. Era gentile, ascoltava e usava le parole magiche. Aveva preso il comando nell'interrogatorio di Koebel e fui felice di lasciarlo fare. « Ci parli del ritrovamento del cadavere o di qualunque altra cosa sa sulla morte di Carly », le chiese. « Non badi alla forma, Nancy. Noi ascolteremo e le faremo domande. »

Lei annuì e, quando cominciò, io mi spostai sul bordo della traballante sedia di metallo.

Durante quella prima ora, Koebel ci raccontò: « Stavo facendo il mio solito turno, dall'orario di check-out a mezzogiorno fino alle ventidue, e la camera 212 in teoria avrebbe dovuto essere vuota. Sulla porta però c'era ancora il cartello NON DISTURBARE. Ho bussato un po' di volte e poi sono stata costretta a entrare. Bisognava pulirla. Sono andata prima in bagno. È il mio metodo: prima prendo gli asciugamani e li lancio sul carrello, poi mi dedico alla biancheria del letto. Ma gli asciugamani non erano né appesi né sul pavimento, quindi ho aperto la tenda della doccia ».

Koebel si coprì il viso con le mani. Avevo visto quello che aveva visto lei, quindi sapevo che l'immagine della vittima le aveva provocato il più grosso shock della sua vita.

Ci raccontò cosa aveva fatto dopo, e combaciava con la versione degli eventi di Tuohy. Aveva recuperato la borsa dall'ufficio, era corsa in strada e non era più tornata al Big Four, neanche per ricevere lo stipendio.

« Ero davvero sconvolta per quello che era accaduto. »

Le mostrai dal cellulare una foto dell'uomo che era stato visto scendere le scale sul retro del motel martedì.

Koebel dichiarò che forse lo aveva già visto, ma non il giorno in cui aveva trovato il cadavere. Sostenne anche di non aver mai parlato con Carly Myers. Ribadì di aver fatto il proprio lavoro, a testa bassa, e di aver messo da parte i soldi per poter tornare a casa.

«Sono venuta solo a dirvi quello che so: che quando ho aperto la porta della 212 non c'era nessuno, solo quella povera donna appesa alla doccia.»

48

Un'ora e mezzo dopo aver conosciuto Nancy Koebel, le mie speranze che ci conducesse all'assassino o alle due professoresse scomparse erano diminuite notevolmente.

« Ma lei conosce l'uomo della fotografia che le abbiamo mostrato? » chiese Conklin alla nostra dubbiosa testimone.

« Non lo so. Proprio non lo so. Non ho fatto tanta attenzione. »

« Okay, va bene. Nancy, adesso le porto il tè che le ho promesso. »

Quando Rich ebbe lasciato la stanza, intervenni: « Un'altra volta, Nancy, per favore. Lei lavorava da mezzogiorno alle ventidue. Martedì scorso ha visto Carly Myers occupare la stanza attorno alle ventidue? »

« No, come ho detto non l'ho proprio vista martedì. Ho visto alcuni uomini andare nella sua stanza in altri giorni, due o tre volte. Ma non sapevo come si chiamava finché non l'ho vista in una foto online. »

« Le ha mai parlato? »

« Una volta mi ha chiesto degli asciugamani in più. Un'altra, le batterie per il telecomando della tv. »

« E gli uomini che ha visto con lei in altre occasioni? Cosa sa dirmi? »

« Come ho detto, sergente, non li guardavo in faccia. Andavano alla 212, lei li faceva entrare e dopo poco tempo se ne andavano. Non ho mai osservato o tentato di ricordare nessuno degli ospiti. Non erano affari miei e il signor Tuohy si assicurava che mi guadagnassi i miei sei dollari l'ora. Dovevo fare le scale. Passare l'aspirapolvere. Occuparmi del bucato. Volevo tenermi il lavoro.»

«Capisco. Ha mai notato, o sentito, qualche segno di violenza? Mobili rotti, bruciature sulle braccia o sul viso di Carly?»

«Mai.»

«Ha mai trovato qualcosa di allarmante nella stanza di Carly dopo che se n'era andata? Sangue o qualcosa del genere?»

«No», rispose con enfasi.

Conklin entrò con una tazza di tè per Nancy. Sentii il profumo di erbe cinesi. La scorta segreta personale di Paul Chi.

«So quanto sia stressante, Nancy», disse tirando indietro la sedia. «E lei è stata di grande aiuto. È la nostra ultima speranza di trovare l'assassino di Carly.»

Lei scosse la testa; se fosse per disperazione o per rimorso, non potevo saperlo. Ma la videocamera era ancora in funzione, la testimone era ancora sulla sedia. E io avevo ancora domande da fare.

49

Conklin aveva ragione: Nancy Koebel era la nostra ultima speranza.

Aveva visto Carly viva e poi morta. E prima della morte aveva visto uomini andare e venire dalla sua stanza. Uno di questi *poteva* essere l'assassino di Carly. Ma «poteva» era mille miglia distante dall'essere una prova.

Non volevo ammetterlo, però Nancy Koebel era credibile e non ci stava portando a nessun risultato. Tuttavia, come diceva sempre mia madre, la pressione crea diamanti. Se fosse stato necessario fare pressione su Koebel, l'avrei fatto, perché non ero pronta a gettare la spugna con quella testimone.

«Nancy, guardi un'altra volta la foto», le dissi.

«Okay», rispose rassegnata.

Soffiò sul suo tè e io scelsi la foto migliore che il bancomat aveva scattato dall'altro lato della strada sul retro del Big Four, la notte che Carly Myers era stata uccisa.

«Qui ci sono altri scatti, da un'angolazione leggermente differente. Lo riconosce ora?»

Mi prese di mano il telefono e diede un'attenta occhiata all'immagine. Strizzò gli occhi e poi disse: «Ecco... mi faccia vedere ancora l'altro scatto».

Obbedii.

Koebel riprese il telefono e strizzò di nuovo gli occhi. «Potrebbe essere Denny. Non posso giurarlo sulla Bibbia, ma potrebbe essere lui.»

Jake Tuohy aveva detto che il pappone di Carly si chiamava Danny o Denny.

«L'ha visto più di una volta», la sollecitai.

«La volta che mi ricordo, Carly ha fatto il check-in. Lui ha aspettato nel parcheggio davanti, vicino alla reception. Poi sono andati insieme a piedi verso il retro.»

«Continui», ribadii, e Koebel aggiunse nuovi particolari alla storia che ci stava raccontando da tutta la mattina.

«Carly ha salutato con la mano e ha detto: 'Ciao, Denny'. Lui l'ha guardata salire al primo piano.» Koebel serrò le labbra e chiuse gli occhi.

Probabilmente stava tornando all'ultima volta che era stata nella camera 212, un'esperienza di quelle che cambiano la vita. E, dal modo in cui si aggrappava al bordo del tavolo, pensai che fosse prossima a darsela a gambe.

Se l'avesse fatto, non avremmo potuto fermarla.

Anche Conklin se ne accorse. Aveva paura di qualcosa. Forse di noi. Era negli Stati Uniti con un visto scaduto.

«Non le sarà chiesto di testimoniare», intervenne Conklin. «Stiamo cercando di trovare l'assassino di questa donna perché altre due sono ancora scomparse. Ci sta aiutando, Nancy, e noi le siamo molto grati per essere venuta.»

Lei annuì. «Ho bisogno di tornare a casa», disse.

Non ero soddisfatta, quindi insistetti. «Nancy, non ci siamo ancora. Abbiamo un ipnotista a cui possiamo rivolgerci. Il dottor Friedlander può indurle uno stato di trance ipnotica, così sarà in grado di visualizzare il momento in cui ha visto quest'uomo e fissare l'immagine. Potrà guardarlo bene attraverso le lenti della sua memoria.»

«Quanto ci vorrà?»

«Vuole chiamare suo zio e dirgli che sta aiutando la polizia a trovare un assassino e che deve rimanere qui finché non ci avrà dato un indizio?»

Sembrava davvero stressata.

« Devo andare. Non voglio essere ipnotizzata. »

« Allora risponda alla mia domanda, Nancy. Sinceramente. Crede che Denny fosse un cliente o un amico di Carly? O crede che lei lavorasse per lui? »

« Oh, mio Dio. Ora che lo dice, in un'altra occasione mi pare di averla vista mentre gli consegnava una mazzetta di banconote, a lui o a qualcuno che gli somigliava. »

Era un'altra ipotesi, però mi parve di avere ottenuto finalmente qualcosa. Pensai alla donna che lavorava alla lavanderia a gettoni di fronte al Big Four. Edna Gutierrez. Aveva detto a Jacobi di aver visto un uomo far scendere Carly dall'auto davanti al motel, un SUV nero o blu.

« Che tipo di auto guida Denny? » chiesi a Koebel.

« Non ho fatto caso alla macchina. Guardi, ho bisogno di tornare da mio zio e mettere in valigia i miei due completi e lo spazzolino. Verrà a prendermi tra un paio d'ore e abbiamo in programma di arrivare fino a Toronto. »

Conklin mi guardò come per chiedere: *Qualcos'altro?*

Sospirai.

Chiesi a Nancy il numero di telefono e la ringraziai ancora per aver aiutato il dipartimento di polizia di San Francisco. La lasciai nella stanza con Richie a mettere per iscritto le sue dichiarazioni e mi diressi verso la mia scrivania.

Prima che raggiungessi la porta a battenti, Conklin mi richiamò.

Mi girai.

« C'è dell'altro », disse.

Tornai alla sala interrogatori. Nancy Koebel era seduta dove l'avevo lasciata.

« Mi ricordo qualcosa », mormorò. « Non sono sicura al cento per cento. »

Mi risedetti.

«Dica al sergente Boxer quello che ha detto a me.»

«Li ho visti in piedi vicino a un'auto quando lei gli ha consegnato il denaro. Era una macchina squadrata, tipo un SUV, e se è quello che cercate ha un adesivo sul fianco, il logo della Taqueria del Lobo. Inoltre una volta mentre pulivo la camera 212 ho trovato un sacchetto di carta con la stessa scritta. Credo che l'indirizzo fosse Valencia Street.»

Denny lavorava nel locale che faceva tacos da asporto su Valencia? Tornai ballando alla scrivania. Forse avevamo una traccia fatta di diamanti. Forse, forse, forse.

Susan Jones, Adele Saran, resistete per favore. Stiamo facendo tutto il possibile per trovarvi.

50

Riferii a Jacobi cosa avevo in mano e la mia impressione che tutto ciò ci avrebbe portati a una traccia.

Nancy Koebel era abbastanza sicura di aver visto Carly Myers consegnare un rotolo di banconote a un tizio di nome Denny, conosciuto per essere saltuariamente il pappone di Carly. La testimone aveva poi collegato quell'incontro e il passaggio di denaro a un SUV con il logo di un locale di tacos da asporto su Valencia Street, chiamato Taqueria del Lobo.

Jacobi fece un sospiro. « Va' a prenderlo », mi ordinò.

Una volta che Koebel fu in viaggio verso casa, cercai nel database della Motorizzazione un veicolo registrato a nome della taqueria su Valencia. Spuntò una Chevy Tahoe blu appartenente al proprietario del locale, José Martínez.

I documenti mi informarono che Martínez aveva trentaquattro anni, era stato congedato con onore dall'esercito e viveva in Shotwell Street, a qualche isolato di distanza dalla taqueria. Non aveva precedenti e la foto della Motorizzazione non combaciava con gli scatti di Denny fatti dal bancomat. Non una buona notizia, ma ero ancora interessata al collegamento dell'auto con Carly Myers.

Chiamai la mia amica Yuki e le raccontai la versione breve della storia.

« Non ti muovere da lì », mi rispose.

Arrivò alla Omicidi e, dopo essere stata aggiornata da me e Conklin sull'interrogatorio di Koebel e su quello che significava per il nostro caso, tornò di corsa giù all'ufficio del procuratore distrettuale e si mise al lavoro. Yuki è veloce e scrupolosa; perciò alle diciotto avevo già in tasca un mandato di perquisizione per la Chevy Tahoe.

Il notiziario della sera iniziò mentre io e Conklin ci preparavamo a lasciare il Palazzo di Giustizia. Mi abbottonai la giacca, lasciai un messaggio per Jacobi, spensi il computer e alzai il volume della tv.

La trasmissione partì con le preghiere strazianti di Harold e Marjory Jones e di William e Cora Saran, i genitori delle professoresse scomparse. Piansero, implorarono il rapitore di restituire loro le figlie e offrirono ricompense per qualunque informazione che portasse al loro ritorno.

Dopo il discorso dei genitori addolorati, il sindaco di San Francisco annunciò che com'era scontato ogni membro del dipartimento di polizia era al lavoro e che anche l'FBI si stava occupando del caso.

Fino a quel momento non c'era niente da riferire.

Mi faceva male lo stomaco. L'istinto mi diceva che quelle donne erano morte e i loro cadaveri erano stati gettati da qualche parte. Ma, fortunatamente per la mia salute mentale, riuscivo a vedere il lato positivo: finché non avessimo trovato i corpi, ci sarebbe stata speranza.

Non avevamo condiviso con l'FBI la foto a bassa definizione di Denny ottenuta dal bancomat. Era una persona del luogo e quello era ancora il nostro caso.

Conklin fece tintinnare un mazzo di chiavi finché non mi girai a guardarlo. « Pronta, sergente? »

Lo seguii giù per le scale antincendio e fuori dall'ingresso principale su Bryant Street, dove prendemmo la nostra auto regolamentare, una Chevy grigia. Conklin si mise al volante e guidò fino a Mission, un quartiere variegato dalla movimentata vita notturna. Comprendeva anche zone losche: covi di tossici e spacciatori di droga, passeggiatrici e gang, criminali di ogni tipo e clienti in cerca di divertimento.

Mission ora si sta gentrificando, ma quando lavoravamo al caso cinque anni fa era pericoloso dopo il tramonto. Io ero armata, ma anche così mi sentii a disagio quando la luce si affievolì e arrivò la nebbia che era solita invadere il quartiere.

Rich rallentò e avanzammo lentamente verso Shotwell Street, frugando le strade sempre più buie alla ricerca del veicolo per la consegna dei tacos e di un uomo di nome Denny, cognome sconosciuto, identità non verificata, che forse era un pappone e sicuramente era un sospetto.

Superammo gli incroci con Sixteenth, Seventeenth ed Eighteenth Street.

Gruppetti di uomini con il cappuccio a coprire il volto erano radunati negli angoli bui, lo spaccio di droga procedeva avanti in bella vista. Passammo anche Nineteenth Street e arrivammo allo Shotwell's, un locale posizionato a un incrocio apparentemente tranquillo ma famoso per essere il fulcro della prostituzione della zona.

51

Qualcosa in quella zona fece riaffiorare i ricordi, o forse era soltanto l'oscurità di quell'indagine, lo spettro di un uomo che godeva nel torturare donne. Avevo lavorato a Mission come poliziotta di quartiere e avevo trascorso tanto tempo in quelle strade. All'epoca San Francisco era una città diversa. Dopo anni di gentrificazione, ormai non c'era quasi più nessun posto che potesse essere definito «una brutta zona». Anche se l'edificio era un po' più tirato a lucido, ricordavo lo Shotwell's molto più squallido.

Era stato un mio personale punto di riferimento. Quando ero ancora una recluta, quel bar era una sorta di quartier generale fuori sede per le poliziotte. Era un luogo d'incontro in cui discutere su come comportarsi quando venivamo ignorate, sminuite o molestate dagli uomini del dipartimento.

E assieme ai ricordi più piacevoli di quelle serate passate a bere con alcune delle donne più toste che avessi mai conosciuto, lo Shotwell's mi restituì anche le immagini vivide di un caso a cui avevo lavorato quando ero una novellina. Non ancora abituata alla brutalità umana.

Riportai alla memoria ogni dettaglio di quella sera, che era iniziata con il crepitio della chiamata radio. «A tutte le unità. Senzatetto a terra tra Shotwell e Twentieth Street.»

Avevamo risposto io e la mia collega, Lisa Frazer.

Lisa aveva dieci anni di servizio, era sposata, madre di due bambini e un'ottima tiratrice. Era anche intonata, cosa di cui aveva dato spesso prova nell'autopattuglia. Quella notte cantava e guidava mentre perlustravamo Mission e, quando la centrale aveva chiamato a mezzanotte, avevamo risposto.

Eravamo a due isolati dal luogo indicato ed eravamo arrivate in meno di un minuto. Frazer aveva frenato e spento il motore. I fari si erano smorzati e l'unica illuminazione rimasta era una lucina proveniente dalla finestra in alto di un appartamento vicino.

Gettava un fascio abbastanza potente da illuminare la vittima, che giaceva sulla strada a braccia e gambe divaricate.

Io ero saltata giù dall'auto e mi ero diretta per prima cosa verso il corpo. Avevo dato un'occhiata, poi avevo chiamato il nostro sergente di pattuglia, Pat Correa, riferendo che eravamo sulla scena e che avevamo bisogno di sgomberare la zona, di un'ambulanza e della Scientifica.

«Ci sono», aveva risposto lei. «Dovrei essere lì fra tre o quattro minuti.»

Grazie a Dio, c'era Correa. Era una veterana e un esempio per tutti.

Nel frattempo io e Frazer avevamo del lavoro da fare. Quello che potevo vedere nel buio e nella nebbia, grazie ai fasci di luce delle nostre torce, sembrava opera di uno psicopatico seriale che al Palazzo di Giustizia chiamavamo il Succhiasangue. Nessuno l'aveva mai visto da vicino, e questo l'aveva reso un essere mitologico, ma tagliava gole, beveva il sangue delle vittime e si lasciava dietro una firma.

Mi tremava la mano mentre illuminavo la vittima, mi qualificavo («Mi chiamo Lindsay. Sono una poliziotta») e le chiedevo di resistere. Stava arrivando un'ambulanza. La donna gemeva sommessamente, ma aveva gli occhi chiusi e non si muoveva.

La vittima sembrava una senzatetto, era di mezza età, aveva i capelli ingarbugliati ed era vestita di stracci. La busta di plastica che utilizzava per portare in giro i suoi averi era ancora appesa al polso sinistro.

L'avevo perquisita in cerca di indizi sulla sua identità e avevo trovato una mela, un pacchetto di fazzoletti, una pallina di carta stagnola e cianfrusaglie varie, ma nessun portafoglio o documento.

Il taglio lungo dieci centimetri sul lato del collo sembrava una ferita da coltello, e un'arteria era stata recisa. Non c'erano dubbi: si stava dissanguando. Il sangue era talmente tanto da formare una pozzanghera intorno a lei, stava iniziando a coagularsi e l'odore ferroso si mescolava alla puzza di urina che saliva dalla strada.

Frazer era stata veloce a prestarle soccorso, premendo la mano guantata sulla ferita pulsante. « Ce l'ho, Boxer. Metti in sicurezza la scena. »

La vittima era ancora viva. A malapena.

Il Succhiasangue poteva essere nascosto lì da qualche parte a osservarci?

Avevo scrutato le facce della folla di passanti che si stava radunando. I membri delle gang che gestivano il quartiere, pensavo. Non avevamo i cellulari, quindi scattavo foto con la mente, memorizzando i dettagli dei ficcanaso che riuscivo a vedere, anche mentre ordinavo loro di allontanarsi dall'area immediatamente attorno.

Uno degli spettatori era un ragazzotto tarchiato con le mani grosse e non voleva indietreggiare. Lo avevo ammonito, andandogli incontro e bloccandogli l'accesso, ma lui mi aveva sfidato, aveva assunto una posizione da pugile e danzava sulle punte dei piedi sfidandomi ad affrontarlo.

E poi mi aveva attaccata.

Mio padre è stato un cattivo padre, un marito ancora peggiore e anche un poliziotto corrotto. Forse stavo tentando di riparare a tutto questo, diventando io stessa poliziotta. Una cosa che Marty Boxer mi aveva insegnato era: «Con il cognome Boxer, sarà meglio che tu sappia fare a pugni».

Temevo che il ragazzo tarchiato potesse farmi male, ma ero più preoccupata che potesse contaminare la scena. Quindi avevo caricato il pugno e lo avevo colpito in faccia con tutta la mia forza.

Lui aveva ululato e barcollato all'indietro tenendosi le mani sul naso. La folla che avevo disperso si era ricompattata e aveva cominciato a deriderci, fischiando in direzione mia e di Frazer: «Ehi, maledette poliziotte!».

Ero preoccupata che ci aggredissero. Noi eravamo in due. Loro almeno una decina. Avevo sparato in aria per avere la loro attenzione. Mi ero ricordata, troppo tardi, che gli spari di avvertimento erano illegali, ma avrei badato in seguito alle spiegazioni. Eravamo in inferiorità numerica e temevo per la mia vita.

In pratica era stata pura spavalderia quando avevo gridato: «Chi vuole andare in prigione per aver interferito con il lavoro delle forze dell'ordine?»

C'era stata una risata. Male. Una minacciosa calca di bulli si stava divertendo con la signora poliziotta. Avrebbero potuto essere armati. Sarei stata sorpresa se non lo fossero stati. La scena del crimine era ancora esposta e c'eravamo solo io, che tenevo indietro quei delinquenti, e Frazer che si frapponeva tra la vittima e la morte.

Mi ero fatta largo tra i bulli e una volta raggiunta l'auto avevo chiamato la centrale chiedendo immediatamente rinforzi. La radio aveva rimandato la voce di Correa. «Sono a Mission su Twentieth Street. Cerca i lampeggianti.»

I criminali avevano sentito la voce di Correa che diceva di essere a tre isolati di distanza e questo li aveva fatti arretrare. Mi ero data un minuto per delimitare la via con il nastro e ce l'avevo fatta.

Frazer si era scusata: «Mi spiace non averti potuto aiutare».

«Hai visto *quello*?» l'avevo interrotta.

Avevo puntato la luce sul muro di mattoni e lì, tracciata a mano con il sangue, c'era la firma del Succhiasangue, lo schizzo di un volto ghignante con del sangue che colava dal mento.

Frazer stava chiedendo alla vittima come si chiamasse, la stava esortando a resistere, ripetendole la promessa che sarebbe andato tutto bene.

Il tizio che avevo preso a pugni era seduto con la schiena appoggiata a un'auto, si teneva il naso e gemeva. Pregavo che fossimo arrivate in tempo dalla vittima. Che qualcuno avesse visto l'assalitore.

Avevo tirato fuori il taccuino e gridato in direzione della folla che aumentava. Non più solo giovani uomini, grazie a Dio. «Qualcuno ha assistito all'aggressione ai danni di questa donna?»

Un anziano aveva alzato la mano. Indossava un berretto dei Giants e una busta di plastica sopra i vestiti. Sentivo qualche goccia sulla faccia. Stava cominciando a piovere.

«L'ho visto», aveva dichiarato.

«Venga con me», avevo risposto.

52

Ricordavo ancora l'impressione che mi aveva fatto allora, come se tutto remasse contro di noi e soprattutto contro la vittima, che non era ancora riuscita nemmeno a dirci il suo nome.

Ma *c'era* un testimone.

Avevo condotto l'anziano signore lontano dal nastro, in un luogo in cui potessimo parlare. Mi ero messa con la schiena al muro.

Gli avevo chiesto nome e indirizzo.

Lui si era indicato il petto e aveva risposto: « Sono Sam Winkler ». Poi aveva indicato una grossa scatola di cartone a metà isolato, appoggiata alla parete di un edificio, e aveva continuato: « La mia residenza in centro, ecologica e multiuso ».

Aveva l'aria imperturbabile, ma non avevo potuto fare altro che sorridere.

Tenendo gli occhi sulla strada, avevo chiesto a Sam di riferirmi quello che aveva visto.

« Mi ha sorpassato questo tizio strano, a un metro di distanza. Parlava da solo, a voce molto alta e in maniera folle. Non lo capivo. Non credo che parlasse inglese. Forse svedese. Non l'avevo mai visto prima. Sono stato proprio contento che proseguisse. Non gli ho dato fastidio. »

« Alto? Basso? Nero? Bianco? Giovane? Vecchio? »

Sam Winkler aveva fatto spallucce. « Altezza media e secco secco », aveva detto.

Mi ero scritta un appunto. « E ha visto l'aggressione? »

« In parte. Ero in piedi per essere sicuro che se ne fosse andato e Rona stava seduta proprio qui, appoggiata al muro, quando questo tizio le si è avvicinato. Si è chinato. Lei ha urlato e da dove mi trovavo non riuscivo a vedere che cosa le avesse fatto, ma ho visto quando ha scritto con il dito sul muro. »

« L'ha visto? »

Sam aveva continuato: « Era lui, vero? Il bastardo Succhiasangue? »

« La vittima si chiama Rona? »

« Sì. È il nome che usa lei. »

« Cognome? »

Aveva scrollato le spalle per la seconda volta.

« Vede quell'uomo qui ora? » gli avevo chiesto.

« No, se n'è andato in quella direzione. » Aveva indicato a sud verso Twenty-First Street. « Non l'ho visto bene. »

« Lo riconoscerebbe se lo vedesse in foto? »

« Voglio essere d'aiuto, ma la mia vista non è molto buona. E qui è più nero del nero, non crede? »

Già. C'era un'oscurità quasi totale con una fredda bava di nebbia.

Gli spettatori stavano di nuovo diventando turbolenti e alcuni avevano cominciato a scuotere la nostra auto. Era una situazione pericolosa. Immaginavo di dover ordinare a tutti di mettersi in fila con la faccia al muro, di doverli perquisire e ammanettare.

Non ce l'avrei mai fatta. Non era un lavoro per un agente da solo, e Frazer era occupata.

Dov'era il sergente? Dov'erano i rinforzi?

Mi ero voltata a guardare Frazer che continuava a premere sulla manichetta zampillante che era la carotide recisa di Rona, e insisteva a ripetere: «Resisti, per favore, cara. I soccorsi stanno arrivando. Te lo giuro».

Avevo ringraziato Sam per il suo tempo e proseguito con un altro testimone trovato dopo aver lasciato la scena. Questo, però, era sotto effetto di qualche droga e non aveva visto il folle psicopatico che succhiava il sangue. Delle sei persone – uomini e donne – che avevo interrogato, solo Sam aveva visto davvero l'aggressione, e la sua testimonianza oculare era pressoché inutile.

Con mio grande sollievo, il sergente Correa era arrivato a luci e sirene spiegate e con un'ambulanza in scia. Dopo un attimo, la vittima era stata caricata e l'ambulanza era ripartita.

A quel punto, la folla si era dispersa e io, Frazer e Correa avevamo aspettato la Scientifica con le mani sulle pistole. Poi Correa era tornata alla sua auto a rispondere a una chiamata della centrale, che la informava che Rona era morta durante il tragitto verso l'ospedale.

Correa si era rivolta a Frazer: «Spero sia stato il tuo, l'ultimo viso che Rona ha visto prima di morire, e non quello del suo assassino».

Mi sentivo triste e arrabbiata. Era stato proprio lì e, per quel che ne sapevamo, era ancora lì, una di quelle figure indistinte fuori portata.

Non è mai stato preso. Gli omicidi di quel tipo si erano fermati e questo significava che il Succhiasangue si era spaventato, sposato o trasferito. Finché non fosse morto, però, c'erano buone probabilità che la sua brama di sangue fosse solo sopita.

Un altro assassino a cui il dipartimento di San Francisco aveva dato la caccia, un sadico, aveva commesso una decina di omicidi. Poi si era messo in aspettativa per trent'anni buoni, mantenendo un lavoro regolare e prendendo parte ad associazioni familiari o di sorveglianza del vicinato. Fino a quando non aveva sentito l'esigenza di essere al centro dell'attenzione e aveva ripreso a uccidere.

Il Succhiasangue si era ritirato? O viveva ancora da qualche parte nel quartiere di Mission, nascondendosi, lavorando come barbiere o bibliotecario, guardando cartoni animati con i figli nel weekend, facendo passare il tempo?

« Lindsay! Guarda! » Ci stava osservando?

Le mie fantasticherie si dissolsero quando Rich mi chiamò e poi disse: « Chevy Tahoe a ore tre ».

La Tahoe era blu scuro, un SUV di grandi dimensioni con gli adesivi sulle portiere che riportavano nome e numero di telefono della taqueria. Sul lato opposto della strada, c'era la Taqueria del Lobo, un piccolo locale di tacos da asporto.

« Eccolo », dissi.

Localizzai la nostra destinazione e il mio collega parcheggiò in seconda fila a lato della Tahoe, bloccandola.

Scendemmo dall'auto in una zona fatta di vecchi brutti ricordi e fantasmi ancora abbastanza vivi nella mia mente.

Guadammo la nebbia.

53

La Tahoe blu aveva il logo della Taqueria del Lobo su entrambe le fiancate.

Il veicolo era chiuso, ma con la torcia illuminai l'abitacolo attraverso i finestrini per osservare l'interno. Era pulito e ordinato. Non c'era neanche una cartaccia sul tappetino. Richie controllò la targa e mi confermò che il numero era lo stesso che avevamo ottenuto dalla Motorizzazione.

Dall'altro lato della strada, un paio di porte più in là, c'era il locale di tacos. L'insegna sull'ingresso era il disegno di un lupo sogghignante con un fumetto che diceva «Mordimi». Alla vetrina era appeso il cartello APERTO. Attraversammo la strada e Rich spinse la porta. Un campanello tintinnò e io lo seguii.

Il locale era piccolo e molto illuminato, e profumava deliziosamente. Mi ricordò che non avevo mangiato nulla dopo il caffè e il toast con Joe quella mattina, undici ore prima. L'impianto stereo suonava musica ballabile e tre uomini in abiti da lavoro erano curvi su uno dei tavolini a mangiare tacos e fagioli fritti.

La donna alla cassa era sulla trentina, con capelli ramati raccolti in una coda di cavallo e svariati tatuaggi sulle braccia, soprattutto del genere cuori e farfalle.

Ci guardò, ma i suoi grandi occhi castani scivolarono sul mio collega. «Cosa posso portarvi?» chiese.

«Siamo della polizia di San Francisco.» Conklin sorrise, ci presentò e domandò alla donna come si chiamasse.

«Lucinda. Drucker.»

«Abbiamo qualche domanda per lei, signora Drucker.»

«Domande per *me*?»

Feci un passo avanti per mostrarle la foto di Denny sul mio telefono. «Conosce quest'uomo?» chiesi.

Lei scrutò la foto e io feci scorrere le immagini, mostrandole anche le altre della stessa serie ottenuta dal bancomat. Alla fine dichiarò: «Credo sia Denny».

«Cognome?»

«Lopez.»

«Denny lavora qui?» domandai.

«Denny è il mio ragazzo. Che c'è che non va? Cosa volete sapere?»

«Denny è stato visto con un veicolo come quello parcheggiato dall'altro lato della strada», spiegai. «Era vicino a una scena del crimine. Potrebbe aver visto qualcosa di utile per le indagini.»

Un uomo dai capelli scuri con il tatuaggio di un lupo su un lato del collo emerse dalla cucina nella saletta principale. Indossava un grembiule bianco macchiato, sopra una maglietta e un paio di jeans, e si asciugava le mani con uno strofinaccio per i piatti. Doveva essere José Martínez, il proprietario del negozio e del SUV.

Io e Conklin indossavamo entrambi le giacche a vento del dipartimento. Martínez le notò e ci guardò storto. «Posso aiutarvi?» chiese.

Lucinda intervenne: «Me ne occupo io, José. È una cosa personale. Ho bisogno di prendermi una pausa sigaretta, okay?»

Il capo si rivolse a me: «Questo è il mio negozio. Ha fatto qualcosa di male?»

«Stiamo facendo un'indagine e Lucinda potrebbe conoscere un testimone utile.»

Dava l'impressione di poter dare di matto nell'attimo in cui gli avessi detto che il veicolo era sotto sequestro, ma non ero ancora pronta a rivelarglielo. Prima avevamo bisogno che Lucinda ci parlasse di Denny.

« Il tuo ragazzo ha fatto un incidente con la mia macchina? » le chiese.

« No, no, José. Nessun incidente. »

Martínez la guardò, camminò fino alla vetrina e guardò fuori finché non vide il SUV. Poi si sbatté lo strofinaccio sulla spalla e lanciò un'occhiataccia a Lucinda dicendole: « Cinque minuti, Lucy. Devi aiutarmi qui ».

Martínez andò al registratore di cassa quando i tre uomini che stavano mangiando si alzarono e buttarono piatti e bicchieri nel cestino. Lucy si chinò sotto il bancone e arrivò con un pacchetto di sigarette e un accendino.

Vista l'evidente ansia di Lucinda, pensai che potesse rifiutarsi di tradire Denny. In ogni caso, scommettevo che Carly Myers aveva lasciato un'impronta o una traccia di DNA dentro il SUV. Forse anche Susan e Adele avevano lasciato qualche traccia.

Avevo quasi dimenticato cosa significasse essere ottimisti, ma mi sentivo molto vicina a catturare Denny Lopez.

54

Avevo grandi speranze mentre seguivamo Lucinda Drucker fuori su Valencia Street.

Aspettai, guardandola mentre giocherellava con l'accendino, si accendeva la sigaretta e faceva un lungo tiro. Buttò fuori il fumo, poi disse: « Non so dove sia Denny. L'ho chiamato un paio di volte oggi e non mi ha ancora richiamata ».

Conklin le chiese il suo numero e quello di Denny, e lei obbedì con riluttanza. « In quali occasioni Denny usa la macchina aziendale? » le domandò.

« Fa consegne all'ora di pranzo. Qualche volta gliela lascio prendere dopo la chiusura. »

« A Martínez va bene? »

« Per favore no... sentite, mi licenzierà. »

« Sa dove si trovava Denny martedì scorso, più o meno a quest'ora? » chiese Conklin.

« Maledizione, no. Non mi faccio gli affari suoi. »

Si massaggiò la spalla come se stesse ricordando cosa era successo l'ultima volta che si era fatta gli affari di Denny. « Che tipo di crimine credete abbia visto? »

« Denny ha anche altri lavori? » chiesi, evitando di rispondere alla sua domanda facendone una io.

« Gliel'ho detto, non mi faccio gli affari suoi. Quello che voglio dirvi è che io amo Denny, e lui mi ama. Mi sono ritirata dalla scuola superiore dieci anni fa, e lui è stato il mio primo e unico ragazzo. Lo conosco molto bene, capite? Non farebbe mai nulla di male. »

« Però non si fa gli affari suoi », la interruppi.

Mi guardò male, fece un tiro dalla sigaretta e picchiettò via la cenere.

Non eravamo soli in strada.

Il traffico percorreva lentamente Valencia Street e le prostitute si avvicinavano alle macchine sotto i lampioni. I bar aprivano e i negozi chiudevano. I commessi tornavano alle loro auto.

Si stava facendo buio, ma le grosse lettere bianche sulla nostra schiena che indicavano il dipartimento di polizia di San Francisco erano abbastanza luminose da attirare l'attenzione dei passanti. Drucker gettò uno sguardo alla strada, buttò la sigaretta sul marciapiede e la pestò.

Gli ultimi tre clienti uscirono dalla porta, accompagnati dal tintinnio della campanella. Lei si scansò per farli passare.

« Devo andare », disse. « José mi sta aspettando. Devo chiudere la... »

« Ho un'idea migliore, Lucinda: facciamoci un giro in centrale, così potremo parlare con meno distrazioni », proposi.

« Sto *collaborando*. Vi ho detto tutto quello che so. »

Insistetti: « Sa se Denny gestisce delle ragazze? »

« Non so di cosa parla. »

Le mostrai sul mio cellulare le foto di Carly e delle sue amiche. « Ha mai visto questa donna? O questa? O quest'altra? Denny sfruttava queste donne? »

« *Neanche per idea*. Cristo santo. Non le conosco. Ho già detto che non mi faccio gli affari di Denny. »

Che strano: le credevo e mi dispiaceva anche per lei. Mostrava segni di abuso emotivo. Era impaurita e mentiva a se stessa abbastanza chiaramente, ma non avevamo finito.

Mi rivolsi al mio collega: « Mostriamo il mandato al signor Martínez e portiamo l'auto al laboratorio ».

« Aspettate. Cercate di capire: se dite a José che ho lasciato guidare l'auto a Denny dopo l'orario, perderò il lavoro. »

« Senta, signora Drucker, non vogliamo che lei sia licenziata però la guardi dal nostro punto di vista: stiamo indagando su un caso di *omicidio*. Una donna è stata *uccisa*. E altre due sono *scomparse*. Se Denny ha visto qualcosa, deve dircelo. »

Mi sembrò di vederle spuntare le lacrime ma le diedi le spalle e chiamai in laboratorio per parlare con Dale Culver dell'unità Sequestri. Gli diedi l'indirizzo, il numero del mandato, la descrizione del veicolo e il numero di targa.

« Ci vorranno dai venticinque ai trenta minuti per far arrivare lì un camion con il pianale » rispose Culver.

Mentre parlavo con lui guardavo lungo Twentieth Street e a un tratto vidi avvicinarsi a piedi qualcuno che poteva essere Denny Lopez. Era più basso di come me l'ero immaginato, forse un metro e settanta, con le spalle strette. Mani nelle tasche dei pantaloni, testa bassa, apparentemente perso nei suoi pensieri.

Lucinda lo vide nello stesso momento.

Quello era *Denny*. Era proprio *lui*.

Appena mi girai verso Conklin, Lucinda gridò: « Denny! La polizia! Scappa! »

55

Lopez alzò lo sguardo, ci vide e se la squagliò, girando sui tacchi e ripartendo di corsa per la strada da cui era venuto.

« Fermo! Polizia! » gridai.

Continuò a correre. Io rappresentavo la legge e lui, scappando, aveva sconfinato in quella zona grigia che era chiamata ragionevole sospetto.

Gli urlai nuovamente di fermarsi. Non girò neanche la testa. Io e Conklin gli corremmo dietro e lui, dopo essere sfrecciato per Twentieth Street, si buttò su Lexington. Benché il mio collega mi sovrastasse di qualche centimetro, le mie gambe erano lunghe quanto le sue ed ero allenata a correre con Joe e Martha.

Sapevo però di non poter rischiare che Drucker o Martínez sparissero insieme alle possibili prove all'interno del veicolo. Ebbi abbastanza fiato da urlare a Conklin: « Rich, fermati qui! Prendi il mandato e aspetta la Scientifica ».

Lui rallentò e io accelerai.

Ero veloce e su un rettilineo sarei stata in vantaggio, ma Denny Lopez sapeva scartare come un cavallo di razza. Un minuto prima calpestava l'asfalto davanti a me, un minuto dopo era semplicemente *sparito*.

Sembrava fosse sgusciato via in un'altra dimensione.

Viveva in quell'isolato? Pensai a Susan e Adele. Dove le aveva nascoste? Si trovavano solo a qualche metro di distanza?

Controllai le porte di servizio che davano su Lexington

Street. Alcune avevano un cancelletto in ferro, altre erano di legno, una era la saracinesca di un garage. Vicino a quest'ultima c'erano due porte a doppio battente con le borchie di metallo e accanto una sottile inferriata sempre in metallo con la pittura verde scrostata e una serratura di sicurezza. Dietro l'inferriata c'era una porta di legno dipinta dello stesso verde.

La serratura però era aperta e l'inferriata leggermente socchiusa, come se qualcuno ci fosse passato di corsa e non avesse avuto il tempo di richiudere.

Estrassi la pistola, spalancai l'inferriata e diedi un calcio alla porta di legno.

Mi aspettavo qualsiasi cosa. Una pistola puntata contro. Una stanza piena di uomini nudi che pesavano eroina e riempivano buste di carta pergamina. Ma non c'era nulla del genere. Ero in un seminterrato illuminato da una lampadina spoglia appesa al soffitto. Sembrava un posto a metà strada tra un negozio di chincaglierie e la tana di un accumulatore compulsivo.

«Lopez! Polizia!» gridai. «Venga fuori con le mani in alto.»

Qualcosa fece rumore da dietro una catasta di giornali alta due metri. Tenevo la mia Glock con entrambe le mani, sperando con tutto il cuore di non essere costretta a usarla.

Una voce femminile chiamò: «Ehiiii, Janice?»

Una gracile fatina con un abito a fiori trasparente, che doveva avere tra i settanta e i novant'anni, apparve nello spazio fra i giornali e un traballante armadio cinese.

«Janice», proseguì, sembrando deliziata di vedermi. «Sei in anticipo, vero? È ora di andare a dormire?»

Abbassai la pistola e dissi: «Sono il sergente Boxer, signora. Ha visto un uomo entrare qui qualche attimo fa?»

Avevo il fiatone e parlavo con l'anziana signora tenendo

sempre sotto controllo l'intera stanza. Non ero sicura che Lopez fosse lì. Poteva aver attraversato qualsiasi porta ed essere uscito dall'altro lato. Me lo immaginai scappare su Eighteenth Street, facendo il giro per tornare dalla sua ragazza, che forse era ancora in attesa fuori dalla Taqueria del Lobo.

Schiacciai il pulsante della radio che avevo in spalla e chiamai Conklin, gli diedi la mia posizione e gli ordinai di chiamare i rinforzi.

Proprio in quel momento, sul retro della stanza qualcosa cadde a terra e andò in mille pezzi. « Mani in alto! » gridai.

Un uomo magro sulla trentina, dai lineamenti regolari e con indosso un pullover, dei jeans logori e un paio di scarpe da ginnastica malmesse, si alzò e mi mostrò i palmi.

Era il tizio della foto del bancomat. Ero ottimista.

« Denny Lopez, metta le mani sopra la testa e si volti. »

« Avete preso l'uomo sbagliato. Completamente sbagliato. »

« Lei non è Denny Lopez? »

« Sono Denny Lopez, ma non ho fatto niente di male. »

« È armato? »

« No. Ho una penna a sfera nel taschino della camicia. »

« Scappare dalla polizia equivale a infrangere la legge. La porto dentro per il ragionevole sospetto che stesse commettendo un crimine o che stesse per commetterlo. »

« Stronzate! » gridò lui.

« Non peggiori le cose, Denny. Non si muova, o aggiungerò alle accuse anche la resistenza all'arresto. »

Lo perquisii; trovai la penna, le chiavi, il telefono e il portafogli. Misi quest'ultimo su un tavolino malfermo, tirai le braccia di Lopez dietro la schiena e lo ammanettai.

Aprii il portafogli. Bancomat. Carta di credito. Patente. Tutto a nome di Dennis L. Lopez.

Quando parlò di nuovo, il suo tono era conciliante. « Mi creda, agente. Non ho fatto niente di male. Niente. »

E io fui all'improvviso presa dal dubbio.

Avrei potuto dire con una certa sicurezza che era stato il pappone di Carly e che era stato visto vicino alla scena del delitto. Ma aveva ucciso lui Carly? Era stato lui a rapire e forse uccidere le altre due donne? Quel tizio mingherlino aveva fatto tutto questo?

Era scappato.

Il ragionevole sospetto era una zona grigia, e i tribunali deliberavano in vari modi: qualche volta avevano approvato, altre volte il ragionevole sospetto era stato considerato la scusa di un cattivo poliziotto per fare fuoco su un innocente.

Soppesai tutto, velocemente.

La fuga di Denny Lopez dalla polizia era abbastanza per portarlo dentro? O mi stavo attaccando all'unica pagliuzza possibile?

56

Quella sera Joe era alla scrivania con tutte le luci accese, esaminando foto mentre aspettava l'arrivo di Anna.

Dodici ore prima, alle sette e mezzo di quella mattina, Anna l'aveva chiamato a casa per confessargli di aver sorvegliato la casa di Petrović, contrariamente alle indicazioni esplicite di Joe di lasciare quel compito all'FBI.

« Devo raccontarle quello che è successo », gli aveva detto.

L'accento bosniaco appesantiva il suo inglese, ma Joe aveva ascoltato con attenzione e capito che Anna stava tenendo d'occhio la casa vittoriana la sera prima quando Petrović era tornato attorno a mezzanotte. Lei aveva descritto l'uomo dai capelli argentati che le aveva parlato. « Sembrava benestante, Joe. Aveva un bel portamento e un passo forte. »

Poi Anna aveva raccontato quello che l'uomo aveva fatto.

« Speravo non mi si notasse: avevo la sciarpa e non c'era la luce della luna, ma anche così mi ha vista e ha fermato l'auto. »

« Si è fermato vicino a lei? »

« Sì, esatto. »

« Cristo santo, cosa voleva? »

« Ha chiesto se avessi bisogno d'aiuto. Irradiava – irradiava? – pura cattiveria. So cosa pensa. Ho una paura tremenda della cattiveria, ma le dico che era come se riuscisse a vedere attraverso di me e volesse dirmi che lui poteva farmi qualsiasi cosa. »

Joe riusciva quasi a vedere il sorriso da dominatore che

Anna aveva descritto. « Maledizione », aveva detto poi. « E lei gli ha risposto di non aver bisogno di niente. »

« Sì. Ho solo scosso la testa, in realtà. Ho avviato l'auto e ho guidato fino a casa, e qui sarà fiero di me, Joe: ho parcheggiato ad alcuni isolati di distanza nel caso in cui mi stesse seguendo. Ho guardato attentamente. Non avevo nessuno alle calcagna. »

Joe aveva sospirato. Non poteva esserne sicura. Petrović sapeva che Anna lo stava controllando. Poteva benissimo averla riconosciuta come una delle sopravvissute alle atrocità di Djoba e alle sue aggressioni. La cicatrice sul suo viso, grande come una mano, non si poteva dimenticare. Petrović poteva aver messo qualcuno a fare la guardia a casa sua e aver escogitato un piano per disfarsi di quella testimone della sua vecchia vita che conosceva il suo vero nome. Era possibile, e per questo Joe era arrabbiato e impaurito per quella donna che conosceva a malapena.

Nel mezzo di quella chiamata la mattina presto, le aveva chiesto: « Mi capisce ora, Anna? Stia lontana da Petrović, cazzo ».

« Joe, non urli. »

« Mi scusi. La prego, Anna, lei è in cerca di guai. »

« Joe, mi ascolti. Mi sono svegliata all'alba con il cuore che mi martellava. Ho riconosciuto l'uomo a bordo della Escalade. L'ho già visto prima. »

« È sicura? »

« Credo di sì. Credo facesse parte dell'esercito serbo. Non so il nome e non l'ho mai saputo. Penso fosse un soldato semplice, e che fosse uno degli uomini che frequentava l'hotel. »

57

Joe aveva chiuso la chiamata dicendole: « Faccia un salto nel mio ufficio quando stacca dal lavoro. Recupererò tutte le foto che riesco a trovare delle truppe che hanno occupato Djoba. Forse riuscirà a riconoscere l'uomo della Escalade. Che ne dice, Anna? »

« D'accordo. Stacco alle sei. »

« Quindi dovrebbe essere qui alle sei e mezzo circa. Mi avverta se viene trattenuta al lavoro. Avviserò la sicurezza che la sto aspettando. »

Erano ormai le 19.30. Nessuna chiamata da Anna.

Cazzo. Maledizione. Si era trovata faccia a faccia con qualcuno che secondo lei poteva essere stato uno dei suoi aggressori, e lui le aveva fatto capire chiaramente che l'aveva vista nascondersi nell'oscurità.

Ora Anna era in ritardo. Dove diavolo era? Le era successo qualcosa?

Joe chiamò la sicurezza al piano di sotto per controllare un'altra volta che Anna non lo stesse aspettando giù. La guardia al bancone era sicura. Nessuna visita per lui.

Joe tornò alle foto.

Si trattava di fotogrammi ricavati da fermi immagine dei video dell'esercito serbo che entrava a Djoba con carri armati, camion e a piedi. I soldati indossavano tenute da combattimento ed elmetti, portavano mitragliatrici Zastava e avevano le bandoliere a tracolla sul petto. La maggior parte dei filmati era stata girata da civili.

Uno dei video era ripreso da un balcone a una decina di metri di altezza e mostrava i soldati falciare i civili in fuga e sparare alla cieca, i corpi saltare e cadere, la polvere alzarsi dalla strada come una nuvola marrone. Donne con il fazzoletto in testa alzavano le mani e piangevano alla vista di quella strage.

Alle foto mancava il sonoro, e per questo Joe ringraziò Dio.

L'ultimo frammento di filmato fu come vincere alla lotteria.

Era uno scatto di gruppo con un centinaio di uomini raccolti attorno al monumento nella strada principale. Le truppe avevano formato più file, come in una foto di classe, con i più alti dietro e gli altri seduti sulle tre rampe di gradini più basse ai piedi del monumento.

A una delle estremità del gruppo, con l'atteggiamento da spavaldo, c'era Slobodan Petrović. Aveva la faccia paonazza, l'uniforme, un cappello decorato con treccine dorate ed era pesantemente armato. Faceva un cenno di saluto alla telecamera, sorridente e orgoglioso.

Joe stava fissando Petrović quando un pensiero lo colpì.

Si ricordò dell'uomo con i capelli grigi alla steakhouse, che camminava un passo dietro Petrović. Aveva i baffi e parlava con lui in serbo.

Poteva essere lo stesso che gli aveva fatto visita a notte fonda? Lo stesso che Anna credeva di aver visto anni prima all'« hotel dello stupro »?

Joe non poteva fare a meno di ricordare nel dettaglio il momento in cui Petrović l'aveva interpellato al ristorante la settimana prima. Aveva menzionato Anna, riferendosi a lei come alla sua « fidanzata ».

Forse, come lei aveva sospettato, anche l'uomo dai capelli grigi la conosceva.

Joe afferrò il telefono e chiamò Anna al cellulare. Nessuna risposta. Aveva il numero della Tesla di San Francisco, dove lei lavorava come contabile, e telefonò lì. Alla receptionist che rispose chiese di passargli Anna Sotovina.

La donna gli riferì che Anna non c'era. Secondo lei, era andata a pranzo all'una e non era tornata. La concessionaria era ormai chiusa.

« Si è preoccupato qualcuno per il suo mancato rientro dopo pranzo? » chiese Joe.

« Non proprio. Se ha finito il suo lavoro, non importa a nessuno se è tornata a casa. Oggi era una giornata fiacca. Posso fare qualcosa per aiutarla? Devo lasciare un messaggio per Anna? »

« No, grazie lo stesso. »

Anna non l'avrebbe lasciato ad aspettarla senza chiamare. Era stata rapita, da Petrović o dall'uomo nella Escalade?

Joe incrociò le mani sulla scrivania.

Era insolito per lui. Non sapeva cosa fare.

58

Erano le sette di sera passate quando io e Conklin scortammo Dennis Lopez dal sedile posteriore dell'autopattuglia fin dentro il Palazzo di Giustizia e gli facemmo fare un breve viaggio in ascensore fino alla Omicidi.

Avevamo fermato Lopez sulla base di un ragionevole sospetto, ma era ben diverso dall'avere un fondato motivo, l'unica cosa che ci avrebbe permesso di ottenere un mandato d'arresto e sbattere il suo didietro in cella.

Ragionevole sospetto significava che tutto quello che diceva poteva essere usato contro di lui, ma dopo averlo interrogato per un tempo breve, una ventina di minuti per esempio, avremmo dovuto muovergli delle accuse e leggergli i suoi diritti oppure lasciarlo andare.

Speravo che crollasse sotto pressione, che confessasse di aver ucciso Carly o che ci fornisse qualche informazione sulle due insegnanti scomparse. E speravo che fossero ancora vive.

La sala interrogatori n. 2 era libera. Conklin spostò una sedia per Lopez e io gli tenni la mano sulla spalla finché non fu seduto. Il tempo passava.

Il mio collega gli tolse le manette che io gli avevo messo nel seminterrato. « Va bene così? » gli disse. « Sarà più comodo ora. Possiamo portarle qualcosa da bere? Una bibita? »

Ma Lopez aveva già avuto esperienza con la polizia, perciò rifiutò l'offerta e rispose: « No », « No » e « Non lo so » alle nostre domande. Dopo dieci minuti dall'inizio dell'interrogatorio, chiese: « Sono in arresto? »

«No», risposi. «L'abbiamo portata qui per interrogarla. La stiamo trattenendo sulla base del ragionevole sospetto che abbia commesso un crimine. Questo perché lei è scappato quando le ho ordinato di fermarsi. Non si può fare. Come le ho detto, ha infranto la legge.»

«Oh, capisco. Ma per essere chiari, posso andarmene?»

«Non ancora. Questa è la parte in cui la tratteniamo. Però ha ragione: non è in custodia.»

«Se decidesse di andarsene, diventerebbe un sospettato», gli spiegò Conklin. «La controlleremmo molto più a fondo. Contatteremmo il procuratore distrettuale, e questo significa mandati di perquisizione e poliziotti che la osserveranno finché non farà un passo falso. Cosa su cui, credo, possiamo contare.»

«In realtà, voglio essere d'aiuto», disse Denny.

«Okay, bene», intervenni io. «Arriviamo al punto, allora. Quando ha visto per l'ultima volta Carly Myers?» chiesi a Denny per la terza volta.

«Non la conosco.»

Per poco non persi le staffe. Ci stava fregando e io non potevo farci niente.

Mi avvicinai e, parlando con voce dura e fredda, dissi: «Lo giuro, Denny, o ci aiuta o mi impegnerò come se fosse lo scopo della mia vita finché lei non sarà chiuso in una cella».

Lopez impiegò un minuto del nostro prezioso tempo per riflettere sulla situazione. Poi mormorò: «L'ultima volta che ho visto Carly Myers è stata un paio di settimane fa. Credo. Non tengo un'agenda».

«È sicuro di non averla vista la settimana scorsa? Lasci che le dia un indizio: Carly e le sue due amiche sono state viste lunedì sera mentre lasciavano un bar che si chiama The Bridge.»

«*Io. Non. L'ho. Vista.* Come faccio a dimostrarvelo? Ho

una domanda per voi: quante puttane vengono uccise ogni anno in questa città? Una decina? Lo sapete? Volete mettermi sulla graticola anche per loro? Credete che me ne vada in giro a uccidere le professioniste? Siete fuori di testa? »

Quando finì di sfogarsi, intervenne Conklin: « Mi permetta di aiutarla. Lei è stato visto martedì sera al Big Four, dove Carly è stata assassinata. Il suo furgoncino dei tacos è stato notato spesso da quelle parti. Il direttore del Big Four sa che lei sfruttava Carly. È quello che dirà il procuratore al giudice. Lei era il pappone della vittima. È stato visto sulla scena del delitto più o meno attorno all'ora in cui è stata uccisa. Noi la stiamo interrogando in merito a una donna che conosceva e con cui faceva affari. Mi segue? »

Denny annuì e sembrò calmarsi.

Conklin riprese: « In questo momento il nostro laboratorio forense sta esaminando la tacomobile, e il procuratore sta ottenendo un mandato per il suo DNA. Sul corpo di Carly è stato trovato un pelo estraneo e, se il DNA sul pelo combaciasse con il suo, lei sarebbe il nostro uomo. Ora tocca a lei ».

« Non ho ucciso Carly », rispose Lopez al mio collega. « Non ho mai fatto sesso con lei. Non l'ho mai neanche toccata. »

« Quindi non ha nulla da perdere e ha tutto da guadagnare raccontandoci ogni dettaglio che conosce », lo incalzai.

« Che ne dice, Denny? » insistette Conklin.

59

Mentre fissava i miei duri occhi azzurri, Denny rifletté sulla proposta vantaggiosa che gli avevo fatto, e la prese a cuore.

«Ho incontrato Carly al The Bridge una sera di tre mesi fa, più o meno», disse. «Ero seduto al bar. Carly era un paio di sgabelli più in là, e le ho rivolto la parola. Era molto carina. Mi sono avvicinato. Le ho offerto un drink. Le ho chiesto che lavoro facesse e me l'ha detto. Mi ha raccontato che non guadagnava molto e che stava provando a ripagare il prestito universitario.»

Scrollò le spalle.

Tamburellai le dita sul tavolo. Volevo che arrivasse al punto. Più velocemente.

Lopez continuò: «Le ho detto che sarei stato felice di aiutarla a ripagarlo e le ho offerto un accordo molto buono, una divisione cinquanta e cinquanta al netto delle spese. Lei ha riso. Mi ha chiesto cosa intendessi. Gliel'ho spiegato e mi ha risposto che ero pazzo. Poi, più o meno un mese dopo averle fatto quell'offerta, mi ha chiamato e ha detto che voleva farlo.»

«Ha accettato di prostituirsi?» lo interruppe Conklin.

«Lo ha *deciso*», rispose Lopez. «Io non le ho fatto pressioni. Per niente. Ha detto che voleva provare. Le ho combinato un appuntamento. L'ho accompagnata in auto al Big Four. Mi piace quel posto perché non fanno domande. Sono rimasto nel parcheggio mentre Carly si occupava del suo appuntamento. Le avevo assicurato che sarei stato di guardia, in caso di problemi. Ha guadagnato un paio di centoni e mi ha chiesto di combinargliene un altro.»

«E l'ha fatto?» chiese Conklin.

«Una o due volte al mese. Non era disposta a fare di più. Ehi, sergente, a essere onesto non ero neanche sicuro che le piacessero gli uomini.»

«Si spieghi», gli dissi.

«È solo una sensazione che ho avuto. Senta, un sacco di ragazze che si prostituiscono odiano gli uomini, non lo sapeva?»

«Vada avanti, Denny. Si sta formando la coda fuori, c'è gente che aspetta per avere questa stanza.»

Lui alzò lo sguardo in direzione dello specchio bidirezionale e salutò.

Sbattei la mano sul tavolo e la sua attenzione tornò su di me.

Riprese a parlare: «Sceglievo uomini che non fossero troppo brutti o volgari e la cosa è sembrata andar bene per un mesetto. Poi, qualche settimana fa, mi ha detto di non volerlo più fare».

«È la verità?» chiesi.

Presi il telefono e mostrai a Denny le fotografie che lo ritraevano mentre scendeva le scale sul retro del motel.

«Riconosce quest'uomo?»

Lui guardò l'immagine, fece scorrere gli occhi sul piccolo schermo, li fermò, si schiarì la gola e rispose: «Sono io».

«È di una settimana fa», lo informai.

«Ero lì, ma non con Carly.»

Ero pronta con le domande successive. Gli chiesi se conoscesse Adele Saran e Susan Jones. Gli mostrai la foto che avevo di loro tre insieme al tavolo del The Bridge.

Lopez ammise di averle viste lì, ma disse di non aver mai parlato con Adele o Susan. «Queste sono le donne scomparse di cui ho sentito parlare?»

« Penso che lei lo sappia. »

Si alzò e mi urlò in faccia: « Avete preso l'uomo sbagliato. Avete preso l'uomo sbagliato! Io non ho fatto del male a nessuno. E ora me ne vado. *Adiós* ».

60

Conklin si alzò e si rivolse a Lopez con il suo tono ragionevole e paziente: «Ehi, Denny, lei è libero di andare, okay? Ma andiamo, non la stiamo accusando di nulla. Stiamo solo cercando di salvare delle vite qui».

Lasciai Denny a Conklin e andai a prendere una bibita per il nostro sospettato. Quando tornai, Lopez stava chiacchierando con il mio collega come se fossero vecchi amici.

Era una buona cosa e mi dispiaceva rovinare l'atmosfera, ma ero ancora preoccupatissima per le professoresse scomparse. Presi la mia sedia e spinsi la lattina verso Lopez.

Lui la aprì e ne bevette un sorso.

Tirai di nuovo fuori il mio telefono. «Denny, ecco la sequenza degli eventi», dissi. «Carly si è registrata al Big Four martedì sera, una settimana fa. Giovedì è stata trovata morta nella camera 212. Assassinata. Questa foto in cui c'è lei riporta l'orario delle 23.23 di martedì, la sera in cui pensiamo che Carly sia stata uccisa. Stava scendendo dalla sua stanza. Cosa ci faceva lì? Mi faccia capire.»

Lopez si sollevò in un sospiro. «Non sono andato nella sua stanza. In realtà stavo aspettando Daisy, la mia nuova ragazza. Daisy era nella 314, al piano superiore. Ero nel parcheggio e ho visto un uomo con una giacca sportiva che lasciava la 212, quella che prenotava sempre Carly. È una stanza d'angolo. Le piaceva perché è un po' più grande delle altre. Ho immaginato che fosse rimasta sola in camera. Ho avuto un presentimento, ecco tutto, quindi ho bussato alla porta, ma lei non ha risposto. Sono tornato giù all'auto e ho aspettato Daisy.» Mi guardò in faccia. «Ecco la fottuta verità», disse. «Volete parlare con Daisy? Perché non ho il suo numero.»

Lopez si stava agitando di nuovo.

«Vada avanti, Denny», intervenne Conklin. «Ha aspettato che Daisy finisse.»

«Sì, grazie. Quando Daisy ha finito, abbiamo concluso la transazione in auto e l'ho riaccompagnata all'incrocio tra Mission ed Eighteenth Street.»

«Saprebbe descrivere l'uomo che ha visto uscire dalla stanza di Carly?» gli chiesi. «Quello con la giacca sportiva.»

«È stato un attimo, perché si muoveva in fretta.»

«Ha visto la sua auto?»

«No. Io ero nel parcheggio sul retro e penso che lui abbia fatto il giro fino all'ingresso principale. Anch'io ogni tanto parcheggio davanti.»

Riprovai: «Saprebbe descriverlo a un disegnatore?»

«Ne dubito, ma potrei provare. Se lo faccio, mi darete il bacio della buonanotte e mi accompagnerete a casa?»

«Prima il disegnatore», rispose Conklin. «Poi parlerò con il nostro tenente e, se lei avrà collaborato, niente baci, ma un passaggio a casa sì.»

Denny trascorse qualche minuto con il ritrattista, che ci mostrò come risultato un viso rettangolare dai lineamenti regolari. Avrebbe potuto essere chiunque.

Non volevo rilasciare Denny, ma eravamo già andati oltre il ragionevole sospetto. Avremmo potuto accusarlo di sfruttamento della prostituzione, ma non sarebbe servito a nulla.

Avevamo fatto del nostro meglio con il nostro unico sospettato. Eppure, cazzo, ne eravamo usciti a mani vuote.

61

Fu solo dopo le otto di sera che il tecnico di laboratorio venne a prendere la lattina con il DNA di Denny Lopez sul bordo, per fare il confronto con il solitario pelo pubico che Claire aveva recuperato dal cadavere di Carly Myers. Alle nove inviai il mio rapporto a Jacobi e, mentre chiudevo tutto per la notte e facevo ordine, ripercorsi di nuovo con la mente l'interrogatorio di Lopez. Era un criminale da quattro soldi, che sfruttava donne consenzienti in cambio di una percentuale, oppure era di gran lunga peggiore, un assassino intelligente e psicopatico?

Propendevo per la prima ipotesi, per cui Lopez era un comune parassita che arrotondava il lavoro di consegna tacos pagato a ore. In quel momento, squillò il telefono sulla mia scrivania.

Il nome di Yuki comparve sull'identificatore di chiamata.

Cosa la tratteneva in ufficio a quell'ora della sera? Alzai il ricevitore e Yuki non aspettò neanche che dicessi pronto.

« Ho appena sentito una cosa. Non ci crederai. »

« Ciao, Yuki. Che succede? »

« Devo parlarti. Facciamo da te o da me? »

L'ufficio di Yuki si trovava un piano più in giù del mio, quindi entrambi i posti erano abbastanza comodi, ma avevo già un piede fuori dalla porta. « Non può aspettare? » chiesi. « Stavo per uscire. »

« Se parlassimo nella tua auto? »

Telefonai a Joe e mi rispose dall'auto mentre tornava a casa. « Hai cenato? » gli chiesi.

« Stavo pensando che potremmo andare al thailandese. »

C'era un ristorante su Clement che adoravamo, a due isolati dal nostro appartamento. Era una buona idea, ma dal tono della voce di Yuki calcolavo che sarei stata occupata per un po'. Io e Joe decidemmo un piano A e un piano B, poi imboccai le scale antincendio e mi diressi al piano di sotto.

Yuki mi aspettava sul pianerottolo del secondo piano. « Perché ci hai messo tanto? » chiese.

Erano passati trenta o quaranta secondi da quando avevo agganciato. « Ah ah. Buona questa », le dissi.

Proseguimmo giù per le scale fino all'atrio, uscimmo dal retro e percorremmo la passerella coperta oltrepassando l'ufficio del medico legale fino a Harriet Street e al parcheggio sotto il cavalcavia. Aprii il mio fidato Explorer e salimmo entrambe. Reclinai il mio sedile e Yuki fece lo stesso con il suo.

« Comincia », dissi.

« Hai mai sentito parlare di un criminale di guerra serbo di nome Slobodan Petrović? »

La domanda fu un colpo.

Girai la testa per guardare la mia amica. Joe mi aveva parlato di Petrović ma, sebbene mi fidassi *ciecamente* di Yuki, non potevo vuotare il sacco.

Lei mi fissò con i suoi acuti occhi castani. « Sai di chi parlo? » chiese di nuovo.

« Il Macellaio di Djoba », risposi. « È stato condannato per crimini di guerra e crimini contro l'umanità dalla Corte penale internazionale, ma da quel che ricordo fu rimesso in libertà. Hanno detto che è annegato dopo il rilascio. Giusto? »

« Esatto », commentò Yuki « Sai qualcosa in particolare dei suoi crimini contro l'umanità? »

« Ragguagliami tu. »

Rovistai nel vano portaoggetti, trovai un paio di barrette energetiche e ne diedi una a Yuki. Lei estrasse dalla borsa una bottiglia d'acqua e me la passò.

Ci prendemmo mezzo minuto per soddisfare il nostro bisogno di cibo e liquidi, poi Yuki riprese a parlare di Petrović.

«Come avrai sentito, questo figlio di puttana ha ordinato lo sterminio di duemila civili. Gli uomini sono stati rinchiusi dentro fienili in fiamme, massacrati con le mitragliatrici o giustiziati con un colpo alla testa. I bambini strappati dalle braccia delle madri e lanciati vivi tra le fiamme o trafitti con le baionette; ai più fortunati hanno tagliato la gola. Donne e ragazze sono state violentate, ingravidate, distrutte...» A Yuki mancò il fiato, poi dopo un momento continuò con l'orribile storia delle atrocità militari serbe. Mi raccontò di aver visto un filmato del colonnello Petrović che teneva sulle ginocchia un bimbo di circa sei anni. «L'ha baciato sulla fronte e gli ha assicurato che sarebbe andato tutto bene. Poi gli ha tagliato la gola.»

«Questo è... più che mostruoso», riuscii a dire. «Semplicemente inconcepibile.»

Yuki proseguì: «C'è di più. Dai resoconti dei testimoni, a Petrović piaceva strangolare donne e ragazze mentre le stuprava. Allentava la presa in modo che potessero respirare, poi le strangolava un po' di più. Quando erano morte, le impiccava. In realtà, non è chiaro se fossero vive o morte».

Morivo dalla voglia di sapere perché Yuki avesse voluto parlarmi di Petrović così urgentemente.

E poi, alla fine, me lo disse.

62

«Immagino ti chiederai perché ti stia parlando di questo criminale di guerra serbo morto, giusto?»

Risi, chiedendomi se potevo dirle che sapevo esattamente di cosa parlava. «Puoi dirlo forte.»

«Bene, allora tieniti forte. Perché non è morto.»

Sollevò la borsa dal tappetino e ne tirò fuori una pagina strappata da un giornale. Era una pubblicità: LA STEAKHOUSE RIAPRE CON UNA NUOVA GESTIONE. VIENI A CONOSCERE TONY BRANKO.

C'era una foto del nuovo proprietario, Antonije Branko, in piedi fuori dalla porta sotto la tenda con scritto TONY'S PLACE FOR STEAK in vistose lettere dorate.

«Me l'ha mostrata un collega. Ha dei parenti che vivevano in Bosnia durante la guerra. Lui conosce questo Tony come Slobodan Petrović. Ho dato un'occhiata alle foto di Petrović sotto processo all'Aia. I nomi non corrispondono, ma le foto sì. A quanto pare, Petrović è uscito in qualche modo dalla Bosnia e ha aperto una lussuosa steakhouse in California Street.»

Non avevo avuto la reazione che si era aspettata.

«Stai annuendo? Tutto qui?» disse Yuki. «Un criminale di guerra vive a San Francisco e tu annuisci?»

«Sto tentando di assimilarlo. È una cosa grossa», risposi.

Interpretò la mia mancanza di stupore come un rimprovero.

«Stai scherzando? Pensavo che ti avrebbe fatto esplodere

la testa. Come ha fatto con me. Non importa, comunque. Metterò al corrente Parisi in mattinata, e poi ho intenzione di portare la faccenda all'FBI. Devono sapere che un assassino di massa è proprietario di un ristorante aperto al pubblico.»

«Ho capito.»

Joe avrebbe approvato la mia decisione di condividere le informazioni con Yuki quando gli avessi spiegato tutto.

«Okay», rispose. «Sto aspettando.» Prese di nuovo la bottiglia d'acqua e ne tracannò metà.

«Lo sapevo già», dissi. «Ci sta lavorando Joe.»

Girò di scatto la testa e mi scoccò un'occhiata stupefatta. «Dimmi qualcosa di più, se puoi.»

«L'FBI è stata informata ed è al corrente di Petrović. Una sopravvissuta al massacro di Djoba è andata da Joe e lui sta analizzando ogni dettaglio: come e perché il caso di Petrović alla Corte penale internazionale abbia portato al suo rilascio, perché si trovi qui, che cosa significhi.»

Yuki scosse la testa. «E me lo dici *ora.*»

Lei era viceprocuratore distrettuale, un pubblico ministero. Era ostinata e, anche se ancora non c'era nessun caso in cui scavare, ci era caduta dentro. Se ne stava occupando l'FBI. Non c'era niente da fare per lei.

«Mi spiace non avertelo detto, Yuki, ma è il caso di Joe. Dovevo capire cosa sapessi prima di divulgare quello che Joe mi aveva confidato. Capisci?»

Annuì, dispiaciuta ma comprensiva.

Infilai la chiave nel quadro di accensione e Yuki aprì la portiera preparandosi a scendere. Stavo pensando velocemente. Yuki all'improvviso si occupava di un criminale di guerra che adorava impiccare le proprie vittime. Poteva essere una pura coincidenza?

Adesso era il mio turno di dire: «Aspetta».

Yuki tornò in macchina.

«Quello che hai appena detto su Petrović. Seguimi: tortura, stupro, impiccagione. Questo fa suonare un campanello in testa anche a te, o sono io che sono totalmente impazzita?»

«Stai pensando a Carly Myers?»

«Lo vedi anche tu?»

«Come si collegano le due cose, secondo te?» mi chiese Yuki. «Lei è una professoressa. Lui possiede una costosa steakhouse.»

«Lei era una professoressa che in aggiunta si prostituiva in un motel. Petrović ha rinchiuso delle donne in un edificio che, sotto la sua occupazione, veniva chiamato 'hotel dello stupro'. Si divertiva a impiccare le persone, eh? Be', Carly è stata trovata strangolata e poi impiccata.»

«Continua», mi esortò Yuki.

«Sto pensando ad alta voce. Ammetto di non sapere come Petrović potesse conoscere Carly, o chiunque altra di loro. Ma non è impossibile, no?»

«No, è tutto corretto. Potresti avere qualcosa. Vuoi che ne parliamo anche con Claire e Cindy?»

«Un'altra buona idea», risposi. Alle volte ci sorprendevamo di noi stesse.

Io e Yuki ci salutammo con un abbraccio, poi guidai verso casa pensando a Petrović e chiedendomi se fosse possibile che avesse messo le mani sulle tre professoresse della Pacific View.

Avrei dato qualsiasi cosa per scoprire se l'aveva fatto e in che modo.

63

La mattina seguente uscii di casa presto per poter incontrare le ragazze a colazione da MacBain's prima del lavoro.

Quando raggiunsi l'incrocio tra Bryant e Langston Street sentii gridare e mi accorsi che Bryant Street era transennata all'altezza di Seventh fino ad Harriet Street e affollata di manifestanti.

Imboccai la deviazione richiesta e a poche curve di distanza riuscii a parcheggiare sotto il cavalcavia di Harriet Street, poi camminai verso l'incrocio e vidi i contestatori. Erano per lo più ragazzi di scuola superiore, a centinaia. Indossavano le felpe granata e oro della Pacific View e si stavano dirigendo come una valanga verso il Palazzo di Giustizia, brandendo cartelli con i volti di Carly, Susan e Adele, e scandendo lo slogan: « Fate il vostro lavoro. Fate il vostro lavoro ».

Sentii una fitta allo stomaco.

Io lo stavo facendo, il mio lavoro, e anche Conklin e tutta la squadra Omicidi, i poliziotti volontari, il nostro bravissimo medico legale e il laboratorio della Scientifica. Nell'insieme però né le giornate lavorative di ventiquattr'ore, né gli interrogatori o le ricerche di ogni tipo ci avevano fornito un sospettato.

Sì, mi sentivo sulla difensiva, ma non c'erano scuse accettabili.

Il corpo studentesco della Pacific View, i genitori delle tre donne e tutti i cittadini avevano il diritto di pretendere delle risposte.

Qualcuno gridò il mio nome.

Mi voltai e vidi Claire che veniva nella mia direzione, solo qualche metro in là lungo Harriet Street. Girò la testa verso la manifestazione e si accorse di quanto fossi turbata.

Ci cingemmo per la vita e attraversammo la strada insieme. Cindy e Yuki ci fecero un cenno di saluto dall'ingresso di MacBain's e varcammo la porta tutte insieme.

Ci accolse Syd MacBain: « Scegliete pure il tavolo che volete ».

Non c'era bisogno di discutere, ci dirigemmo verso il nostro tavolo preferito.

Ordinammo caffè e tè, e io presentai la faccenda a Cindy notificandole ufficialmente che come al solito l'incontro era confidenziale. Lei ruotò gli occhi azzurri, scosse la testa facendo rimbalzare i ricci biondi ed esclamò: « Aaaaahhhhhh! »

Claire rise, Yuki fece la sua risatina rimbombante e felice, e poi ridemmo tutte, perché non si poteva ascoltare la risata di Yuki senza farsi contagiare.

Dovevo darne atto a Cindy. Oggi aveva fatto a pezzi la mia depressione.

Una volta arrivate le nostre bevande calde, Yuki prese il comando e ragguagliò il gruppo sulle atrocità di Slobodan Petrović a Djoba, in Bosnia, vent'anni prima.

« È qui adesso, sotto lo pseudonimo di Antonije Branko. »

« Petrović è a San Francisco? » chiese Cindy.

« Così pare. Un uomo che si presume essere Petrović ha appena aperto una steakhouse in California Street. »

« Tony's Place for Steak? Quella che prima era Oscar's? » domandò Claire.

« Quella », rispose Yuki.

Claire e Cindy erano scioccate. Ascoltarono avidamente Yuki descrivere un aspetto del modus operandi di Petrović: il suo schema documentato di stupro, tortura e omicidio. Avevo trascorso la notte insonne a discuterne con Joe, paragonando il modus operandi di Petrović alla morte di Carly Myers strangolata e impiccata alla doccia di un motel.

Non ero ancora convinta, in realtà, che tutti i puntini si unissero.

Quando Yuki mi cedette la parola, spiegai che Petrović era noto per aver tenuto prigioniere delle donne in un « hotel dello stupro » e per avere tendenze sadiche.

« Continua », mi esortò Cindy.

E io lo feci. « Myers è stata trovata in un motel frequentato da prostitute. Con nient'altro oltre a quello che abbiamo detto, non posso non chiedermi se quelle strane torture e l'impiccagione di Carly Myers siano state opera di Petrović. E se è così, ha nascosto Saran e Jones in altri motel sparsi per la città? Perché non sappiamo dove siano. Non abbiamo indizi. »

Pensai a quegli studenti che intonavano « Fate il vostro lavoro » proprio in fondo all'isolato. Petrović era una traccia? O stavo solo sperando in un appiglio qualsiasi sul rapimento e sull'omicidio?

La voce di Claire fece breccia tra i miei pensieri. « L'ho riavuto indietro dal laboratorio ieri sera. Sono i calchi di alcuni tagli insoliti fatti sul corpo di Carly prima che morisse. »

Cindy non sapeva di quei tagli. Si lanciò con le domande. « Che tipo di tagli? Posso vedere le immagini? Oh. Non sembrano letali. Vero, Claire? »

« No, non sono stati letali. Le ferite sono state probabilmente inflitte per spaventarla e sottometterla. Dopo un po' di tempo è stata asfissiata e poi, dopo la morte, è stata impiccata. La mia opinione è che l'impiccagione sia stata una messa in scena. Era vestita con una camicia bianca da uomo, probabilmente proprio per nascondere le ferite, per rendere il cadavere più piacevole da guardare. »

Io e Claire eravamo grandi amiche da quando eravamo solo delle novelline e sapevo interpretarla abbastanza bene.

Dal suo sguardo ero sicura che stesse per rivelarci qualche notizia inattesa.

64

Il mio telefono vibrò. Richie mi informava con un messaggio che Jacobi voleva incontrarci subito.

Risposi: *Ancora dieci minuti. Forse quindici.*

Poi mi risintonizzai su quello che stava dicendo Claire. Aveva aperto un'altra cartellina di ingrandimenti: «Queste sono le immagini degli stampi in lattice ottenuti dalle ferite sul torace di Carly. Guardate qui: pezzetti di lattice e una cresta dove il materiale è filtrato nelle ferite. Il rapporto suggerisce che i tagli possano essere stati causati da stellette da lancio».

«Sono la stessa cosa delle stellette ninja?» chiese Cindy. Senza aspettare la risposta, prese il cellulare e digitò su Google STELLETTE DA LANCIO. «Ecco. Il nome corretto è *shuriken*. Sono di origine giapponese, ma vengono utilizzate anche in altri Paesi. 'Storicamente, le *shuriken* sono ricavabili da quasi ogni tipo di metallo fuso'... bla-bla-bla... 'a forma di stella, a cinque punte, a forma di svastica' e così via.» Fece scorrere lo schermo, lesse un'altra pagina e ci fece un riassunto. «Le stelle non sono considerate un'arma letale. Come dicevi tu, Claire. Vengono utilizzate più per ferire e distrarre, oppure come lama supplementare su altre armi... Ah, e misurano generalmente dai dodici ai venti centimetri di diametro, sono molto sottili e vengono lanciate con un movimento fluido in modo che scivolino via dalla mano con facilità. Okay, in altre parole, la vittima spesso non la vede neanche, la stelletta, e crede di essere stata tagliata da una spada invisibile.»

«Sì», intervenne Claire. «Questa lama sottile mi torna. Una delle ferite era un colpo di taglio sull'avambraccio. Come se si stesse difendendo da una lama che arrivava di striscio.»

Cindy ci mostrò un'immagine, stelle da lancio di tutte le forme fissate a un tabellone. Poi appoggiò il cellulare e disse: «Le stellette sono illegali in molte nazioni e in alcuni Stati. In California, per esempio».

Mi ricordai quello che aveva detto Claire quando ero andata all'obitorio a vedere il cadavere di Carly Myers: *Se trovi l'arma, trovi anche l'assassino.*

La Scientifica era arrivata all'arma più probabile. Ma come si collegavano le stelle da lancio a Slobodan Petrović?

Arrivò il conto. Quattro mani lanciarono contanti sul tavolo. Ci abbracciammo e ci avviammo al lavoro.

Mi mossi in fretta, passando a lato del corteo di manifestanti e imboccando la scalinata anteriore, perché dovevo andare alla riunione con Conklin e Jacobi.

Avevo molte cose da raccontare sul criminale di guerra e genocida che abitava vicino al parco Panhandle. Aveva un passato documentato fatto di torture, stupri e omicidi di massa.

E secondo i resoconti dei testimoni era un sadico: ci teneva particolarmente a impiccare le proprie vittime e sembrava proprio che gli piacesse moltissimo farlo.

65

L'addetto alla sicurezza chiamò Joe per avvisarlo che aveva una visita, la signora Anna Sotovina.

«Falla salire», rispose Joe.

Anna l'aveva fatto rimanere sveglio fino a tardi a causa dell'appuntamento mancato alle sei e mezzo la sera prima, aveva il telefono spento e non aveva risposto ai suoi messaggi. Era rimasto preoccupato per lei tutta la notte e adesso era incazzato.

Quando Anna bussò allo stipite, Joe le scoccò un'occhiata. Era vestita da lavoro e non sembrava spaventata o ferita. Le chiese di entrare e le indicò una sedia.

Lei cominciò a parlare mentre attraversava la stanza. «Ho spento il telefono. Non volevo suonasse mentre aspettavo in auto.»

«Non ha pensato di chiamare e farmi sapere dove fosse?»

«Lo so, lo so. Ho avuto improvvisamente l'idea di pedinare Petrović dal ristorante fino a casa.»

«Non capisco.»

«Dopo pranzo sono andata da Tony's. Ho usato una delle auto della concessionaria dove lavoro in modo che non riconoscesse la mia macchina. Ho aspettato per ore e non ha lasciato il ristorante. Sono rimasta lì tutto il giorno. Ho fatto pipì in una bottiglia. Non mi sono allontanata né mossa.»

Joe fumava dalla rabbia, ma annuì. «Continui.»

«Ho visto l'uomo con il sorriso malvagio. Se n'è andato alle sette di sera. È per questo che non sono venuta. L'ho visto e ho dovuto decidere cosa fare. Se l'avessi seguito, avrebbe potuto riconoscermi.»

«Oh, sul serio?»

«Sta facendo del sarcasmo con me? Davvero, Joe?»

Lui aspettò che Anna smettesse di fissarlo con lo sguardo ferito e arrabbiato. Lei continuò a guardarlo male anche mentre riprendeva il suo resoconto.

«Ho deciso di rimanere fuori dal ristorante. Ho guardato i clienti andare e venire, andare e venire, e ho aspettato ancora, finché non si sono spente tutte le luci. Petrović non se n'è mai andato, quindi ho guidato fino a casa sua. Non ho visto la Jaguar. C'era solo una luce accesa al primo piano. Sono tornata a casa mia e ho fatto il giro dell'isolato.» Anna continuò. «Nessuno mi stava tenendo d'occhio. Ho parcheggiato ancora a un paio di isolati di distanza e poi ho camminato fino a casa e sono entrata dal cortile sul retro. Sono sicura che nessuno mi abbia visto.»

«Ed è passata davanti a casa di Petrović in auto stamattina venendo qui?»

«Sì. La sua macchina non c'era.»

«E davanti al ristorante?»

«Non aprono fino a mezzogiorno», rispose.

«Quindi cosa sta combinando, Anna? Sta studiando per diventare tutore dell'ordine? Pensa di meritare ad honorem un distintivo dell'FBI e una pistola? Crede di potersi avvicinare di soppiatto alle spalle di Petrović a un semaforo, urlargli 'Mani in alto' e portarlo dentro? Cosa diavolo ha in mente?»

Lei lo fissò, ma lui non abbassò lo sguardo. Era incredibile come quella donna disarmata, senza addestramento, in una situazione tanto lontana dalla sua portata, avesse pedinato un famoso criminale di guerra e ora stesse provando ad affrontarlo.

La sua mancanza di paura era allarmante. Se fosse andata avanti in quel modo, forse Joe sarebbe stato chiamato a identificare il cadavere di Anna in strada.

«Lei non mi mette paura, Joe. E non mi dica cosa devo fare. Sono sopravvissuta a quel ciccione mentre mi violentava sul pavimento. Sono sopravvissuta a quello che mi ha fatto.» Si scostò i capelli. Nella luce del giorno l'ustione sembrava tessuto lucido, arricciato e incollato alla guancia dal sopracciglio fino al mento. «Ho visto quello che ha fatto alle mie amiche e a mia sorella, e ho trovato mia madre morta, nuda, in una fossa poco profonda. Stessa cosa per il mio adorato marito. Il mio bimbo in un canale. Sono scappata. Di notte. A piedi. In barca e in treno, e poi di nuovo a piedi. Quindi non mi dica che non posso sorvegliarlo. Non me lo dica. Mi aiuti o mi lasci stare.» Si alzò e si diresse verso la porta.

Joe la richiamò. «Anna, torni indietro. Ho alcune foto da farle vedere. Vuole identificare il suo soldato nell'Escalade? O no?»

66

Anna si fermò sulla soglia e, senza rispondere, tornò indietro e si sedette.

Joe ruotò lo schermo del computer in modo che lei potesse vedere l'immagine ingrandita dei soldati attorno al monumento nel centro di Djoba. Dietro di loro, la strada era disseminata di cadaveri.

Anna guardò la foto, esaminandola da sinistra a destra. Gli occhi si fermarono sull'immagine di Petrović, poi tornarono all'altro capo della fila.

Allungò un dito tremante.

« È lui. L'uomo nell'Escalade. »

« È sicura? »

Grosse lacrime le scesero dagli occhi. « Sono sicura. È lui. Posso ancora sentire la puzza del suo fiato. È un bastardo pervertito, ma non so come si chiama. »

« Okay, Anna, okay. Lo identificherò. Non oggi, ma abbiamo accesso ai documenti d'identità di queste truppe. Mi spiace per quello che le ho detto prima. Ho paura per lei, capisce? Lasci che la accompagni all'auto. »

« Sono in grado di trovarla da sola. »

Fu uno sforzo, ma mentre la scortava all'ascensore Joe dovette trattenersi dal dirle: *Stia lontana da Petrović*. Il suo ufficio era al dodicesimo piano e la lenta salita nella cabina non fu piacevole. Per tutto quel tempo Anna tenne lo sguardo fisso sulle porte dell'ascensore e Joe sul profilo di Anna.

Immaginava gli episodi crudeli della vita di lei come se

fossero successi a un suo parente o a un suo caro amico, e questo lo addolorava. Stava prendendo quel caso troppo sul personale, era preoccupato. Ancora. Avrebbe avvisato Steinmetz del fatto che stava per predisporre una sorveglianza costante su Petrović.

L'ascensore finalmente arrivò e le porte si aprirono. Anna entrò, girò su se stessa e spinse il bottone per il piano terra. Alzò lo sguardo verso Joe quando lui le promise che l'avrebbe chiamata se avesse avuto novità. Lo ringraziò e le porte si chiusero.

Joe tornò nel suo ufficio e diede un'altra lunga occhiata al fermo immagine sullo schermo.

Dedicò maggiore attenzione al soldato identificato da Anna come l'uomo che l'aveva affrontata in Fell Street. Come aveva detto lei, era un soldato semplice, non un ufficiale, ed era in tenuta da combattimento, basco scuro, sbarbato. Si stava sistemando il berretto e in quel fotogramma l'espressione del volto non era chiara.

Joe fece partire i trenta secondi di video con gli uomini in posa davanti al monumento e scattò uno screenshot per ogni secondo. Osservò il risultato e scelse un'immagine più chiara dell'uomo che Anna aveva indicato nella seconda fila.

Stampò lo screenshot per il fascicolo e disegnò un cerchio attorno al militare non identificato.

E, cosa divertente, più lo guardava e più era sicuro che fosse la versione più giovane dell'uomo con i capelli grigi che aveva visto con «Tony» alla steakhouse la settimana precedente.

Quell'uomo stava dicendo qualcosa a Petrović. Qualcosa come: «Sì, ho sentito. Mi occuperò di lei». O una cosa del genere.

Joe era rimasto scioccato nel vedere Petrović uscire dalla cucina e si era concentrato su di lui. Non aveva ascoltato attentamente Capelli Grigi in quel momento. Ripensandoci, però, quella strana frase suonava terribile. Poteva significare qualsiasi cosa: dal dover pagare la cameriera o la lavanderia, a qualcosa di più sinistro.

Petrović aveva chiesto a Joe: «Dov'è la sua fidanzata? Quella con la bicicletta».

Quando il suo sodale aveva detto «Mi occuperò di lei», si stava riferendo ad Anna?

Petrović l'aveva vista in bici. E l'aveva vista insieme a Joe quando lui gli aveva scattato una foto mentre scendeva i gradini della casa gialla. Ma l'aveva anche riconosciuta per averla violentata e torturata a Djoba?

A parte lo stupro etnico, i crimini di guerra e i crimini contro l'umanità in Bosnia, per quel che ne sapeva Joe, Petrović non aveva commesso nessun reato negli Stati Uniti, ma forse l'uomo nell'Escalade sì, e allora avrebbe potuto esserci un fascicolo della polizia.

Con ogni probabilità Hai Nguyen era fuori a pranzo, ma Joe allegò il video e l'istantanea più chiara che aveva a un'email, segnalandola come URGENTE.

Hai. Il soldato nella seconda fila dal basso, il terzo da sinistra. Djoba, Bosnia. Ho bisogno del suo nome. Mandò l'email.

Andò nella sala comune per un caffè, pensando al soldato senza nome che stuprava Anna. Conosceva i suoi movimenti a San Francisco e aveva avuto le palle di provare a intimidirla. L'aveva riconosciuta. Come poteva non averlo fatto? Forse l'aveva detto anche a Petrović.

E poi c'era Anna, una civile incosciente e disarmata che braccava un assassino a cui probabilmente sarebbe piaciuto farla sparire per sempre.

67

Adele supponeva che fosse mattina perché Marko l'aveva svegliata tirandola giù dal letto per i capelli.

« Per favore. Mi fai male. »

Non sapeva veramente che ora fosse, che giorno, né da quanto tempo lei e Susan fossero intrappolate in quella gabbia dorata. Nessun orologio, nessuna luce dall'esterno, nessuna consapevolezza del passaggio giorno-notte. Era esasperante, ma non il peggior trattamento a cui venissero sottoposte.

Nonostante la promessa di libertà in caso di buona condotta, erano state ripetutamente maltrattate. Prese a pugni. Stuprate. Insultate, minacciate e chiuse nelle loro stanze senza tempo, né suoni, né speranza.

Ora lei e Susan erano nel patinato camerino color pesca, perlaceo come l'interno di una conchiglia e illuminato dalle morbidissime luci da trucco. Erano sulle sedie da toeletta, sedute di fronte al grande specchio dagli angoli smussati.

Susan era chiara, alta, con i capelli di un biondo ramato. Adele era scura, asciutta e atletica. Entrambe avevano ricevuto un guardaroba e una scatola di cosmetici abbinati al colore dei capelli e alla carnagione.

Quel giorno erano vestite in maniera simile, con vestaglie di seta sopra i babydoll abbinati. Avevano ricevuto istruzioni di apparire bellissime. In realtà, non erano mai state tanto terrorizzate in vita loro.

Il camerino era posizionato tra le loro due camere da letto.

Oltre la zona notte c'era un vasto salotto con una folta moquette, lussuosamente arredato con mobili tappezzati e imbottiti, un caminetto di marmo e un pianoforte a coda.

Il soffitto era alto, le finestre lunghe e con tende molto pesanti. La luce soffusa nella stanza proveniva da torce e applique alle pareti, in mezzo alle librerie. Il soffitto era decorato con modanature elaborate e un lampadario che pendeva da un medaglione di gesso laminato d'oro.

Adele non avrebbe mai dimenticato quel cristallo luccicante e quegli stucchi raffinati. Li aveva fissati mentre quegli uomini si erano dati da fare a turno sopra di lei.

Susan si stava lavando i denti. « Adele? Va tutto bene? »

« Non ce la faccio. Voglio uccidermi. Davvero. »

Susan appoggiò lo spazzolino e strinse entrambe le mani di Adele nelle sue. « Del, ascoltami. Non puoi lasciare che ti spezzino. »

L'amica si ritrasse e rispose: « Guarda ». Sollevò la camicia di seta e mostrò a Susan le grandi bruciature sui seni e quelle che le coloravano l'interno cosce. Alzando i capelli si toccò la zona scorticata da dove Marko aveva strappato una grossa ciocca. « Mi ucciderebbe anche solo per quello che sto pensando. Sai che ho ragione. » Si premette un fazzoletto sugli occhi. Pianse per un momento, poi si soffiò il naso. « Come fai tu? » chiese all'amica.

« Dico a me stessa che sto portando a termine la più grande delle truffe », mormorò Susan dolcemente. « Dico a me stessa che possono ferire il mio corpo e il mio ego, ma non possono distruggermi. Non glielo permetterò. Adele, riesci a dire le stesse cose a te stessa? *Devi.* »

Adele sospirò profondamente. « Ogni tanto mi sento forte. Sento di dover vivere abbastanza a lungo da raccontare ai poliziotti quello che Tony ha fatto a Carly. »

« Sì », disse Susan. « Giusto. Dobbiamo fare quello che è necessario in modo da riuscire a parlare per Carly. »

« Credi davvero che ne usciremo? » chiese Adele. « Sanno che parleremmo. Ci uccideranno, qualunque cosa faremo. Lo sai, vero? »

« Dobbiamo essere più furbe di loro. Aspettare un'occasione. »

Adele generalmente non si truccava, ma aveva osservato Susan, aveva preso nota su come applicare l'eyeliner e ora stava tentando di disegnare una linea sulla palpebra vicino alle ciglia. Le dita le tremavano troppo, Susan le tolse il pennello di mano e le pulì gli occhi con un panno umido.

Poi prese il viso di Adele tra le mani. « Resisti », le disse. « Io lo farò. » Quindi la istruì su come compiacere quelle bestie in modo da poter vivere un altro giorno. Le suggerì lusinghiere frasi sensuali, le mostrò come gemere e toccare con leggerezza. « Usa parole tue. »

Adele capì che la sua amica stava tentando di essere coraggiosa anche per lei. « Susan, cosa pensi veramente? » le chiese. « Per favore, dimmi la verità. »

68

Susan mise giù l'eyeliner.

«Sto cercando di mantenere la calma», sussurrò ad Adele. «Ma non riesco a smettere di chiedermi se usciremo di qui. Non riesco a non pensare che i miei genitori staranno impazzendo dalla paura. Mi domando se ci stanno cercando e da quanto tempo siamo scomparse, e quando ce ne andremo. Se mai succederà.»

Ripensava a quell'ultima notte di libertà, quando avevano lasciato il The Bridge progettando di fare una breve camminata fino alla scuola. Le dispiaceva per Carly, aveva pianto per lei, ma ancora la incolpava per averle portate in quell'inferno. E incolpava se stessa per essere stata d'accordo con lei.

Susan conosceva Tony e conosceva Marko. Erano i suoi spacciatori. Ma non l'aveva mai raccontato alle sue amiche. Non poteva ammettere di essere una drogata. Sapeva che Carly non era proprio una ragazza innocente, ma almeno non si drogava. E Adele? Susan non capiva proprio perché avesse fatto amicizia con loro.

Però, santo Dio, Carly non era l'unica persona da incolpare per averle fatte finire lì.

Lunedì sera, mentre stavano lasciando il locale, Tony e Marko le avevano abbordate con la loro Escalade. Tony si era sporto dal finestrino del conducente e aveva chiesto a Carly un favore.

«Carly, tesoro, speravo proprio di vederti. Un famoso critico gastronomico verrà domani sera a cena da me. Per piacere, Carly e tutte voi, ho bisogno di qualcuno che dia uno sguardo con occhio femminile. Ho dei dubbi su alcuni dipinti che ho comprato. All'improvviso non sono sicuro del mio gusto per queste cose, ma c'è abbastanza tempo per cambiarli prima della cena di domani.»

Adele aveva declinato. Anche Susan non aveva voglia di andare e aveva risposto: «Tony, sono sicura che i quadri vadano bene. Al critico importa soltanto del cibo».

Tony era stato convincente. «Sì, certo, del cibo, ma anche dell'ambiente. So che è tardi ma sentite: il mio chef ha preparato per voi il dessert al cioccolato che è la sua specialità. E, come ciliegina sulla torta, vi pagherò per la consulenza. Fate voi: cento? Facciamo duecento a testa. Contanti in cambio del vostro tempo. Un'ora soltanto. Per favore.»

Carly si era arresa: «Okay, Tony. Sembra divertente». E le sue due amiche avevano acconsentito. Si erano sedute tutt'e tre sul sedile posteriore della grossa Cadillac blu. Marko si era sporto verso il sedile e aveva servito alle donne champagne freddo in flûte di cristallo.

Susan si era addormentata e, al risveglio, si era ritrovata in una strana stanza. Ci aveva messo un'infinità a distendere la mano e sollevare gli occhi. Era come se stesse nuotando sott'acqua.

Si era accorta che il letto era molto soffice, sembrava che l'avvolgesse. La stanza, però, era una cella scura e senza finestre. Le sue cose non c'erano più, i vestiti, il cellulare. Era prigioniera. Indossava una camicia da notte trasparente e, a giudicare dal dolore che sentiva tra le gambe, aveva capito di essere stata usata per fare sesso.

Quella prima notte di prigionia Susan era strisciata lentamente fino ai piedi del letto, da dove poteva raggiungere il pomello della porta, ma era chiusa a chiave. Così aveva iniziato a urlare.

Tony aveva aperto la porta, l'aveva risospinta a letto e l'aveva informata che d'ora in avanti lei gli apparteneva. E aveva dettato le regole, tutte crudeli, arbitrarie e scolpite nella pietra. Con una promessa: se avesse seguito le regole, non le sarebbe successo nulla. Altrimenti, l'avrebbero uccisa. E non velocemente.

Si era spiegato con schiaffi, pizzicotti e pugni, e poi l'aveva presa con la forza. Quando aveva finito l'aveva sculacciata, le aveva baciato la fronte e aveva concluso: « Buonanotte amore. Ci vediamo domani mattina ».

Se n'era andato, chiudendo a chiave la porta dietro di sé.

Susan guardò la sua amica in quel momento. « Adele. »

L'altra la guardò, riflettendo la sua paura.

« Mi dispiace. Mi dispiace tanto che tu sia qui. E mi dispiace anche per me. »

69

Susan era seduta con Adele davanti allo specchio e, ripensando a tutto quello che era successo, sapeva in fondo al cuore che Carly era stata imbrogliata da Tony.

La mattina dopo il rapimento, quando erano state trascinate via dal letto e portate nel salotto, Carly era impazzita e aveva cercato di difendersi. Aveva insultato Tony, gli aveva lanciato contro degli oggetti ed era scappata verso la porta. Era evidente che il suo tentativo di fuga non solo non aveva speranza ma aveva anche fatto infuriare quegli uomini.

Tony aveva afferrato Carly per la spalla e le aveva tirato un pugno in pancia, facendola crollare a terra. Si era strozzata e aveva vomitato sul tappeto.

Susan aveva tentato di aiutarla, ma Tony l'aveva scagliata contro il muro. Aveva sbattuto la testa contro l'intonaco ed era scivolata sul pavimento. Aveva visto Tony iniziare a strangolare Carly con le sue grosse mani, poi lasciarla respirare e poi strangolarla di nuovo. Quando aveva allentato la presa, Carly aveva ansimato ed esalato un lungo e terribile rantolo.

«Mi dispiace», aveva detto Carly, guardando Susan.

Tony poi l'aveva presa per i piedi, se l'era trascinata in spalla e l'aveva portata fuori dall'appartamento.

Giorni dopo aveva mostrato loro le foto del corpo senza vita di Carly, pallido e rigido, con addosso una delle sue camicie. Sembrava una statua di cera in una casa degli orrori.

Tony aveva voluto terrorizzare Susan e Adele, in modo

che obbedissero e non provassero a fuggire. Ormai, però, sapevano più cose rispetto ai primi giorni.

Susan aveva suonato molte volte il pianoforte per quelle bestie dopo cena e la musica li rilassava. Questo le aveva dato l'idea per un piano fantastico. Al momento giusto, lei e Adele sarebbero scappate.

Presto, forse quella sera stessa, mentre Susan suonava, Adele avrebbe versato il liquore nei bicchieri e poi, quando le belve si fossero assopite per il cibo e l'alcol, avrebbe portato in camera di nascosto gli attizzatoi del caminetto e li avrebbe nascosti sotto il materasso mentre l'amica continuava a suonare.

Ora, nel camerino mentre si preparavano per colazione, Susan spennellò le gote di Adele e le passò il rossetto. Poi le chiese: « Raccontamelo, Adele. Raccontami il nostro piano ».

« Li faremo ubriacare e, quando si addormenteranno nei nostri letti, useremo gli attizzatoi per sfondargli la testa. »

Susan baciò la guancia dell'amica. « Hai capito tutto. »

Susan non aveva mai ucciso neanche un topo, ma riusciva tranquillamente a immaginarsi mentre sollevava l'attizzatoio e lo calava sulla testa di Tony.

Adele sarebbe riuscita a fare lo stesso con Marko? Sentì dei passi dirigersi verso il camerino.

La porta si aprì.

« La colazione è servita nel salotto, signore », disse Marko. « Subito. »

« Ci daresti un minuto, Marko? Non siamo ancora pronte », rispose Susan.

« Ho detto subito. Tony è in casa e vi vuole. Pettinati, Adele, e sbrigatevi. »

La porta si chiuse e Susan ribadì: « Ce ne andremo. Troveremo un modo ».

Adele tremava e Susan sapeva che stava ricordando l'aggressione della notte prima in salotto davanti a tutti, le botte, la violenza da parte di un primo, di un secondo e poi di un terzo uomo.

«Susan, qui l'unica soluzione è uccidere loro o uccidere me stessa. Giuro su Dio che non m'importa quale delle due sarà la via d'uscita.»

70

Marko spinse Susan e Adele come fossero state bestie fino al divano di seta dalle frange dorate in salotto, e ordinò loro di sedersi.

L'uomo che veniva chiamato Junior entrò nella stanza con un vassoio di cibo e bevande: una bottiglia di buon vino, un cestino di pane e due piatti di insalata di pollo. Dispose il pasto sul tavolino da caffè e versò il vino.

Adele non aveva fame. E quella non era la colazione. Non era più sicura di che momento della giornata fosse. Poteva essere uno dei loro trucchi. O poteva essere stata drogata di nuovo e aver perso il senso del tempo.

Percepiva un cambiamento nella stanza che non riusciva a identificare. All'apparenza, quel giorno era uguale ai precedenti. Durante il turno di giorno, tre uomini senza nome facevano la guardia alla porta d'ingresso e servivano il cibo. Marko supervisionava.

Quel giorno, però, gli uomini sembravano in attesa di qualcosa.

Marko si fermò davanti alle due donne e ordinò: «Mangiate. È buono».

Adele prese la forchetta e infilzò della lattuga. Markò si girò e lei rimise giù la forchetta. Sentì dei passi pesanti che percorrevano il lungo corridoio fino alla sala.

Tony.

Riempì tutto il vano della porta. Tirò una boccata dal sigaro e poi sorrise come fosse l'ospite di un gioco a premi. «Buongiorno, signore. Avete dormito bene?»

Adele e Susan mormorarono all'unisono: «Sì, Tony».

Adele si ricordò di Tony che la violentava la notte prima, che le tirava i capelli, che con una mano le forzava indietro la testa e con l'altra le schiacciava la gola.

Quando si era dimenata, lui si era divertito a vederla lottare e rantolare alla ricerca di aria, e l'aveva lasciata andare prima che perdesse conoscenza.

Aveva scherzato: «È stato bello?»

Poi si era alzato, era andato in bagno, aveva buttato il preservativo nello scarico e tirato lo sciacquone.

Si era infilato le mutande, aveva aperto la porta a Marko e gli aveva dato una pacca sulle spalle. Subito prima che Marko entrasse, Adele aveva sentito la porta di Susan aprirsi e la voce di Tony tuonare: «Novità, micetta?»

Adele scoccò uno sguardo agli attizzatoi lontani solo una decina di metri. In quel momento c'erano troppi uomini per tentare la sorte, forse più tardi.

Tony trascinò una sedia e vi si mise a cavalcioni, guardando in faccia le due donne sopra il tavolino da caffè.

«Ho una sorpresa per una di voi», attaccò e poi rise. «Sembrate entrambe terrorizzate. Smettetela. Sto solo portando fuori una di voi per prendere un po' d'aria, magari un gelato. E non è un... come lo chiamate? Uno scherzo. Voglio concedervi un giorno libero.»

Susan afferrò la mano di Adele, e Tony sollevò un quarto di dollaro per farglielo vedere.

«Susan, testa o croce?»

«Testa.»

La moneta schizzò in aria, ruotò e cadde finché Tony non la prese e se la sbatté sul dorso della mano. «Oh, mi dispiace Susan. Croce. Ma arriverà il tuo turno. Adele, ci sono degli abiti nuovi nella tua stanza. Vestiti. E fa' in fretta, Piccola A. Prima che faccia buio.»

71

Adele era seduta vicino a Tony sul sedile anteriore della Jaguar, mentre lui guidava su un'autostrada a due corsie verso una destinazione a lei ignota.

Aveva le mani scomodamente legate dietro la schiena. I jeans nuovi erano attillati e stretti, e la cintura premeva dolorosamente contro le bruciature sui fianchi e sulla pancia. Sopra i jeans indossava una felpa bianca con il logo della Pacific View.

Quando Tony le aveva allacciato la cintura di sicurezza, Adele l'aveva implorato di allentare la chiusura. « Per favore, no. Fa troppo male. »

« Ma certo, Adele. Ci tengo a te, lo sai, no? »

« Sì che lo so, Tony. »

Le aveva slacciato la cintura di sicurezza.

Una benedizione, ma Adele era sicura che la storia del « prendere un po' d'aria » fosse un imbroglio. Era stata al gioco, aveva persino chiesto a Tony di poter chiamare i suoi genitori e far sapere loro che stava bene.

Tony le aveva risposto: « Sei una ragazza divertente, Adele. Ma sul serio: se chiedi aiuto o tenti di scappare, sarò costretto a ucciderti, e questo mi addolorerebbe molto ». Si era messo una mano sul cuore e l'aveva guardata con un'espressione di finta tristezza. Poi aveva continuato: « In più, dovrò chiamare Marko e lui abbatterà Susan come un cane. So dove vivono i tuoi genitori, Piccola A, e ho i nomi di tutti i tuoi amici. Quindi per favore, tesoro, comportati bene. Dimmi: 'Ho capito, Tony'».

Adele l'aveva detto.

«Dimmi: 'Io ti appartengo, Tony'.»

Lei aveva sputato fuori anche quello. Era importante che lui si fidasse. «Sarai contento di me. Lo giuro.»

Erano in auto ormai da mezz'ora, in viaggio verso il tramonto. In tutto quel tempo Tony era stato al telefono e aveva ascoltato la musica alla radio, ma non le aveva più parlato.

Adele capì che si stava allontanando da lei, e questo la spaventò. Come aveva detto a Susan, le avrebbe uccise entrambe, non importava cosa facessero. Essere rispettose e collaborative aveva fatto guadagnare loro del tempo. Ma Tony non avrebbe mai lasciato testimoni di quanto aveva fatto a loro e a Carly.

Adele era attenta a ogni possibile occasione, nella speranza che Tony la sottovalutasse. Se si fosse fermato a far benzina, lei avrebbe implorato un impiegato di chiamare la polizia, o almeno sarebbe andata nel bagno delle donne e avrebbe lasciato un messaggio sullo specchio con il sapone. Se fosse riuscita a liberare le mani, avrebbe potuto allungarsi e strattonare il volante mandando l'auto a sbattere contro un albero.

Probabilmente sarebbe morta, ma avrebbe ucciso anche lui.

Tony strinse il volante con entrambe le mani e disse: «Arriveremo presto Adele, tesoro. Non ti preoccupare. Ti divertirai, dico sul serio».

«Sono contenta. Grazie, Tony.» Sorrise come se fosse la sua ragazza. «Anche se mi sta venendo fame», mormorò. «E vorrei andare in bagno.»

«Certo. Ci fermiamo tra qualche chilometro.»

La strada tagliò in mezzo ai boschi e fu costeggiata da boscaglia e alberi su entrambi i lati. Il sole che tramontava dipinse il cielo di rosa e proiettò lunghe ombre sulla carreggiata. Adele flettè le dita per far circolare il sangue e le contorse per vedere se riusciva ad allentare il cavo attorno ai polsi. Si vide entrare in un ristorante o anche in un minimarket.

Tony l'avrebbe slegata, se lei avesse promesso di fare la brava.

E, quando avesse avuto mezza occasione, avrebbe sussurrato alla persona più vicina: «Aiuto. Mi chiamo Adele Saran e sono stata rapita. Chiami la polizia».

Tony le stava parlando. «Devo cambiare l'acqua al pappagallo», disse ridacchiando. «Si dice così, giusto?»

«Sì, molto divertente.»

Tony rallentò e accostò l'auto sul ciglio della strada coperto di ghiaia, parcheggiò e accese le luci di emergenza. «Torno subito.» Aprì la portiera e scese, quindi si allontanò di dieci passi dall'auto, e si piazzò di fronte a un albero.

Eccola, l'occasione.

Non c'erano macchine o persone, e perdersi nel fitto bosco era la sua migliore e probabilmente unica possibilità di fuga. Adele si contorse sul sedile, voltandosi verso il volante. Mentre teneva d'occhio Tony, si girò in modo da avere in mano la maniglia della portiera.

Diede uno strattone e, grazie a Dio, la portiera si aprì. Lui stava ancora utilizzando l'albero come orinatoio, quando lei fece scivolare le gambe fuori dall'auto. Vi si appoggiò per recuperare l'equilibrio. Poi, con la Jaguar tra sé e Tony a bloccargli la visuale, si piegò in avanti e corse per salvarsi.

Tony le gridò dietro: «Corri, Piccola A! Fammi vedere come corri».

72

Tony voleva che scappasse? Era quello che desiderava?

Be', avrebbe ottenuto quello che voleva.

Adele aveva le braccia legate dietro la schiena e il vento che le sbatteva i capelli sul viso mentre attraversava entrambe le corsie senza incidenti. Nel momento in cui raggiunse il lato opposto della strada asfaltata, fu costretta a fermarsi per capire come superare il canale tra l'asfalto e i boschi al di là.

Con le braccia strette dietro la schiena non aveva abbastanza equilibrio per saltarlo ed era decisa a non cadere. Se l'avesse fatto, Tony l'avrebbe afferrata e, dopo averla umiliata, l'avrebbe uccisa.

Misurò velocemente la larghezza e la profondità del fosso cercando degli appigli, controllando dove poteva scendere, dove attraversare e dove risalire dalla parte opposta.

Con lo sguardo fisso sui propri piedi, avanzò con attenzione giù fino al canale e poi si arrampicò dall'altro lato, cadendo una volta sola. Era riuscita ad attraversarlo solo per trovarsi di fronte a un muro di rovi tra sé e il bosco. C'erano cespugli spinosi ovunque sul limitare della foresta, e Adele fece quello che doveva fare. Si avvicinò, con la pelle fragile del viso esposta all'impatto con le spine. E poi fu dentro la barricata. Espirò mentre si mescolava alla relativa oscurità del bosco.

E poi, proprio quando si era liberata dai rovi, Tony la chiamò. «Adele. Adeleeee... ah, tesoro. Puoi perderti là fuori. Puoi farti male.»

Le ombre della foresta le davano un grande vantaggio.

Riusciva a vedere dove stava andando e le ombre la coprivano. Adele girò la testa per controllare dove fosse Tony e scorse la sua sagoma vicino all'auto.

Lui la vide, ma non la stava seguendo. Chiamò: «Aspetta lì, Adele. Ti riporto alla macchina».

Col cavolo che l'avrebbe fatto.

Lei si addentrò nella foresta, all'inizio con circospezione; ma a mano a mano che acquistava equilibrio e sicurezza cominciò a scalare sempre più risoluta il pendio boschivo. Quando il terreno tornò pianeggiante, prese a correre. Dopo un centinaio di metri inciampò su una radice e cadde in avanti. Ignorò i graffi e le bruciature, e usò i muscoli dell'addome per mettersi seduta, grata per le decine di migliaia di addominali fatti nella palestra della scuola. E ringraziò Dio anche per lo StairMaster: era grazie a quell'attrezzo se in qualche modo era rimasta in piedi sul pendio.

Più avanti c'era un grosso albero e Adele vi si nascose dietro. Tony non poteva vederla mentre premeva la schiena contro il tronco scivolando lentamente fino a ritrovarsi seduta sul fogliame ai piedi dell'albero. Le braccia le procuravano un dolore spietato ma si torse e si allungò, fece passare i fianchi sottili attraverso il cerchio delle braccia fino ad avere le mani legate sul davanti.

Si accorse in quel momento che la felpa bianca risaltava come un neon, sempre più luminosa via via che il sole abbandonava l'orizzonte. Adele tirò la stoffa sopra la testa e la arrotolò attorno ai polsi. Poi la sollevò e la spinse in avanti, euforica e allo stesso tempo sicura che, se Tony l'avesse catturata, le avrebbe stretto le mani intorno alla gola, avrebbe premuto e poi avrebbe rilasciato come faceva durante il sesso, quel pazzo bastardo, ma questa volta non avrebbe mollato.

Adele si era riposata ormai.

Si muoveva rapidamente e non era da sola mentre correva. Si complimentava con se stessa, dicendo ad alta voce: « Brava ragazza. Non fermarti ». Mentre inciampava sui tronchi e si manteneva in piedi sentiva Susan, i suoi genitori e anche Carly che la accompagnavano durante il percorso, incoraggiandola a correre.

Quando si trovò ancora più lontano da Tony, diretta verso chissà cosa, udì uno schioccare di rami.

C'era un fascio di luce che proveniva da davanti, ondeggiando da sinistra a destra, e che smise di muoversi quando inquadrò il fazzoletto di terra su cui si trovava lei. Adele si schermò gli occhi e vide un altro fascio da destra e un altro ancora più lontano sulla collina.

Oh, mio Dio. È una squadra di ricerca.

Stavano cercando lei.

« Aiuto! » gridò. « Sono qui. Per favore, aiutatemi. »

73

Qualcuno chiamò Adele da media distanza. « Ehi pulcino. Non fermarti ora. »

Era la voce di Marko. *Marko.* Che diavolo stava succedendo?

« Marko? »

« Corri, Adele. »

Quella era la voce di Tony e lei poteva intravederlo, stagliato contro i fari dell'auto mentre veniva verso di lei. Vedeva lampeggiare tra i rami nel bosco altre torce, che la cercavano e tentavano di metterla all'angolo.

Si rese conto con uno shock di aver fatto uno stupido errore. Non erano i soccorsi. Erano gli uomini di Tony. E quello era un altro dei loro folli giochi.

Tony urlò giocoso: « Dovresti correre, tesoro ».

Adele giudicò che quella era probabilmente una qualche versione di nascondino, e il pegno da pagare se venivi trovato era la morte.

Corse lontano dalle luci e dalle voci, e queste la seguirono. « Adeleeeee. Hai paura di noi? »

Senza fermarsi, lei contò sette luci nel bosco. Puntò verso la zona più buia in mezzo alle luci e vi si diresse a grandi passi sul terreno accidentato, scavalcando i rami caduti e le ossa di un animale morto, affrontando il cambiamento di pendenza del terreno.

Accettò il torpore delle mani e delle braccia come un handicap e si concentrò sul mantenere l'appoggio mentre scattava tra gli alberi, alla convulsa ricerca di una casa o di una strada su cui passasse qualche auto.

Stava mettendo metri tra sé e quegli uomini quando avvertì un dolore pungente appena accennato alla spalla destra.

Uno degli uomini urlò: «Bel colpo, Junior!»

Una seconda voce la incitava: «Corri, Bambi. C'è una strada non troppo lontana. Puoi farcela. Forza, Adele».

Qualcosa di scintillante tagliò l'aria, superò il suo viso e colpì un albero, affondando di qualche centimetro nel tronco. Adele si fermò un attimo a vedere cosa fosse: un pezzo di metallo appuntito, a forma di stella, con un diametro di circa dodici centimetri. Ne aveva una simile dietro la spalla e non riusciva a raggiungerla con le mani legate.

Un'altra di quelle cose le sfrecciò oltre la faccia, mancandola di pochissimi centimetri.

«Brutto lancio», commentò una voce più vicina di quella di prima. «L'hai mancata di nuovo.»

«È veloce. Più veloce dell'altra.»

Uno degli uomini rise. «O forse fai solo schifo tu.»

I fasci delle torce e gli schiocchi dei rami si stavano avvicinando. Ordinò a se stessa: *Non fermarti, corri più veloce*, e sebbene i muscoli la stessero uccidendo Adele corse sul pendio fino a una radura tra gli alberi ammantata di muschio e foglie. Doveva fermarsi, appoggiare le mani sulle ginocchia, riprendere fiato. Fu in quel momento che la vide in fondo alla china, ai piedi della collina, a circa un chilometro soltanto da dove si trovava.

C'era davvero una strada, con automobili e quelle che sembravano case vicino alla base della collina.

Puoi farcela, Del. Concentrati sulla strada.

Incominciò la discesa, sorreggendosi agli arbusti quando il pendio era troppo ripido. Presto sarebbe sbucata davanti al traffico e avrebbe sollevato i polsi legati e, quando un'auto si fosse fermata, lei avrebbe chiesto al conducente di chiamare la polizia.

Adele risucchiava l'aria nei polmoni in fiamme mentre correva. Il sangue le scorreva sul braccio dalla ferita pulsante, e la stelletta era ancora conficcata nella sua spalla, ma tirò dritto. Era a metà strada quando lo shock arrivò, un dolore leggero e tagliente tra le scapole che la sbatté a terra.

Pensò di aver avuto un mancamento, ma era sveglia mentre scivolava sulla pancia sopra le foglie cadute, verso le luci della strada proprio lì sotto.

Il dolore era quasi insopportabile, però Adele tese davanti a sé le mani legate. La discesa si stabilizzò e mentre scivolava lentamente a valle sopra il fogliame secco si disse: *Sto per farcela. Sto per riprendermi la mia vita e per far sì che Tony e i suoi sgherri paghino per quello che hanno fatto, quindi aiutami, Signore.*

74

Alle otto del mattino, io e Conklin eravamo nella sala caffè con Jacobi, che ci mostrava le immagini appena mandategli da Clapper.

Erano difficili da distinguere dall'altro lato del tavolo, quindi gli tolsi il telefono dalle mani e guardai attentamente lo schermo. Allargai l'immagine.

«Oh, no. Questa è Adele?»

Jacobi sospirò e riprese il cellulare. «Claire sta andando a San Jose. Ecco le coordinate. Cominciate ad andare. Io devo arrivare dai genitori prima che lo faccia la stampa.»

In qualsiasi altra giornata sarebbe stato un sollievo e una fonte di ispirazione guidare lungo le acque del Crystal Springs Reservoir e le morbide colline da San Francisco a San Jose. Quella mattina, invece, mi sentivo impregnata di paura.

Adele Saran era morta di una morte inconcepibile. Come investigatori, avremmo ricominciato da capo, apprendendo tutto il possibile sull'assassino con l'aiuto della scienza forense e delle nostre menti fatte per risolvere problemi. Questo, assieme a speranza, fortuna e preghiera, avrebbe potuto condurci fino a Susan Jones, oppure no. Visto il modo in cui era stato posizionato il cadavere di Adele, il suo assassino era probabilmente lo stesso psicopatico che aveva ucciso Carly Myers.

Salimmo su un'autopattuglia e Conklin si mise al volante mentre io presidiavo telefono e radio in collegamento con il resto della squadra, al di sopra dell'ululato della sirena. Passammo la Highway 280 e la Route 17, poi prendemmo Camden Avenue fino a Hicks Road, una strada a due corsie che taglia la riserva naturale Sierra Azul Preserve, diciottomila acri di aspra natura selvaggia.

Il panorama era impressionante e non poteva essere più diverso dall'albergaccio nel Tenderloin. Dando per assodato che lo stesso colpevole avesse ucciso entrambe le donne, aveva cambiato qualcosa. O forse adorava la leggendaria spettralità di Hicks Road, con la sua atmosfera da Halloween perenne. Alcuni viaggiatori dichiaravano di aver sentito grida di banshee e di aver visto ghul dagli occhi rossi sulla Hicks. Altri parlavano di albini sanguinari e fantasiosi spiriti.

Ma era mattina. Niente spettri né banshee. Dopo una curva, la strada si addentrava in una zona forestale proprio davanti a noi, e individuai la scena del crimine.

Non fu difficile.

I veicoli delle forze dell'ordine fiancheggiavano la strada: i furgoni della Scientifica e del medico legale, le pattuglie della polizia locale e un paio di ambulanze. Il nastro delimitava la carreggiata da entrambi i lati, racchiudendo la scena del crimine primaria e quella secondaria, e subito fuori dal perimetro era stata allestita una tenda per le prove.

Conklin si fermò sulla strada a pochi metri dalla tenda.

Chiamai la centrale, informandoli che eravamo sulla scena. Io e il mio collega ci guardammo da un sedile all'altro. Nessuno dei due si sentiva positivo quel giorno. Avevamo perso Adele Saran e questo ci deprimeva.

« Okay, Rich. Pronti o no, è ora di andare. »

Conklin mostrò il distintivo all'agente vicino al nastro e Clapper apparve nel momento in cui ci chinavamo per passare sotto. Parlammo dello shock e di altre banalità mentre ci accompagnava fino a una grande quercia, una decina di metri verso l'interno rispetto al ciglio della strada.

Appeso ai rami allungati c'era il corpo di una giovane donna, carina, capelli scuri, che indossava un paio di jeans e una felpa bianca con scritto PACIFIC VIEW PREP. Era scalza ed era stata impiccata con quello che sembrava un pezzo di filo bianco simile al cavo del telefono.

Clapper riferì: «Abbiamo le foto e ho due squadre in mezzo al bosco alla ricerca di Dio sa cosa. Direi che è rimasta appesa abbastanza a lungo. Siete d'accordo?»

Annuii.

Claire arrivò alle mie spalle e rimase in piedi vicino a me mentre un furgone faceva retromarcia fino all'albero. Una coppia di tecnici della Scientifica si arrampicò sul tetto del furgone e, con delicatezza, tagliò il filo subito sotto il nodo e tirò giù la professoressa ventisettenne ormai morta.

75

Io e Joe stavamo guardando il notiziario delle undici, sdraiati vicini sul divano, con Martha che respirava rumorosamente sul pavimento al nostro fianco.

Impugnai il telecomando.

Volevo continuare a parlare con Joe, ma prima dovevo vedere come i media stessero trattando la morte di Adele Saran.

I titoli principali di tutti i canali, anche quelli via cavo, erano incentrati sull'albero a cui era stata trovata impiccata. C'erano primi piani del nodo, del tronco, del furgone del medico legale che lasciava la scena, degli uomini in tuta bianca della Scientifica che trasportavano le prove alla tenda per imbustarle ed etichettarle. Tutte queste attività erano accompagnate dal crepitio e dallo stridio delle radio delle pattuglie.

Le postazioni della stampa erano sparse nell'area circostante il nastro. I giornalisti televisivi davanti alla telecamera raccontavano al pubblico gli orrori della scena del crimine. Una giovane inviata intervistava Paul Harwood, l'escursionista che aveva scoperto l'incubo di Hicks Road mentre quella mattina presto stava guidando verso il suo sentiero preferito e aveva chiamato la polizia.

«Non credevo a quello che vedevo, le posso dire questo», raccontò Harwood alla giornalista. «All'inizio ho pensato che fosse uno scherzo. Il manichino di un negozio, o qualcosa del genere. Ma avevo una brutta sensazione, quindi mi sono fermato per accertarmene. E lì c'era quella povera ragazza, impiccata in quel modo... »

Tolsi il volume quando le immagini tornarono sul conduttore in studio.

« Dunque, continua con quello che mi stavi raccontando » mi disse Joe.

« Dov'ero arrivata? »

« A Claire. »

« Giusto. Io e Rich abbiamo seguito Clapper e Claire di ritorno dalla scena e siamo andati tutti dritti all'obitorio. Claire ha accantonato ogni altro impegno e si è fiondata sull'autopsia esterna. Ora del decesso, più o meno le nove di ieri sera. Joe, ieri sera era viva! »

« Oddio », disse lui.

Poi gli riferii cos'altro avevo appreso da Claire. « Non è ancora ufficiale, ma al momento lei sostiene che la causa della morte di Adele sia la stessa di Carly. »

« Prima strangolata e poi impiccata. Aveva ferite procurate da stellette da lancio? »

« Esattamente. E stavolta non è stata una congettura. Una di quelle dannate cose le sporgeva ancora dalla schiena. Aveva anche una ferita profonda nella spalla destra. Nessuna delle due era letale. Aveva bruciature sull'addome, nell'interno coscia e attorno al collo, sotto il legaccio. Inoltre, come per Carly, sul cadavere non ci sono prove fisiche visibili che possano portare all'assassino o agli assassini. Nessun frammento di pelle né sangue sotto le unghie; di fatto, le mani erano legate strette assieme. »

« E la corda con cui era appesa? »

« Era un filo di rame rivestito. »

« Un filo del telefono. Non ne ricaverai impronte. »

Ne convenni: « Chiunque abbia impiccato Adele Saran è stato un figlio di puttana ordinato. Ha indossato i guanti.

Ha messo il preservativo. Clapper ha portato al laboratorio il sangue, il kit stupro, i tamponi e gli abiti. Magari l'assassino è stato disattento e le ha lasciato della saliva sulla pelle, o ha sanguinato sui suoi vestiti. Però non mi sento fortunata».

Joe mi abbracciò e io mi rifugiai tra le sue braccia e respirai a fondo.

«Nient'altro?»

Ascoltava sempre tutto, non importava quanto sembrasse insignificante, e io ero contenta di raccontare. Forse Joe avrebbe notato qualcosa che io avevo perso.

«Okay, be', c'è qualcosa di un po' diverso. La Scientifica ha trovato tre o quattro serie di impronte umane in mezzo al bosco, che vengono da Hicks Road, si sparpagliano e poi convergono a un centinaio di metri dalla strada. Adele non è andata molto lontano. La lama nella schiena l'ha fatta crollare a terra. A giudicare dai segni intorno ha lottato un po', ma non è mai riuscita ad alzarsi. È stata probabilmente strangolata dov'è caduta e trasportata fino all'albero per essere impiccata a lato della strada. Non poteva correre da nessuna parte, Joe. Solo natura selvaggia per chilometri tutt'attorno.»

Joe annuì, immaginandosi il modo in cui era andata giù. «Quindi una caccia, è questa la tua opinione», disse. «E più di un colpevole. Niente di personale, oltre che molto sadico. Sembra una cosa organizzata, come il lavoro di una banda...»

Dovetti interromperlo. «Aspetta, Joe, cos'è quello?»

76

Le immagini esplose sullo schermo della tv avevano catturato la mia attenzione. Riattivai l'audio.

Erano riprese in diretta dei manifestanti che stavano invadendo la Civic Center Plaza e si concentravano davanti al municipio. C'erano primi piani di studenti in lacrime e molta gente arrabbiata di tutte le età, con cartelli scritti a mano che chiedevano giustizia per Carly e Adele.

Due autopattuglie entrarono nell'inquadratura a sirene spiegate. Quando si fermarono, i poliziotti aprirono le portiere posteriori e riconobbi i genitori di Adele Saran condotti verso un palco da un agente e da uno degli organizzatori. Iniziai ad alzare ancora di più il volume, ma Joe mi prese di mano il telecomando e spense la tv.

«Basta così, Lindsay. Non otterrai nulla di utile continuando a guardare.»

Mi tirò più vicina a sé e mi baciò sulla fronte. Sapevo che voleva calmarmi per il mio bene, ma avevo la testa in fiamme.

Avevamo ancora delle faccende da sbrigare prima di dormire e si stava facendo tardi. Joe portò fuori Martha per la sua passeggiatina e io mi misi a pulire la cucina.

Pensavo a quello che Joe aveva detto a proposito della morte di Adele e del sospetto nei confronti di qualche gang, però mi sembrava che inseguirla, ucciderla e posizionare il cadavere su un albero era un procedimento un po' troppo organizzato per dei criminali da strada. L'assassino, ammesso che fosse uno solo, era stato attento e aveva seguito una sorta di copione, forse uno schema, che avrebbe dimostrato che gli stessi colpevoli avevano ucciso sia Carly che Adele.

Mentre caricavo la lavastoviglie ripensai alla conversazione avuta con Joe la sera prima, mentre eravamo al sicuro a casa e non avevo modo di sapere che Adele Saran stava correndo nel bosco, sul punto di essere uccisa.

Tornai alla coincidenza non ancora chiarita di Slobodan Petrović, un ufficiale terrorista accusato di centinaia di stupri, torture e impiccagioni, un uomo che aveva alle spalle una storia di esecuzioni militari pianificate.

Joe aveva condiviso con me la sua frustrazione di non avere niente su Petrović, nonostante due squadre di agenti al lavoro. Sorvegliavano la sua macchina, la sua casa e il suo ristorante e avevano attaccato un localizzatore alla Jaguar, ma qualche volta lo perdevano nel traffico. Oppure, mentre loro sorvegliavano l'auto parcheggiata, Petrović lasciava il ristorante da una porta sul retro.

La discrezione era fondamentale. Petrović aveva riconosciuto Joe come agente federale (errore di Joe) e, se avesse pensato che l'FBI lo stava ancora sorvegliando, non l'avrebbero mai beccato a fare qualcosa d'illegale. Joe si sarebbe premurato che non accadesse. Non avevano nessun fondato motivo per ottenere un mandato di alcun genere.

Quell'emergenza, però, stava per scadere senza fondato motivo. L'FBI avrebbe dovuto beccarlo in qualche incasinata faccenda illecita se davvero voleva rispedirlo a calci all'Aia per far ripristinare la sua condanna.

«Lo seguiamo, Linds», mi aveva detto Joe. «Se ne va in giro in macchina per la città. Va a fare compere. Si taglia i capelli. Torna al ristorante. Va a casa per la notte. Noi aspettiamo, osserviamo e lo seguiamo. Non ha mai nemmeno superato i limiti di velocità. Non posso ottenere un mandato per mettergli sotto controllo il telefono se non ho un fondato motivo, e non ne ho. Non posso fermarlo, invadere la sua proprietà o ottenere l'autorizzazione a cercare qualsiasi cosa. Si rifiuta di combinare casini.»

Indossai il pigiama e provai a scacciare le immagini infernali che avevo in testa. Correvo con Adele attraverso il bosco, mentre un branco di selvaggi ci lanciava lame a forma di stella. Non riuscivo a scrollarmi di dosso la sensazione di quanto dovesse essere terrorizzata quella povera donna.

Mentre mi infilavo sotto le lenzuola pensai che io e Joe eravamo entrambi dei buoni detective. Okay, più che buoni. Eppure nessuno dei due riusciva a fare progressi con il proprio caso.

Sentii Joe rientrare con Martha. Le riempì le ciotole, spense la luce del soggiorno, poi venne in camera da letto e si sedette sul bordo del letto per togliersi le scarpe.

«Clapper è il migliore», disse. «Se c'è una traccia sul corpo o una prova nel bosco, lui la troverà. E questo uragano mediatico darà i suoi frutti, Lindsay. Qualcuno, qualche testimone del rapimento o degli omicidi, ricorderà qualcosa e si farà avanti con un indizio rilevante.»

Magari. Se c'era una dritta da qualche parte, sarebbe stato bene che saltasse fuori prima del ritrovamento di Susan Jones.

77

Joe era alla guida di una Toyota RAV4 nera con un motore potenziato e una nutrita serie di optional supertecnologici.

Il dispositivo GPS che tracciava l'auto di Petrović trasmetteva il segnale a uno schermo sul cruscotto della Toyota. La Jaguar blu era parcheggiata davanti alla casa vittoriana gialla.

Era la mattina di un giorno feriale e Tony's Place for Steak era ancora chiuso, ma Joe aveva una squadra in California Street che controllava l'ingresso anteriore e un'altra in Jones Street con vista sul condominio adiacente e sul garage. Petrović non avrebbe potuto lasciare nessuno dei due luoghi senza essere visto e seguito. Punto.

Joe aveva gli occhi fissi sulla casa dell'obiettivo, quando la porta d'ingresso si aprì e ne uscì Petrović. Si chiuse il battente alle spalle, poi scese i gradini fino alla strada. Joe si portò il binocolo agli occhi e osservò quel maiale che tirava una boccata dal sigaro, sempre attento a non farsi vedere bene il volto, e si dirigeva verso la macchina con passo spavaldo.

La vita era proprio bella per Slobodan Petrović.

La Jaguar blu era parcheggiata a meno di cinquanta metri dal punto in cui Joe era seduto nella Toyota. Lo osservò aprire la lussuosa berlina da ottantamila dollari e gettare uno sguardo furtivo su e giù per l'isolato, controllando il traffico, le auto ferme e le case del vicinato. Sembrò soddisfatto che non ci fosse niente d'insolito attorno: nessun pericolo, nessuna spia, solo un'altra meravigliosa mattinata nella città sulla baia.

Il Macellaio di Djoba salì sull'auto e accese il motore.

Anche Joe avviò la Toyota. Era pronto a seguire Petrović fino al ristorante, come aveva fatto ogni mattina di quella settimana, invece la Jaguar aveva un nuovo piano di volo.

Petrović si diresse verso ovest su Fell Street, girò a sinistra in Masonic Avenue, attraversando il parco Panhandle, e svoltò un'altra volta a sinistra in Oak Street, nella direzione da cui era venuto.

Dove stava andando?

Joe era tre macchine più indietro quando la Jaguar girò a sinistra in Oak, un'ampia via residenziale parallela a Fell Street. Fece anche lui quella svolta complicata, ma a quel punto dovette rallentare, per non essere visto. E poi, dannazione, beccò un semaforo rosso mentre la Jaguar attraversava l'incrocio.

Joe controllò la via che incrociava, a senso unico e vuota, e bruciò il semaforo. Poi chiamò i suoi ragazzi alla steakhouse per informarli che Petrović sembrava dirigersi verso la zona del Civic Center.

Anche la sua squadra stava seguendo la traccia della Jaguar sui monitor e, mentre una delle auto rimase al suo posto in California Street, l'altra prese una via laterale in direzione di Van Ness Avenue.

Il SUV Toyota con il motore potenziato era un'auto all'apparenza assolutamente ordinaria, se non sapevi che era equipaggiata con centinaia di migliaia di dollari di apparecchiature elettroniche governative.

In quel momento il GPS faceva lampeggiare il segnale satellitare e mostrava il percorso della Jaguar sullo schermo. Mentre Joe seguiva l'auto di Petrović attraverso l'affollata zona del Civic Center, oltre il municipio sulla destra e la Davies

Symphony Hall e la War Memorial Opera House sulla sinistra, era allarmato dal fatto che quell'uomo stesse andando fuori copione.

Perché? E dov'era diretto?

78

Joe guidava attraverso il quartiere di Polk Gulch con una squadra di supporto alle spalle – entrambe le auto seguivano la Jaguar – quando Petrović lasciò Van Ness per girare a destra su Union Street.

Stava cercando di seminarli? O era uno stratagemma, una deliberata presa in giro nei loro confronti, per portarli fuori strada e tornare poi al ristorante?

Oppure si trattava di qualcosa di totalmente diverso?

Invece di tornare indietro, Petrović rimase su Union, arrampicandosi su per la collina verso il costoso quartiere di Russian Hill.

Joe scambiò qualche parola con la squadra, dando istruzioni all'auto che lo seguiva di accelerare e superarlo. Se Petrović aveva notato la Toyota nello specchietto retrovisore, adesso avrebbe pensato di aver seminato l'inseguitore.

C'era una chiesa più avanti sulla sinistra, e stava succedendo qualcosa. Una mezza dozzina di limousine, inframmezzate da furgoni della stampa, era parcheggiata fuori dall'edificio. I giornalisti erano seduti su grandi sedie di tela da regista, davanti alle telecamere, con i truccatori e i parrucchieri che acconciavano loro i capelli. I poliziotti avevano le mani alzate nel tentativo di rallentare e deviare il traffico.

Proprio in quel momento le grosse porte della chiesa si spalancarono e i neosposi uscirono insieme agli invitati del matrimonio. La chiesa si svuotò alle spalle della nuova coppia che scendeva i gradini, salutava e schivava il riso, con la sposa che si fermava per girarsi e tirare il bouquet sopra la spalla verso la folla urlante.

Joe riconobbe la coppia: un miliardario della Silicon Valley e una star di Hollywood. Riuscì a dare un'occhiata attenta, dal momento che la cerimonia aveva causato un ingorgo e quasi paralizzato il flusso del traffico.

Era completamente bloccato. Anche la sua squadra di rinforzo, subito davanti a lui, era immobilizzata in mezzo a quello che ormai sembrava un parcheggio.

Maledicendosi, Joe controllò il GPS.

Petrović era su Lombard Street e procedeva al di sotto del limite di velocità, ma allo stesso tempo era lontano, lontanissimo.

Joe rispedì la squadra di supporto da Tony's Place for Steak e fece un controllo con gli agenti in Fell Street che erano in attesa di un'altra squadra che li sostituisse.

Appena libero dal traffico, Joe prese la prima svolta che l'avrebbe riportato in ufficio. Continuò a tenere d'occhio la scia della Jaguar sul cruscotto, il puntino lampeggiante che identificava Petrović mentre correva veloce verso la steakhouse.

Sperava che il Macellaio non si stesse facendo una grossa risata alle sue spalle, ma non poteva escluderlo.

Se Petrović aveva qualcosa a che fare con le insegnanti uccise, stava vincendo lui. E, per dimostrarlo, aveva appena mostrato un grosso e grasso dito medio al Bureau.

79

Un quarto d'ora dopo, Joe si trovava con Steinmetz nel suo ufficio d'angolo e lo stava aggiornando sull'inseguimento della giornata. «Ho una squadra a casa di Petrović. E un'altra a controllare il ristorante dove ora Tony sta supervisionando il servizio del pranzo.»

Joe raccontò a Steinmetz dell'ingorgo al matrimonio causato dagli sposi vip e dai paparazzi, e gli disse quanto fosse stato frustrante vedere un famigerato genocida guidare impunito per San Francisco. «Come faccio a fermarlo?»

«Siamo uno Stato di diritto» mormorò Steinmetz.

Joe annuì, poi riferì al suo superiore quello che aveva appreso sull'omicidio di Adele Saran.

«Sono al corrente di quel caso», disse Steinmetz. «La morale della favola è che c'erano molte impronte nel bosco, nessuna prova forense, nessun testimone del crimine e nessuna telecamera in mezzo alla Sierra Azul Preserve.»

«Corretto», replicò Joe. «Lindsay crede che Petrović possa essere coinvolto negli omicidi delle professoresse.»

«Perché?»

«Perché a Petrović piaceva impiccare le sue vittime.»

Steinmetz abbozzò un sorriso. «Sarebbe quasi troppo bello per essere vero. Lo avevi sotto controllo al momento dell'omicidio della seconda vittima, Saran?»

«Avevamo sotto controllo casa sua.»

«Quindi no. Non è stato avvistato qui in città. Cosa sai dei suoi compari?»

« Il tizio che dirige il suo ristorante, Marko Vladic, non ha precedenti. Petrović ha alcuni aiuti in cucina, ma anche loro sono immacolati. Nessuno vuole essere beccato in una retata dell'Immigrazione. Non abbiamo nulla sullo staff di Petrović. »

« Non starai seriamente pensando di portarlo dentro come sospettato dell'omicidio Saran? » chiese Steinmetz.

« Sto aspettando che mi dia una scusa qualsiasi. Scarico abusivo di rifiuti. Attraversamento con il rosso. Parcheggio in sosta vietata. »

« Quando trovi qualcosa che somigli a un fondato motivo, torna da me. »

« Lo farò », rispose Joe. Piuttosto scoraggiato, tornò al suo ufficio, entrò e chiuse la porta. Controllò il GPS: la Jaguar di Petrović era ancora parcheggiata di fronte al ristorante. La macchina che sorvegliava il retro era stata sostituita da un'altra berlina superequipaggiata e dall'aria insignificante. La seconda squadra era ferma vicino all'incrocio tra Fell e Scott dentro un vecchio furgone hippy, dipinto a spirali e fiori.

Joe fece un controllo con i ragazzi, non ottenne nulla, quindi li incoraggiò e posò il telefono. Un momento dopo, il telefono squillò.

Lui sollevò il ricevitore. Era l'addetto alla sicurezza del piano terra che lo informava: « È tornata ».

« Chi? »

« La signora Sotovina. »

80

Joe andò incontro ad Anna all'ascensore, poi la scortò fin nel suo ufficio, sperando che avesse ricordato qualcosa d'importante o che Petrović l'avesse minacciata, qualunque cosa si avvicinasse a un fondato motivo per indagare su di lui con l'intero corpo di risorse dell'FBI.

Le chiese se aveva novità, mentre lei prendeva una sedia.

«No. Niente di nuovo, Joe. Pensavo che potesse avere lei qualcosa per me.»

Sembrava in attesa di qualcosa e molto vulnerabile. Decisamente lontana dalla versione dura di Anna, quella del *non mi dica cosa fare*.

«Anna, ha amici in città?»

«Qualcuno. Perché?»

«Perché so che mi preoccuperei meno se lei si trasferisse da un amico anziché vivere in quella casa dove Petrović può raggiungerla in qualsiasi momento.»

«Lei pensa che voglia darmi la caccia?» gli chiese Anna. «Non potrebbe importargliene di meno di me, Joe. Mi ha già avuta. Molte volte. Avrebbe già potuto uccidermi, molte volte. Petrović non è preoccupato di me. E non ha motivo di avere paura, perché se ora non alza una mano su di me, io non posso toccarlo. Ha ottenuto un lasciapassare per tutti i suoi vecchi crimini.»

«Le ho detto cosa penso. È un criminale in cerca di un bersaglio, e lei è un bersaglio davvero buono.»

«È il mio compleanno, Joe. Oggi sono quaranta.»

«Oh, bene. Buon compleanno. I suoi colleghi le hanno comprato una torta?»

«Sì. E anche i bigliettini. E questo», disse, mostrandogli una catenina con un piccolo ciondolo scintillante. «È la mia pietra portafortuna. Però non ho pranzato. Che ne dice di portarmi fuori a mangiare qualcosa, Joe? Non mangio una bistecca da molto tempo.»

«Sta scherzando.»

«Un po'. Niente bistecca. Magari della pasta.»

«Mi dispiace, Anna. Ho del lavoro da fare qui in ufficio.»

Lei tentò di nascondere la delusione, ma arrossì. Prese la borsa. «Mi scusi, sono stata... inopportuna. Devo andare ora.»

«Non si preoccupi, Anna. Davvero. Va tutto bene.»

Joe sapeva che era sola, che lui era una figura importante adesso nella sua vita. La accompagnò all'ascensore e le promise, come faceva sempre, che l'avrebbe contattata non appena avesse avuto qualcosa di utile e che lei avrebbe dovuto fare lo stesso.

Più tardi quel pomeriggio Joe fece un controllo con le squadre e i sostituti per il turno di notte. L'auto di Petrović era ancora parcheggiata nel suo posto di fronte alla steakhouse. Era tutto tranquillo.

Joe rimuginò su quella situazione mentre guidava in direzione di Lake Street. Petrović stava tramando qualcosa? O si stava comportando come un cittadino modello, per vivere pienamente il sogno americano?

Pensò a Lindsay e sperò di trovarla ad aspettarlo quando avesse aperto la porta.

Desiderava da morire una serata normale a casa con lei.

81

Era venerdì mattina, undici giorni dopo che le insegnanti erano state rapite e poi due di loro uccise, e noi non avevamo il minimo indizio, nel senso più stretto del termine.

Abbassai lo sguardo sul caos di giornali sopra la mia scrivania, mentre ero al telefono con Clapper e lo ringraziavo per avermi fatto rapporto tanto velocemente su Adele Saran.

« Vorrai dire 'Grazie lo stesso'. »

« No. Voglio dire che quando si chiude una porta, se ne apre un'altra. Devo solo riuscire a trovarla. »

Clapper sogghignò: « La troverai, Boxer. Ho fiducia ».

Misi giù il ricevitore e feci un sospiro talmente forte che soffiò via dalla mia scrivania una pila di bigliettini di carta facendoli atterrare su quella di Conklin.

« Dimmi. Posso sopportarlo », mi esortò lui.

« Okay. Allora bentornato alla casella di partenza, collega. L'unico DNA sul corpo di Adele era il suo. Niente sotto le unghie. Niente tracce né impronte sul cavo usato per legarla e impiccarla. Nessuna impronta digitale sulle stellette, e l'unica prova trovata nel bosco erano le foglie scompigliate da una parte all'altra, all'inizio e alla fine di Hicks Road. E per contro ovviamente ci sono *centinaia*, se non migliaia, di impronte sulla tacomobile. »

Conklin tornò alla sua sedia, si passò le mani tra i capelli e sospirò. « Oh, gran bella giornata. »

Continuai: « Le impronte di Carly erano sulla maniglia della portiera e sul cruscotto, il che avvalora il racconto di

Denny Lopez. L'ha accompagnata al motel qualche volta. La maggior parte delle altre impronte sono sue e della sua ragazza, te la ricordi? Erano tre giorni fa e sembra già passato un anno. Lucinda Drucker. C'è però un riscontro con una certa Barbara Fines, una prostituta con il nome d'arte di Daisy».

«E anche questo avvalora la storia di Denny», intervenne Conklin.

«Clapper restituirà il furgone dei tacos al suo proprietario, o se lo terrà se vogliamo prendere in giro Denny ancora per un po'.»

«Non abbiamo altro. Facciamolo», disse il mio collega. «Forse ne ricaveremo ancora qualcosa.»

Chiamai Lopez da un telefono usa e getta, in modo che il mio nome non comparisse sullo schermo, e lui rispose. S'infuriò per il mio trucchetto ma ci informò che era in un bar chiamato Bud's tra Twenty-Second e Mission Street. Gli ordinai di non muoversi e poco dopo io e Conklin eravamo in strada dentro un'autopattuglia.

Conklin indicò Lopez, in piedi sull'angolo fuori dal bar. Era trascurato, con i capelli e gli abiti sporchi, chiaramente senza lavoro – per colpa nostra – da quando avevamo portato via il SUV.

Lopez non sembrava felice mentre fermavamo l'auto della polizia bianca e nera in doppia fila, e ancora meno quando Conklin scese, aprì la portiera posteriore, lo indirizzò verso il sedile e poi entrò vicino a lui.

«Per carità di Dio», farfugliava lo sfruttatore. «Mi farete ammazzare, lo sapete?»

«Perché ammazzare?» chiese Conklin.

«Lo sapete perché», rispose Denny come se stesse parlando a un bambino di quattro anni. «Qualcuno potrebbe vedermi mentre parlo con la polizia.»

«Se ci aiuta, Martínez potrà riavere il SUV in poche ore e lei riavrà il suo lavoro. Okay?»

«Facciamo in fretta. Ho un appuntamento a pranzo con una giovane signora. Se capisce cosa intendo.»

Scivolai verso il volante, avviai l'auto, imboccai Mission senza accelerare. Parcheggiai a quattro isolati di distanza, davanti a un salone per unghie e a un negozio di ciambelle, tirai il freno e mi sporsi verso il sedile posteriore. «Mi ascolti, Denny. Lei era sulla scena del crimine. E, ancora prima, ha visto le insegnanti al The Bridge ed era in affari con Carly. Carly è morta. Adele è morta. Possiamo trattenerla come sospetto per moooolto, molto tempo.»

«Sta cercando di fottermi?»

«Scavi a fondo, Denny. C'è sempre qualcosa che si è dimenticato. Cosa non ci ha raccontato?»

«Ora che me lo dice, ricordo qualcosa.»

«Vada avanti. Mi sorprenda.»

«In effetti ricordo un tizio venuto al The Bridge una volta, non tanto tempo fa. Era seduto al tavolo con un altro tizio e hanno offerto da bere a quelle ragazze.»

Lopez stava un po' smaltendo la sbornia e controllava i passanti: clienti con i sacchetti di Grand Mission Donuts, la solita variopinta collezione di persone senza lavoro, senza casa, senza speranza, tossici che abitavano a Mission, e impiegati in cerca del loro sballo mattutino.

Conklin afferrò il braccio di Lopez e lo scosse per riottenere la sua attenzione. «Denny, ci dica che aspetto aveva il tizio in questione e tutto quello che ha detto o fatto.»

«Cristo», mormorò Denny alzando le mani in segno di resa. «Era grosso. L'ho visto soltanto seduto, ma credo fosse un metro e novanta. Centotrenta chili. Portava tutto il peso qui.» Si mise una mano sull'addome. «Era al The Bridge e ha offerto da bere alle ragazze. Carly faceva la brillante con lui. Speravo ancora di riaverla indietro, per questo l'ho notato.»

Accesi il motore.

Conklin scese dal sedile posteriore e si rimise accanto a me sul sedile del passeggero.

«Ehi, mi state riportando al Bud's, giusto?» chiese Denny.

«Provi ancora a indovinare», risposi.

82

«Abbiamo bisogno che lei guardi alcune fotografie al Palazzo di Giustizia» disse Conklin a Denny.

Lopez protestò rumorosamente.

Gli ingiunsi di tacere e di calmarsi. «Sono morte due donne, e lei le conosceva entrambe. È probabile che abbia visto il loro assassino.»

«Mi state arrestando?» chiese, ancora biascicando.

«Solo se insiste», risposi.

Dopo di che, non parlò più. Fummo di ritorno al Palazzo di Giustizia in quindici minuti, lasciammo l'auto su Bryant e, a passo di marcia, portammo Denny Lopez dritto al terzo piano, dove lo lasciai nella sala interrogatori n. 1 e gli ordinai di sedersi e aspettare.

«L'agente Krupky è dietro il vetro», lo informai, indicando lo specchio bidirezionale. Salutai con la mano il mio riflesso. Non c'era nessun Krupky e la stanza di osservazione era vuota, ma Denny non lo sapeva. «Ci metteremo un minuto», promisi e gli porsi una copia dell'*Examiner* del mattino. «Dovrebbe leggerlo.»

La storia di copertina riguardava Adele Saran. C'era una foto del suo bellissimo viso e un'altra dell'albero a cui era stata impiccata. Il titolo non avrebbe potuto essere più scuro o in grassetto.

TORTURA E MORTE DI UN'INSEGNANTE.

Denny non mi aveva dato l'impressione d'essere un appassionato di cronaca, e nemmeno un lettore. Dal modo in cui afferrò il giornale con le mani tremanti, stava apprendendo lì e in quel momento i dettagli dell'omicidio di Adele Saran.

Conklin gli portò del caffè nero, poi tornammo alle scrivanie e selezionammo una serie di foto di tizi grandi e grossi. Incluso Petrović. E anche Jacobi e Cappy McNeil, oltre a tre condannati all'ergastolo detenuti in prigioni di massima sicurezza.

Quando la colla si fu asciugata dietro le sei foto da mostrare, io e Conklin tornammo nella sala interrogatori.

Misi le foto davanti a Denny Lopez e prendemmo le sedie, mentre il mio collega gli chiedeva di dare un'occhiata alle immagini.

« Si prenda il suo tempo. »

Lopez riconobbe all'istante una delle fotografie e la colpì con l'indice destro. « Eccolo. È lui il tizio. »

« Cerchi d'esserne sicuro. Dia un'altra occhiata », lo incoraggiò Conklin.

Denny confermò di esserne certo. La telecamera sul soffitto registrò puntualmente che aveva identificato il tenente Warren Jacobi, nostro amico e comandante in capo.

« È lui? Ho scelto quello giusto? » mi chiese Lopez.

Risposi alla sua domanda con un'altra domanda. « Il tizio grosso che ha offerto da bere alle donne al The Bridge. È mai stato fortunato? Una di loro è mai andata via con lui? »

« Cristo, non lo so. Conta troppo sulla mia capacità di osservazione, sergente. E non capisco perché. »

Era una battuta divertente, ma non risi.

Il mio istinto mi suggeriva che Petrović era il nostro assassino, ma quell'intuizione non era supportata da prove di nessun tipo.

« Andiamo, Denny. »

Io e Conklin lo riaccompagnammo in auto nelle vicinanze del Bud's e lo lasciammo all'angolo dove lo avevamo trovato.

83

Anna era al lavoro nella concessionaria Tesla di Bush Street, una traversa di Van Ness, dentro l'ufficio che condivideva con la fotocopiatrice.

Poco prima delle cinque del pomeriggio, stava terminando di compilare i registri mensili inserendo le spese dell'ultima settimana nel foglio di calcolo. I numeri erano dati concreti: le vendite meno i dollari spesi per gli stipendi, le forniture, l'affitto, la pubblicità e persino le feste di compleanno, inclusa la sua.

Anna eccelleva in quel lavoro, ma socialmente era un disastro. Era consapevole del perché. Ma anche mettendo da parte il danno dovuto alla sua catastrofe personale, le altre persone erano troppo diverse da lei. Troppo estranee al suo mondo.

Aveva provato a spiegarlo a Dale e aveva fallito.

Dale Winston era dietro la propria scrivania nello showroom a compilare scartoffie. A lui piaceva lei, e anche a lei piaceva lui, ma non nel modo che Dale desiderava.

Anna camminò a tempo con la musica vivace che veniva dall'impianto stereo. «Ehi, Dale.»

Lui alzò lo sguardo. «Anna, ehi. Ti sta bene il viola, sai?»

Lei lo ringraziò, si sistemò cappotto e sciarpa, poi disse: «Dale, ho bisogno di un favore».

«Qualsiasi cosa. Sono tutto tuo.»

Lei sorrise e precisò: «Seriamente».

«Di cosa hai bisogno?»

Anna glielo spiegò e lui non si dimostrò entusiasta, ma alla fine capitolò, chiedendole di riportare l'auto prima che il negozio aprisse la mattina dopo.

« Non c'è problema. »

« Mi raccomando. Altrimenti, saremo entrambi licenziati o peggio. »

« Non preoccuparti, Dale. Puoi fidarti di me. »

« Mi fido di te, Anna. Tu ti fidi di me? Aspetta. Ascoltami. Forse possiamo cenare insieme questa settimana. Solo per festeggiare il tuo compleanno. »

« Oh, lo sai che non ci è permesso fraternizzare, Dale. Mi dispiace. »

Lui aprì il cassetto e ne estrasse un portachiavi. Aspettò che lei tendesse la mano, poi le diede le chiavi facendo in modo di premerle le dita sul palmo.

Lei prese le chiavi.

« Prima delle nove », ripeté lui senza che ce ne fosse bisogno.

Anna annuì. « Avvisi tu Roger? Gli dici che sto arrivando? »

Tornò in ufficio, prese la borsa e fece un cenno di saluto a Dale. Camminò per un bel tratto fino all'ufficio assistenza. Roger era dietro il banco, con i telefoni che squillavano alle sue spalle, il servizio di assistenza ancora impegnato anche a fine giornata.

Roger le guardò attraverso senza vederla realmente. La sua cicatrice faceva quell'effetto alla gente, ma lei fu contenta che non volesse fare due chiacchiere.

Voleva solo andarsene.

« Hai bisogno di indicazioni sull'auto? »

Anna lo informò che conosceva la Model X e che aveva fatto un paio di prove di guida con Dale. Quest'ultima parte era una bugia, ma Roger sembrò soddisfatto. Indicò la Tesla

Model X nera parcheggiata fuori dal centro assistenza. Era un prototipo con il parafango ammaccato ma, sebbene Anna apprezzasse le cose perfette, in quel momento le importava solo che la macchina fosse veloce e che non fosse la sua Kia rossa.

« Divertiti. Ma non troppo », la ammonì Roger.

Anna annuì, toccò la maniglia e le ali di falco si alzarono in silenzio e con maestosità, rivelando i lucidi interni dell'auto. *Wow. Soltanto wow.* Si tolse il cappotto, lo posizionò insieme alla borsa sul sedile del passeggero e scivolò dietro il volante.

L'auto aggiustò automaticamente specchietti e sedile.

Anna allacciò la cintura di sicurezza, pigiò il tasto che avviava il motore e fu ricompensata da un ronzio sommesso e dall'impressione che l'auto fosse viva e in sintonia con lei.

Era *magica*.

84

Visto che erano solo le cinque e un quarto del mattino, e nei giorni feriali il Macellaio non lasciava la propria abitazione fino alle sei e mezzo, Anna decise di fare il giro lungo per arrivare in Fell Street.

Non le capitava tutti i giorni di guidare una macchina da centomila dollari. In effetti, quella avrebbe potuto essere la prima e l'unica volta.

Sorridendo tra sé, quasi compiaciuta, impostò il percorso in direzione del parco Panhandle e uscì dal garage. Il motore era sorprendentemente silenzioso mentre accelerava e decelerava come nulla che avesse mai provato prima. Come se l'auto le leggesse nel pensiero.

Faceva ogni cosa velocemente, molto velocemente.

Anna desiderò aver avuto la Model X il primo giorno che aveva visto Petrović e lo aveva inseguito con la sua vecchia bici. Ora le sarebbe tanto piaciuto poter invertire la marcia, imboccare l'Highway 101 per uscire dalla città e andare fino alla costa, bruciare tutta la frustrazione e la rabbia e sciogliere le briglie alla Tesla per una corsa indimenticabile.

Ma non poteva farlo. Non poteva mancare a quello che sembrava essere il suo appuntamento con Petrović.

Il traffico si apriva davanti a lei mentre guidava attraverso Pacific Heights verso Fillmore Street, volando dentro quell'automobile perfetta, giù in picchiata verso il quartiere di Marina. Accelerò e vide gli edifici dietro di sé sparire uno dopo l'altro, diventando solo immagini indistinte nello specchietto retrovisore.

Otto chilometri dopo essersi messa al volante, Anna era in Fell Street, a tre isolati da casa sua, e lì, come un'insegna luminosa, c'era la casa vittoriana gialla e blu di Petrović.

La cosa migliore era che la sua Jaguar era parcheggiata davanti, proprio dove lei sperava di trovarla. C'era soltanto un posto libero ed era all'estremità est dell'isolato. Da lì non avrebbe avuto la visuale migliore della casa, ma avrebbe visto la Jaguar partire, qualsiasi direzione avesse preso il Macellaio.

Anna parcheggiò la Tesla con facilità e toccò l'immagine sullo schermo per abbassare il sedile di qualche grado. Una volta che fu comoda, spense il motore e si preparò a osservare.

Aveva già spiato Petrović, l'aveva già seguito prima attraverso le strade sporche del Tenderloin. Ma l'aveva sempre perso, perché la sua auto rosso brillante attirava troppo l'attenzione per un inseguimento da vicino. Petrović non avrebbe mai pensato invece che dentro quella Model X potesse esserci lei.

Seduta davanti a casa sua immaginò di tallonarlo, spiandolo per capire in quali attività losche fosse coinvolto a San Francisco. Probabilmente droga, traffico di esseri umani, gioco d'azzardo. Era questo, lui. Un criminale e assassino. Un mostro.

Quella notte non l'avrebbe perso.

Anna si allungò per raggiungere la borsa e a tastoni trovò e tirò fuori la barretta al cioccolato che si era portata di scorta per frangenti come quello. Mangiò, bevve, pensò a Petrović e a quanto lo odiasse, e in quel momento andò tutto storto. Ci fu uno schianto violento alle sue spalle e lei venne sbattuta con forza sullo sterzo.

Che cosa era successo?

Anna si raddrizzò, guardò dietro di sé e aprì la portiera ad ala di falco ormai cigolante, danneggiata nello scontro. Furiosa, scese dall'auto e lo vide. Non Petrović, ma l'uomo della Escalade. Aveva colpito da dietro la Tesla. Stava facendo retromarcia e inserendo di nuovo la prima per farlo ancora.

Era stata aggredita un'altra volta dal feroce soldato che l'aveva stuprata. Lui abbassò il finestrino.

Anna gli gridò addosso nella sua lingua madre. « Tu. Ti vedo. So chi sei. So come trovarti. Chiamerò la polizia. Anzi, l'FBI. »

L'uomo con barba e capelli grigi le fece un cenno di scuse ma Anna sapeva che l'aveva fatto apposta. Era un avvertimento. Tornò all'auto, si sporse all'interno e recuperò la borsa dal tappetino.

Avrebbe fatto delle foto all'uomo e alla sua targa. Poi avrebbe chiamato Joe. Era così concentrata su quel compito che non sentì i passi dietro di lei.

85

Joe era all'incrocio tra Tenth Avenue e California Street, in attesa che il semaforo scattasse, quando il telefono vibrò.

Lindsay gli stava scrivendo per scusarsi. Era bloccata al lavoro, non sapeva quando sarebbe tornata a casa e gli diceva di cenare pure senza di lei.

Nessun problema. Ci vediamo dopo, le rispose.

Joe aveva trascorso la giornata immerso nei file su Petrović, impregnato delle sue crudeltà, certo quanto Lindsay che Petrović avesse ucciso Carly Myers e Adele Saran. E, proprio come Lindsay, senza nulla che lo provasse.

Controllò il GPS e individuò il segnale lampeggiante che rappresentava la Jaguar blu, immobile in California Street vicino alla steakhouse. Svoltò e, dieci minuti più tardi, era parcheggiato su un angolo da cui godeva di una visuale libera del lato opposto e dell'insegna luminosa di Tony's Place for Steak.

Chiamò Robert Diano e Bill Ennis, la squadra assegnata al ristorante. Disse loro che li avrebbe sostituiti per un'ora, in modo che potessero fare una pausa. Diano rispose che sarebbero stati alla pizzeria di Bush Street.

Joe li osservò partire e iniziò la sorveglianza della Jaguar e della steakhouse. Un minuto dopo, come se l'avesse evocato, Petrović lasciò il ristorante con un sacchetto di carta in mano, gli fece un cenno di saluto e attraversò la strada diretto verso Joe seduto nella Toyota.

Che diavolo?

« Ehi, Joe Molinari », lo chiamò.

Petrović agitò il sacchetto come se ci tenesse dentro un topolino e stesse informando il suo gufo da compagnia che papino era rientrato a casa con qualcosa di buono.

Joe passò rapidamente in rassegna le proprie opzioni e si assestò sull'unica mossa possibile: scese dall'auto e parlò a Petrović da sopra il tetto.

« Tony, giusto? »

« Ha fame, Joe? »

« Come lo sa? » Sorrise, girò attorno all'auto e porse la mano per un saluto amichevole.

Petrović fece lo stesso. Joe però fece una finta, afferrò Petrović dal nodo della cravatta, lo fece ruotare e lo spinse forte contro la macchina.

L'omaccione sputò fuori l'aria e, sbilanciato, incespicò sui propri piedi e cadde sull'asfalto. Si infuriò: « È pazzo ad aggredire un civile? »

Joe aveva in mano la pistola. Puntò la canna alla testa del Macellaio.

« Che cosa sta facendo? Sto provando a comportarmi bene. Le ho portato la cena. »

« So chi è lei, Petrović. E non la definirei un civile. Potrei spararle qui adesso e diventare un eroe internazionale. Ci ho pensato e, al posto di spararle, le darò un avvertimento. »

Petrović sorrideva ma non opponeva resistenza.

Doveva sapere che Joe non aveva bisogno di niente più che una scusa, che aveva probabilmente un'altra arma in auto. Che la telecamera sul cruscotto era spenta. Se Joe fosse stato nei panni di Petrović, è ciò che avrebbe pensato. Quella battaglia l'avrebbe vinta l'FBI.

« La donna in bicicletta è sotto la protezione dell'FBI. Le faccia del male e la ritrascinerò io stesso in Bosnia. »

« Lei mi ha confuso con qualcun altro, Joe. Quella donna non è il mio tipo. Mi piacciono più giovani. E più carine. »

Joe lo fissò con aria truce per un altro po', poi gli intimò: « In piedi ».

Petrović dovette far leva su palmi e ginocchia per alzarsi, quindi si spolverò con le grandi mani. « Dobbiamo rifarlo qualche altra volta, non trova? »

« Sarà un piacere », rispose Joe. « La prossima volta, la cena la offro io. »

Petrović sorrise, si voltò e tornò zoppicando al ristorante.

Joe rientrò in auto tenendo gli occhi fissi su di lui. Il cuore gli batteva forte, come se avesse corso per chilometri. Era furioso con se stesso, e non per aver passato il segno con Petrović ma perché quella bestia lo aveva fregato, due volte, e si era accertato che Joe lo sapesse.

Petrović stava giocando con lui.

Joe aveva un kit prove nel SUV. Prese una bustina, recuperò il cartoccio di Petrović da terra, lo sigillò e lo etichettò.

Chiamò Rob Diano e gli riferì quello che era successo, aggiungendo: « Devo tornare in ufficio ».

« Siamo di ritorno alla tua postazione », confermò l'agente.

Quando Diano e Ellis accostarono, Joe li salutò e partì verso gli uffici dell'FBI su Golden Gate Avenue.

Sapeva che Petrović si sarebbe vendicato. Lo sperava. Gli sarebbe piaciuto un bel colpo pulito per quel rifiuto umano. Gli sarebbe tanto piaciuto spararargli.

86

Ventiquattr'ore dopo l'incontro con Petrović, Joe era in ufficio che si preparava ad andarsene e a salvare almeno una parte del suo sabato quando l'agente Rob Diano lo chiamò e gli diede l'agghiacciante notizia.

«Abbiamo perso Petrović. Non so come, ha...»

«Quando lo avete visto l'ultima volta?» lo interruppe Joe.

«Molinari, è complicato. Ascoltami. Ieri sera alle undici lo abbiamo seguito dal locale fino a casa. La sua macchina non si è mossa per tutta la notte. Abbiamo tenuto gli occhi incollati all'auto tutto il tempo. Era ancora davanti a casa alle sette del mattino, quando abbiamo passato la palla a Carroll e Bartoff. A quel punto Carroll accende il GPS e il monitor mostra l'auto in movimento, ma lui la vede, parcheggiata proprio lì in Fell Street. Controlla la targa, ed è la Jaguar di Petrović, ma il segnale luminoso sullo schermo continua a muoversi. Ovviamente il soggetto ha spostato il localizzatore e l'ha piazzato su un altro veicolo. Quindi lui dove si trova adesso? È uscito dal cortile sul retro durante la notte e qualcuno gli ha dato un passaggio? È la mia ipotesi. Mi dispiace, Molinari. Non possiamo coprire tutte le postazioni nello stesso...»

Proprio in quel frangente Carroll telefonò da Fell Street. Senza attendere che Joe parlasse, attaccò: «Molinari, la Jaguar è ancora davanti alla casa. Ho seguito il segnale e ho trovato il localizzatore sul furgone delle consegne di un fioraio. Ci stiamo lavorando in questo momento. Sunshine Florist, un camioncino bianco, in Fair Oaks Street».

«Merda.»

«Li ho fatti accostare, liscio come l'olio. 'Vi dispiace? Stiamo cercando un criminale.' Nessun problema. Sono padre e figlio che si occupano delle consegne del loro negozio. Abbiamo controllato il furgone. Non c'era nessuno dentro. Niente fumo di sigaro. Nient'altro se non fiori. Abbiamo dato una scorsa a patente, libretto e numero di targa. Sono puliti. Abbiamo mostrato loro una foto di Tony. Non lo conoscono. Abbiamo recuperato il dispositivo di localizzazione, perciò quando vedi la Jaguar che si muove, siamo noi. Stiamo rientrando a fare rapporto.»

Joe riagganciò, pensando al fatto che non aveva notizie di Anna da più di un giorno. Ora che avevano perso Petrović, era in allarme. La chiamò, lasciò un messaggio chiedendole di richiamarlo. Le scrisse. Nessuna risposta. Chiamò la concessionaria Tesla. Dopo uno squillo, sentì: «Reparto vendite, sono Dale Winston».

«Può passarmi Anna Sotovina?»

«Chi devo dire?»

«Joe Molinari, FBI.»

«Oh. Anna non c'è. In realtà oggi non è venuta. Non è da lei. In effetti sono preoccupato. È una persona molto disciplinata, ma in questo periodo dimentica le cose e si presenta in ritardo. E ora... Questa è la cosa peggiore. Non so perché mi sono fidato di lei.»

Winston spiegò a Joe che Anna aveva avuto bisogno di un'auto sostitutiva per una notte e che avrebbe dovuto restituirla al negozio quella mattina entro le nove. Non era arrivata e lui non era riuscito a rintracciarla.

Joe prese nota dei dettagli del veicolo, lasciò tramite

Winston un messaggio urgente per Anna, riattaccò e scrisse alcuni appunti nel file.

Petrović non si vedeva da venti ore.

Anna non era andata al lavoro e non aveva risposto alle chiamate.

Era prematuro, ed era solamente una supposizione, ma i fatti quadravano.

Uno più uno faceva che Petrović aveva Anna.

Santo cielo, dove si trovavano?

87

Ribollivo per l'ansia mentre attraversavo il parcheggio del motel all'alba insieme al mio collega.

Un'ora prima ero stata svegliata dalla comunicazione di un altro omicidio al Big Four Motel. Si trattava di Susan Jones? Stavamo per trovare il suo cadavere impiccato a una doccia?

Al sorgere del sole il motel sembrava tranquillo. I senzatetto accampati nel parcheggio sonnecchiavano tra sacchetti e stracci, nonostante le sirene e i lampeggianti e gli squittii delle radio. Molti degli ospiti del motel si erano infilati accappatoi e giacche sopra i pigiami e si erano raggruppati sotto la grossa insegna arancione davanti all'ufficio di Tuohy.

Una delle poliziotte in uniforme ci si avvicinò, si presentò come l'agente Joyce Birmingham e ci riferì di essere stata la prima ad arrivare sulla scena.

«Sergente, abbiamo ricevuto la chiamata alle cinque e abbiamo risposto. Il direttore ha chiesto di lei. Il signor Jake Tuohy. Sostiene che lei e l'ispettore Conklin siete già stati qui.»

Il cadavere di Carly Myers era ancora vivido nella mia mente. Chiesi a Birmingham di ricapitolarci i dettagli della scena.

«La vittima è un maschio bianco...»

«Che cosa? *Un maschio?*»

«Sissignora. Circa trentacinque anni, nessun documento

d'identità, ma Tuohy dice di sapere di chi si tratta. Un pappone. Denny qualcosa.»

«Oh, no.»

«Tuohy non conosceva il cognome. Un ospite ha trovato il corpo nello spazio tra la macchinetta delle bibite e quella del ghiaccio. Io e il mio collega abbiamo delimitato con il nastro l'area dei distributori e stiamo per fare lo stesso con il parcheggio. Il signor Tuohy la aspetta nel suo ufficio.»

«Okay, Birmingham. Bel lavoro. Ha chiamato la Scientifica?»

«Sissignora. E anche il medico legale.»

«Vorremmo vedere il corpo adesso.»

L'agente Birmingham ci guidò verso la fila dei distributori al piano terra. Non riuscivo a credere ai miei occhi. Lopez era vestito con gli stessi abiti che indossava il giorno prima, quando lo avevamo trascinato fino ai nostri uffici. Jeans, camicia di cotone, pullover rosso granata, giacca di denim. Giaceva nello spazio vuoto tra il grosso distributore e la macchina del ghiaccio, come se fosse stato sistemato ordinatamente. Non si vedevano sangue né segni di violenza.

Ma non c'erano dubbi: Denny era morto. Ripensai a quando aveva implorato: *Per carità di Dio. Mi farete ammazzare.* Quasi quarantott'ore più tardi, era successo davvero.

Io e Conklin ci guardammo. Non c'era bisogno di parole, però mi sentivo responsabile. Era un messaggio. Il suo assassino era molto probabilmente la stessa persona che aveva ucciso le professoresse, o per lo meno sapeva chi le aveva uccise.

Conklin mi strinse la spalla. Gli diedi un colpetto sulla mano. E fissammo insieme il corpo esanime.

Era stato ucciso mentre aspettava nel parcheggio?

O era stato assassinato altrove? Una macchina avrebbe potuto infilarsi in retromarcia fino a quel punto per scaricare il cadavere. Due uomini ci sarebbero riusciti in meno di un minuto.

Mi abbassai sul corpo di Denny e gli spostai il colletto con una penna. Aveva delle bruciature attorno al collo. Era stato strangolato, ma non impiccato.

Modus operandi simile, ma non identico.

E perché poi era stato ucciso?

Io e Conklin iniziammo a fare ipotesi sul corpo di Denny.

Forse aveva raccontato al frequentatore sbagliato del Bud's di essere stato interrogato a proposito dell'omone che offriva da bere alle donne uccise al The Bridge? L'omone aveva sentito che Denny stava parlando e l'aveva eliminato?

Oppure quell'omicidio non era collegato? Denny poteva essere incappato in qualcosa di losco nel parcheggio. Poteva essere stato rapinato. E strangolato.

No. Una coincidenza troppo grande.

Generalmente non parlavo con i cadaveri, ma mi sentii chiedere: «Cosa ti è successo, Denny?»

Mentre Conklin comunicava che ci trovavamo sulla scena, chiamai Jacobi a casa.

Mi scusai per averlo svegliato però, maledizione, la faccenda non poteva aspettare.

«Il nostro pappone preferito è stato fatto fuori», gli riferii. «Denny Lopez. Non ci aveva dato nulla. È stata una morte proprio inutile e stupida.»

«Non hai colpe, Boxer.»

«Non è così che sembra a me», risposi.

Quando chiusi con Jacobi, Conklin mi chiamò: «Guarda». E indicò il furgone per le consegne della Taqueria del Lobo nell'angolo più lontano del parcheggio. «Sarà di nuovo al laboratorio entro un'ora.»

Io e il mio collega fendemmo la folla in direzione dell'ufficio del direttore, per parlare con Jake Tuohy e mettere in moto la giornata. Avevo una terribile sensazione di déjà-vu. Mi prefiguravo gli interrogatori che sarebbero seguiti, gli ospiti che si stavano facendo gli affari propri, o che dormivano, e non avevano sentito nulla.

Ma un pensiero luminoso fece capolino attraverso le nubi.

L'omicidio di Denny, a paragone degli altri, mancava di finezza. L'avrei definito precipitoso. Forse avevamo fatto breccia nella mente del nostro assassino. Forse ci stavamo insinuando sotto la sua pelle.

88

Joe stava segnando alcune note sul fascicolo di Petrović quando ricevette la chiamata di Diano.

«Avevi ragione», esordì l'agente. «Il GPS aveva il tracciamento automatico. Ho la posizione della macchina.»

«Guardala, ma non toccarla. Dammi le coordinate.»

Joe guidò fino all'indirizzo datogli da Diano a Laurel Heights, una zona esclusiva di case edoardiane a due o tre piani, viali alberati e negozi costosi, tutto tenuto a meraviglia.

Trovò facilmente la Tesla con il parafango anteriore ammaccato, davanti al Laurel Inn in Presidio Avenue. Sarebbe stato impossibile non notarla. Il retro dell'auto era incavato a causa di un brutto colpo.

Joe toccò la maniglia della portiera e l'ala di falco si aprì sollevandosi con un cigolio.

Una sciarpa rossa era appallottolata sul tappetino dal lato del passeggero. Joe la riconobbe come quella di Anna, e la confezione di una barretta al cioccolato vicino alla sciarpa fu la conferma.

Snickers. Il preferito di Anna.

La squadra di supporto di Joe lo raggiunse alla macchina e poi si sparpagliò. Non avevano una foto di Anna, ma la sua descrizione – donna sulla quarantina, un metro e sessantacinque di altezza, sessanta chili, una cicatrice grande come una mano sul lato sinistro del viso dall'occhio alla bocca – sarebbe stata d'aiuto.

I cinque esperti federali andarono porta a porta, dal negozio all'hotel al condominio, in tutte le direzioni all'interno di una griglia di cinque isolati dalla macchina. Il rottame della Tesla era stato notato, ma nessuno aveva visto una donna che corrispondesse alla descrizione di Anna. Anche la foto di Petrović diede responso negativo.

Joe chiamò Steinmetz e riportò quello che sapeva: il danno al veicolo, nessun indizio di violenza nell'auto e nessun segno di Anna. Gli suggerì di coinvolgere il dipartimento di polizia. La Tesla doveva essere portata al laboratorio forense della città, e bisognava compilare una segnalazione di persona scomparsa.

Joe guardò il carroattrezzi portare la Tesla lungo Presidio Avenue in direzione del laboratorio a Hunters Point. Quando fu fuori dalla sua vista, telefonò a Dale Winston al concessionario per chiedergli se Anna si fosse messa in contatto con loro e per avvertirlo che l'auto era stata confiscata dall'FBI.

Tornò in ufficio e andò da Steinmetz, che ancora una volta confermò la scomoda verità.

Non c'era ancora niente che collegasse Petrović ad Anna.

« Però ho un'idea, Molinari: chiedi a Petrović il permesso di perquisire la sua casa, la sua auto e la sua attività. Digli che vuoi solo eliminarlo dalla lista dei sospetti. Vedi cosa ti risponde. »

Joe ci rifletté e non vi trovò grossi lati negativi. Petrović avrebbe potuto gettargli un osso, fornire un suggerimento o depistarlo.

Trovò Petrović alla steakhouse. L'ex boia militare rispose che era « impaziente di aiutare le forze dell'ordine. Nessun problema ».

Joe, Diano ed Ellis controllarono con cura il ristorante.

Poi Petrović accompagnò la carovana di agenti federali a casa sua e spalancò loro le porte.

Mentre perquisivano i tre spaziosi piani, lui li canzonava.

« Forse è nella lavatrice, Joe. Avete controllato il bagagliaio della mia auto? Non dimenticatevi di spargere ovunque la polverina per le impronte digitali. Manderò il conto delle pulizie all'FBI. »

Joe era un uomo educato, ma dopo tre ore a mangiare merda era furioso.

Petrović aveva rapito Anna?

Oppure lei aveva avuto un incidente d'auto e, piuttosto che affrontarne le conseguenze, se n'era andata chissà dove?

Anna era una donna determinata, oltre che arrabbiata con lui.

Se si era allontanata spontaneamente, Joe non aveva nessun indizio su dove cercarla.

89

Finalmente a casa dopo la mia giornata di diciotto ore al Tenderloin, salutai Joe e Martha dalla porta d'ingresso. Slacciai il cinturone, mi tolsi la giacca e mi levai le scarpe, ammucchiando tutto, e mi feci strada attraverso la stanza verso mio marito.

Ero esausta, frustrata e affamata, ma morivo anche dalla voglia di raccontare a Joe di Lopez e analizzare con lui il caso. Era seduto sul divano con il portatile aperto sul tavolino da caffè. Mi lasciai cadere vicino a lui, lo circondai con le braccia e lo abbracciai fino a stritolarlo.

«Immagino tu abbia avuto una brutta giornata», mi disse ricambiando la stretta.

Andai dritta al punto, raccontandogli di Denny Lopez in modo frammentario, consapevole che Joe era un esperto nel dare un senso ai discorsi confusi.

Poi lui fece lo stesso con me. «Anna è scomparsa. Ha preso in prestito una macchina dalla concessionaria, ha avuto un incidente ed è sparita.»

Quando ebbe buttato fuori tutto, notai che il suo caso era simile al mio: indizi ovunque, ma che non portavano a niente.

«Tieni il telefono carico. Potrebbe chiamarti e dirti che è scappata e che sta bene.»

Annuì, ma dalla sua espressione sapevo che era profondamente preoccupato. Non si era per nulla bevuto il mio lieto fine per Anna.

«Ho trovato qualcosa di interessante», riprese. «Sul nostro amico Slobodan Petrović.»

Ruotò il portatile in modo che potessi vedere la foto sullo schermo, un'immagine leggermente sfocata di un gruppo di circa otto uomini in tenuta da combattimento, ma a riposo in un'area boschiva. Sembravano in gita. Però c'era di più, molto di più.

Una donna che indossava solo una gonna tirata su fino alle cosce giaceva a terra nel mezzo, circondata da diversi uomini. E sullo sfondo, nell'ombra degli alberi, si vedevano corpi di uomini e donne in abiti civili che penzolavano dai rami. Potevano essere una decina. Sembrava una rappresentazione irreale, come un'installazione artistica, il prodotto di un'immaginazione particolarmente raccapricciante. Invece non era arte. E nemmeno nulla d'immaginario.

«Oh, mio Dio», ripetei più volte.

Poi esaminai la foto, in cerca del *nostro amico* Petrović.

In piedi vicino al centro della foto c'era un uomo grosso, con le spalle larghe e la testa rasata, che indossava tenuta e scarponi da combattimento. Aveva qualcosa in mano, qualcosa di piccolo, verosimilmente metallico, con delle punte, come una stelletta da lancio.

«Eccolo», disse Joe.

«È lui?» Non ne ero sicura.

«C'è una didascalia. L'ho tradotta: 'Il colonnello Slobodan Petrović e i suoi uomini dopo la presa della città bosniaca di Djoba. Petrović è esperto nell'utilizzo delle *shuriken*, le stellette da lancio'.»

«Qual è la fonte della foto?» chiesi.

«Sembra sia stata scattata da uno dei soldati. È stata mostrata nei processi contro l'alto comando dell'esercito serbo. La didascalia è stata aggiunta durante il processo, ed è anonima. In più ho scoperto che un soldato serbo ha testimoniato al processo contro Petrović. Qui c'è uno stralcio: 'Il colonnello Petrović e altri ufficiali dell'esercito hanno assistito alle impiccagioni. Ne ho sentito parlare, ma non l'ho visto di persona. C'erano voci sul fatto che ogni tanto cacciassero le vittime nei boschi'. » Joe mi guardò.

« Tu l'avevi detto, Joe. Quando è stato scoperto il corpo di Adele, hai detto che pensavi fosse il lavoro di una banda. Non sembra inverosimile definire Petrović il capo. »

« Lo penso anch'io. Preparati al gran finale. Il testimone ha dichiarato: 'Il colonnello Petrović era famoso perché usava le stellette, e le sapeva usare bene'. »

Mi ributtai sul divano. Era una prova? Era la prova contro l'uomo che aveva ferito con delle stellette Carly Myers e Adele Saran e poi le aveva impiccate? Quale valore aveva la dichiarazione di un testimone senza nome che forse aveva tradito Petrović allo scopo di ottenere clemenza dalla corte? Anche il resoconto della caccia nei boschi non era comprovato.

Io e Joe ne parlammo, concludendo naturalmente che né la polizia di San Francisco né l'FBI erano in grado di vagliare quei crimini stranieri riportati da un testimone anonimo. Inoltre, non avevamo ancora prove dirette che collegassero Petrović all'uso delle stellette né all'impiccagione di nessuno negli Stati Uniti.

« Siamo lontani chilometri da un fondato motivo », conclusi.

« Esattamente quello che ha detto Steinmetz. Ma ecco come la penso: siamo un passo più vicini a incastrare quel figlio di puttana. »

90

Il dolore tormentò Anna fino a costringerla a svegliarsi e aprire gli occhi.

Non vide nulla se non l'oscurità, e credette di essere diventata cieca.

Il panico le fece venire una sottile patina di sudore su tutto il corpo e per un lungo momento si dimenticò di respirare.

Cosa mi è successo? Dove sono?

Il dolore era lancinante. Irradiava dalla nuca e sembrava diffondersi ovunque. Il cuore le fece un balzo nel petto quando i pezzi tornarono insieme.

Era di nuovo prigioniera.

Un filo di luce proveniente da sotto la porta le permise di vedere che si trovava su un letto, in una piccola stanza.

Come sono arrivata qui?

Le tornò in mente la sensazione di volare, poi immagini della guida di una Tesla, tutta velocità e libertà. Aveva parcheggiato fuori dalla casa di Petrović. E poi un vuoto di memoria. Era successo qualcosa.

La testa la stava uccidendo.

Doveva aver preso un colpo e perso conoscenza. Non ricordava nulla, ma provò a ripensarci, artigliando la nebbia avvolta intorno alla sua memoria. E poi fu trascinata nel presente dal suono sfilacciato di un respiro al suo fianco.

Osservò tutto attorno a sé la stanzetta in cerca di una via

di fuga. Non c'erano finestre, solo una porta e la sottile barra di luce.

Era abbastanza per vedere che i suoi vestiti erano stati buttati sul pavimento. I vestiti di lui erano impilati a lato del letto.

Aveva lo stomaco vuoto ma ebbe un conato, si premette una mano sulla bocca. Impose a se stessa di rimanere sdraiata, respirare e pensare. Nel frattempo diede uno sguardo all'uomo nel letto e lo valutò. Quanto fosse forte e ubriaco e quanto potesse essere pericoloso.

Non era grosso, ma da quello che riusciva a vedere era muscoloso, come i soldati nell'hotel dello stupro a Djoba. Anna era sopravvissuta a quel luogo perché si era focalizzata sul futuro, sul momento in cui sarebbe stata libera e su cosa avrebbe fatto un giorno ai suoi assalitori.

A Petrović.

Si mise lentamente a sedere e l'uomo si sollevò vicino a lei, fece schioccare i denti, trattenne il respiro, le gettò le braccia attorno e si svegliò.

La guardò. « Cosa c'è? » chiese.

« Il bagno », rispose lei.

Lui le indicò la porta, si girò verso il muro e riprese a dormire.

Anna si vestì nel buio. Non riuscì a trovare la borsa e il cellulare, ma la porta non era chiusa a chiave. Uscì su un corridoio, tenendo in mano le scarpe. C'era una luce notturna accesa nel bagno alla sua destra, lei entrò e chiuse la porta. Non c'era serratura.

Girò l'interruttore a lato della porta e la luce arrivò dal soffitto. Con il cuore che martellava, pronta ad alzarsi se la porta fosse stata aperta, Anna usò la toilette, poi si avvicinò al lavandino.

C'era un bigliettino fissato allo specchio con il nastro adesivo.

Era scritto in bosniaco, in uno stampatello grosso e nero:

ANNA, STARA PRAVILA JOŠ UVIJEK PRIMJENJUJU. ZNAŠ.

Significava: « Valgono ancora le vecchie regole. Le conosci ».

Era firmato « SP ».

91

Anna. Valgono ancora le vecchie regole. Le conosci. SP.

Conosceva bene le regole di Petrović.

Obbedisci. Se non lo fai, saremo felici di ucciderti.

SP. Slobodan Petrović aveva stabilito le regole.

Nella mente di Anna baluginavano immagini, volti di donne conosciute a scuola e al mercato e nelle case del vicinato: Dalila e sua madre Amela; la sua migliore amica Uma; e Zuhra, la sorellina di suo marito. Le ragazze che si erano opposte ai soldati, o si erano chiuse a riccio e si erano arrese, erano state uccise.

Quelle che imparavano in fretta si erano comportate com'era stato loro detto di fare, non avevano neanche parlato alle altre donne di quello che avevano sopportato. A che serviva lamentarsi? Dovevano sopravvivere un altro giorno e sperare di avere una possibilità di scappare.

Comportandosi con intelligenza, lei, Dalila e poche altre erano sopravvissute e ne erano uscite alla fine della guerra. Ma quella era l'America. Non c'era la guerra lì. Eppure lei si trovava ancora in un hotel dello stupro.

Anna si lavò il viso con l'acqua calda e continuò a lavarsi mentre ripensava all'hotel di Djoba. Un ricordo indelebile continuava a riempirle la mente. Gli uomini che gridavano contro Uma, prima di ucciderla sparandole. Uma non aveva pianto e nemmeno alzato una mano. Aveva voluto morire.

Le mani di Anna tremavano mentre se le asciugava con il telo.

Poi staccò il bigliettino dallo specchio e si guardò negli occhi. Era invecchiata dall'ultima volta che aveva visto la propria faccia.

Le palpebre sembravano gonfie e gli angoli della bocca erano tesi per la paura e il dolore. Si tirò indietro i capelli. La cicatrice era livida e c'era del sangue dietro l'orecchio.

Lasciò andare i capelli e per un momento vide riflessa nello specchio un'Anna più giovane. Il suo sorriso radioso mentre si vestiva per le nozze e si picchiettava la cipria sulla pelle intatta.

Le spuntarono le lacrime, fece scorrere di nuovo l'acqua calda e pianse nello scroscio, sfregando forte, provando a lavare via tutto, mentre temeva da un momento all'altro di sentire lo stivale contro la porta, e le botte.

Quale Dio aveva permesso che la rapissero di nuovo?

Pensò agli avvertimenti severi di Joe e all'enormità della propria arroganza.

Lei lo aveva ignorato, aveva seguito Petrović e non aveva voluto aspettare che gli uomini con la pistola facessero il loro lavoro.

Aveva fatto tutto da sola.

Era così angosciata dal proprio comportamento che non riuscì più a guardarsi allo specchio. Aprì l'armadietto delle medicine e trovò un flacone di antidolorifici da banco. Si versò le pastiglie sulla mano tremante, mandò giù la dose massima e si mise altre pillole in tasca.

Spense la luce e aprì silenziosamente la porta del bagno. C'era un'altra porta alla fine del breve corridoio e anche un'apertura, l'ingresso di un'altra stanza.

Camminò fin lì sulle punte dei piedi nudi e, pur non sapendo cosa la aspettasse, varcò la soglia.

92

Anna era soltanto in cerca dell'uscita, ma entrando nel soggiorno rimase colpita dalle dimensioni della stanza, dagli alti soffitti, dalla luce che arrivava da un grande televisore senza audio vicino a un caminetto.

Trasmetteva un notiziario, un canale internazionale, con gli orari delle maggiori città mostrati in un angolo in basso dello schermo. Anna guardò finché non lesse San Francisco, 03.15.

Non poteva esserne sicura, ma da quel che ricordava aveva perso conoscenza di venerdì sera.

Era nella Tesla davanti alla casa di Petrović, pronta a seguirlo verso qualunque luogo misterioso frequentasse quando non era a casa o al ristorante. Il tamponamento l'aveva totalmente scioccata, proiettandola contro il volante. Era furiosa quando era scesa dall'auto ed era rimasta sbalordita nel vedere il soldato serbo nell'Escalade blu.

Ora Anna lo ricordava chiaramente nell'hotel di Djoba. L'aveva picchiata con la gamba di una sedia e poi... non voleva pensarci.

Probabilmente era lì in quel momento.

Anna si sentì all'improvviso stordita e le cedettero le ginocchia. Si aggrappò al muro, scivolò fino al pavimento e rimase lì finché non si sentì in grado di stare in piedi.

Dove si trovava? La stava osservando?

Doveva andarsene da quel posto. Doveva uscire.

Anna percorse con lo sguardo la stanza debolmente illuminata, passò oltre le sagome dei mobili, fino alle finestre con le imposte chiuse e tornò al divano, quando si accorse della forma scura di una persona seduta con le braccia attorno alle ginocchia piegate.

Dio, no. Era lui?

No. Si trattava di una donna.

Un'altra prigioniera.

Anna sussurrò. « Ehi. »

La donna sul divano le fece cenno di avvicinarsi. « Sono Susan. Parlare tra noi è contro le regole, quindi dobbiamo farlo a bassa voce e velocemente. »

93

Anna si sedette vicino a Susan e per le tre ore seguenti quasi non si mossero, i loro corpi che si toccavano dalla spalla fino al fianco e alla coscia. Parlarono come sorelle.

«È importante, Anna», disse Susan. «Dobbiamo comportarci con freddezza.»

«Lo so. Guadagnare tempo.»

Susan la informò sulla routine, sui nomi degli uomini che le avevano fatto la guardia, le avevano preparato da mangiare e l'avevano usata, e Anna le chiese di Petrović: viveva lì? Quanto spesso vi si recava?

«Petrović? Non conosco questo nome. Tony è il capo. Antonije Branko.»

«È *lui*. Tony. È un nome falso. Susan, è un criminale di guerra. Lo conosco dalla Bosnia. Sai se è stato con me la notte scorsa?»

«No, ieri era il mio turno. È venuto nella tua stanza, ma tu eri priva di sensi. Ha detto che preferisce quando la ragazza resiste un po'. Ti è toccato Junior. A lui non importa neanche se sei già morta.»

Lacrime scivolarono sul volto di Anna, ma riuscì a parlare. Raccontò a Susan di aver conosciuto Tony come il colonnello Slobodan Petrović, e le disse che lui aveva distrutto la sua città in Bosnia.

Susan le tenne la mano mentre lei parlava delle sue perdite e dei mesi in cui aveva vissuto nell'hotel dello stupro. «Era come qui, solo con l'aggiunta di sparatorie e bombe. Ho visto alla steakhouse uno degli uomini che lavora con Petrović. Ha una barba corta e grigia. Lui... » Anna s'interruppe per riprendere il controllo delle lacrime. Poi proseguì: « Lui mi conosce da Djoba ».

« Marko », disse Susan. « È un sadico. Be', lo sono tutti. »

A sua volta Susan raccontò ad Anna della sera di due settimane prima quando Tony e Marko avevano rapito lei e le sue amiche, di come Carly si fosse ribellata e Tony l'avesse uccisa.

« Una 'lezione pratica' l'ha chiamata Tony. Oh, l'abbiamo capita di sicuro. Poi ha detto che avrebbe lasciato che una di noi uscisse. Ha lanciato una moneta e Adele ha vinto. Volevo disperatamente andarci io, ma non sono riuscita ad arrabbiarmi con Adele. Tony le ha portato dei vestiti nuovi e poi, in un attimo, l'ha portata via in auto. L'hanno lasciata andare. »

« Intendi Adele Saran? »

« Come lo sai? »

« Mi dispiace, Susan. Devi essere contenta di non esserci andata tu. »

Anna raccontò a Susan quello che aveva visto nei notiziari, che Adele era stata uccisa e impiccata a un albero. Susan si premette le mani sulla bocca e pianse. Anna avvolse le braccia attorno alla sua nuova amica e si strinsero l'una all'altra, singhiozzando senza fare rumore.

Quando fu di nuovo in grado di parlare, Susan riprese: « Non so perché ho creduto a Tony. Ho pensato che se fossi stata carina con lui... Sono stata così stupida ».

« Hai avuto speranza », rispose Anna. « Non te l'hanno distrutta. »

Anna si chiese se fosse sicuro sperare in quel momento.

Nel buio, mentre gli uomini dormivano, le due donne discussero su ciò che dovevano fare per fuggire. Niente era vietato: violenza, trucchi, fascino.

Controllarono insieme la porta d'entrata, come Susan aveva già fatto prima. Forse quella volta i bastardi si erano dimenticati di chiuderla. Non ebbero tanta fortuna. Anche le finestre con le persiane erano serrate. La ricerca di telefoni cellulari nelle tasche delle giacche all'ingresso non portò a nulla. I coltelli erano chiusi a chiave nei cassetti.

Alle sette di mattina, Susan e Anna andarono nelle loro camere e si infilarono nel letto insieme ai loro carcerieri.

94

Subito prima di mezzogiorno, io e Conklin facemmo visita alla Taqueria del Lobo per informare il signor Martínez che la polizia aveva nuovamente sequestrato il suo veicolo.

Appena Conklin aprì la porta, ci ritrovammo nel mezzo di una lite coi fiocchi.

Martínez stava urlando contro Lucinda Drucker nella sala piena di clienti. « Te l'ho detto, Lucy. Ti avevo avvertita. Ma tu hai dato la mia macchina a quel pezzo di merda del tuo fidanzato e ora quella cazzo di macchina è sparita di nuovo. Sei licenziata. Ora chiamo la polizia... oh. *Hola*, agenti. Siete qui. »

Gli allungai il mandato e gli diedi la brutta notizia. « Signor Martínez, il suo veicolo è stato trovato su una scena del crimine. »

« Un'altra? Figlio di puttana. Capisci di cosa parlo, Lucy? Sei proprio una stupida. »

Lucinda Drucker stava piangendo adesso. « Signor Martínez, per favore, ho bisogno del mio lavoro. »

Conklin interruppe le grida e i pianti: « Ah, signora Drucker, devo parlarle un momento. Fuori ».

Condusse la donna singhiozzante fuori dal ristorante, e io portai Martínez dietro il bancone verso la porta della cucina. Mentre gli davo la stessa notizia che Conklin stava dando a Lucy, guardavo l'ormai ex fidanzata di Denny Lopez attraverso la vetrina.

Osservai il mio collega parlare con lei, la vidi allontanarsi di scatto, con un'espressione di orrore sul viso. Alzò le mani, come a dire *Va' via*. Conklin allungò le braccia, ma lei lo spinse lontano e arretrò. Poi si voltò e scese dal marciapiede, infilandosi direttamente dentro il flusso del traffico.

«Noooooo!» urlai da dietro il bancone. Non poteva sentirmi, ma anche Conklin urlava e si muoveva rapidamente. Lucy, però, era più veloce. Corsi fuori sul marciapiede proprio nel momento in cui accadde.

Suonarono i clacson. Qualcuno grido: «Attenta!»

Con i freni che stridevano, un'auto diretta a nord colpì la ragazza che correva, scagliandola in alto sul cofano di una macchina parcheggiata lungo la strada. Il rumore dell'impatto fu orribile. Ma non finì lì: le auto erano fuori controllo, si scontravano e si ammucchiavano.

Corsi verso l'autopattuglia, afferrai la radio e urlai l'indirizzo alla centrale. «Ho bisogno di paramedici ora, alla mia posizione. E mandate rinforzi.»

In quel momento Conklin aveva raggiunto Lucy e, mentre provavo ad attraversare la strada per unirmi a lui, lo sentii chiamarla per nome e consolarla. Fui sollevata quando la vidi provare a sedersi.

Ma il caos continuò. La conducente dell'auto che aveva colpito Lucy era sconvolta, e i suoi figli urlavano.

Arrivò l'ambulanza con i paramedici. Le pattuglie bloccarono la strada. Ragguagliai la polizia sul maxi tamponamento, poi recuperai da Martínez la borsa di Lucy e la porsi a uno dei paramedici.

Io e Conklin eravamo insieme davanti alla taqueria quando la barella che trasportava Lucy fu caricata sull'ambulanza.

«Sai cosa mi ha detto?» mi chiese Conklin.

«Non ne ho idea.»

«'Conoscevo bene Denny. Era un brav'uomo e si prendeva cura di me. Non vale la pena vivere senza di lui.'»

95

Jake Tuohy si trovava nella sala interrogatori n. 2, nonostante le proteste.

L'avevamo portato dentro per farci rilasciare una dichiarazione su ciò che sapeva della morte di Dennis L. Lopez e della scoperta del cadavere. Ci informò che ne aveva abbastanza di noi, e che il dovere civico poteva andarsene affanculo.

«Non le prenderemo le impronte digitali, Jake. Abbiamo bisogno soltanto di registrare una sua dichiarazione», gli spiegò Conklin. «Ci dica quello che ha visto, fatto e detto. Verrà registrato. Vale quanto essere sotto giuramento.»

«Non era mia intenzione mentirle, agente Con-fregatura.»

«Ispettore, non agente», precisò Conklin e sorrise, impassibile come sempre.

Tuohy si passò le dita tra i capelli a ferro di cavallo e alzò gli occhi al soffitto. «Sto dormendo sulla poltrona reclinabile del mio ufficio. Il campanello suona e io dico: 'Oh, merda'. Per la cronaca, lo dico solo tra me. Non c'era nessun altro.»

«E poi?» chiesi.

Tuohy aveva un modo speciale di far sembrare sporco tutto quello che gli ruotava intorno. Perfino quella semplice saletta senza fronzoli, che veniva strofinata ogni sera al termine degli interrogatori, pareva unta e coperta di germi. Proseguì: «Poi, visto che non c'era nessuno a dirmi 'Torna pure a dormire, me ne occupo io', mi sono tirato su e sono uscito dall'ufficio. C'era quella prostituta fuori a suonare il campanello. L'avevo vista in giro con Denny. Si fa chiamare Daisy Cakes, o qualcosa del genere. Non chiedo i documenti d'identità alle donne di quel tipo.»

«Vada avanti», lo incalzò Conklin. «Il campanello suona. C'è Daisy alla porta.»

«Ha un aspetto peggiore del solito. Sta piangendo. Mi dice che Denny è morto. Insiste che vada con lei a vedere, io vado e lì c'è il suo cadavere. Immagino che, se l'avesse ucciso lei, non mi avrebbe portato a vedere con i miei occhi la prova, no? Quindi la informo che avrei chiamato la polizia e sarei tornato ad aspettarvi nel mio ufficio. Mi risponde che va bene. Torno a vedere il cadavere di quel pappone sfigato, poi telefono al 911 e chiedo all'operatore di chiamare lei. L'agente Boxer. E non seccatemi chiedendomi se ho ucciso io quel tizio. Non avevo nessuna ragione per farlo, e oltretutto stavo dormendo.»

«Daisy le ha fornito qualche spiegazione di quello che era successo a Lopez?» chiesi.

«Solo quello che ho già riferito al 911 e a voi. Avendo terminato il suo appuntamento, chiama Denny al telefono. Doveva essere lì ad aspettarla nella macchina della taqueria. Però non risponde. Lei si veste, aspetta lì vicino. Poi lo chiama di nuovo e sente il telefono squillare. Va verso la zona dei distributori, trova il cadavere. Corre nel mio ufficio ed è tutto: poi io vi chiamo e chiedo di lei, ed eccomi qui.»

«Qualche idea su chi potesse voler uccidere Lopez?» domandò Conklin.

«No.»

«Ha visto gironzolare qualcuno dall'aria sospetta?»

«Tutti. Sia dentro che fuori il motel. Ma Jake Tuohy non lo vedrà più nessuno da queste parti. Me ne vado. Mi trasferisco in Irlanda. Ho chi mi aspetta laggiù. Vi informo *ufficialmente*, così non ve la legate al dito. Non sopporto questo lavoro, non mi è mai piaciuto, in più qui sta diventando troppo pieno di cadaveri e problemi. »

Conklin chiese a Tuohy il suo futuro indirizzo.

« Da qualche parte a Dublino. Vi manderò un'email. » Con quello, si alzò dalla sedia di alluminio. « Addio e buona fortuna », disse dirigendosi verso la porta.

« Solo una cosa, Tuohy », lo fermò Conklin. « Ed è importante: lei non si trasferisce in Irlanda finché non glielo permettiamo noi. »

« Oh, sono sospettato adesso? È questo che sta dicendo? »

« Le sto dicendo di non lasciare il suo lavoro giornaliero. E neppure quello notturno. »

Tuohy sbuffò e andò via.

« Bella questa, Richie. Non vedo l'ora di sentirti mentre la spieghi al suo avvocato. O a chiunque altro. »

Il mio collega rise. « Mi è piaciuto il modo in cui è venuta. »

Era piaciuto anche a me.

96

Quando io e Conklin tornammo in sala operativa, Jacobi ci stava aspettando insieme a una donna che ci presentò come Ronnie Hooks, sorella di Susan Jones.

«Signora Hooks, il sergente Boxer è a capo di questa indagine. È la migliore.»

Strinsi la mano alla donna, poi presentai Conklin e tornammo tutti e tre alla sala interrogatori n. 2.

Ronnie Hooks sembrava avere poco più di quarant'anni. Aveva manicure e acconciatura perfette ed era vestita elegantemente con un leggero abito rosso, un lussuoso gioiello al collo e la fede al dito.

Conklin le offrì una sedia e, quando fummo tutti seduti, le chiese come stava.

«Non bene. Per niente.»

«Ci dica», la incalzai.

«Io e Susan siamo come gemelle. Io ho dieci anni in più. Lei è la mia sorellina. Ma ci sentiamo ogni giorno. Tranne la scorsa settimana: io e Marty siamo appena tornati dal Perù. È stato un viaggio lungo, due settimane, in una zona remota. Di solito sento Susie tutti i giorni. Sono tornata in un'area dotata di Wi-Fi e ho scoperto la peggiore notizia possibile. Come può essere scomparsa?»

Il suo sguardo folle si spostava da me a Conklin, allo specchio bidirezionale, alle sue mani chiuse sul tavolo. Pensai potesse essere sull'orlo di un esaurimento nervoso.

Avevo un'idea del perché fosse venuta lì di sua spontanea

volontà e dove volesse andare a parare. Stava per chiederci perché non avessimo ancora trovato Susan. Voleva sapere se sua sorella era morta o se fosse il caso di offrire una ricompensa. Probabilmente si sarebbe infuriata e avrebbe minacciato di rivolgersi alla stampa con la storia strappalacrime di sua sorella e dell'incompetenza della polizia di San Francisco.

Invece, la signora Hooks ci fece un assist.

« Susan era una brava insegnante, ma non guadagnava abbastanza da pagarsi l'affitto, avere un'auto e avanzare qualcosa per un taglio di capelli decente. »

Risposi soltanto: « Uh-uhm ».

« Faceva qualcosa in proprio. »

« Come lezioni private o cose così? » domandò Conklin. « È un'insegnante di piano, giusto? »

Hooks abbassò lo sguardo verso il tavolo e parlò alle proprie mani chiuse. « È anche una ballerina esotica. »

Mi cadde la mandibola. Susan Jones era una spogliarellista?

Ma Hooks non mi stava guardando. Era immersa nel suo racconto e andò avanti. « Susan lavorava ogni tanto per un club. Non mi ha mai detto dove e non ho mai chiesto dettagli perché non approvavo. Ero preoccupata per lei, ma era una donna determinata e non era mio compito giudicarla. Inoltre sosteneva che questo club era un posto decente. Già... » Ronnie rise senza gioia. « I clienti erano uomini d'affari, diceva. »

Clienti in giacca e cravatta non avrebbero placato la mia mente se si fosse trattato di *mia* sorella, ma Ronnie Hooks non aveva finito.

« La parte che mi preoccupava di più era che il proprietario del club era una specie di spacciatore che si atteggiava a figura paterna. O almeno così diceva Susan: 'Aiuta le ragazze che stanno provando a rifarsi una vita in America. O le ragazze come me che hanno bisogno di soldi'. Alcune ballavano negli spettacoli insieme a Susan. Ma altre...»

Fece un gesto con la mano. Lo interpretai come se significasse che non intendeva pronunciare la parola prostitute.

«Ronnie, voglio essere sicura di aver capito: sta dicendo che secondo lei Susan faceva la ballerina come secondo lavoro?»

Lessi un *sì* nei suoi occhi angosciati. «Il grande capo le aveva anticipato dei soldi, e lei si sdebitava. Così mi aveva detto. Ma ora credo... che lui le controllasse.»

«Ronnie, è importante. Susan ha mai descritto lui o qualcun altro del club?»

«Penso venisse dai Balcani o qualcosa del genere. Lei lo chiamava soltanto 'grande capo', o alcune volte con il soprannome di Mister Big. Ma una volta, al telefono, l'ho sentita dire 'Marko'.»

A quel nome il mio cuore fece un balzo. Conklin girò gli occhi verso di me.

«Il cognome del capo potrebbe essere Petrović?» chiesi. «Susan l'ha mai detto?»

Scosse la testa. «Susan aveva paura di lui e sosteneva di volermi tenere fuori da questa storia. Però non ci riusciva. Mi aveva giurato di non fare sesso con lui né con altri, e quindi le ho dato del denaro per pagare quel criminale prima che si arrivasse a tanto. Immagino non sia stato sufficiente.»

Assicurai alla signora Hooks che il dipartimento aveva impiegato ogni risorsa disponibile per ritrovare Susan, e che l'avrei chiamata io stessa non appena avessimo avuto qualche informazione.

Non era quello che la sorella di Susan Jones voleva sentirsi dire. Fece una smorfia mentre prendeva la borsa. Conklin le aprì la porta. Era a metà corridoio quando si girò e tornò indietro verso di noi con le guance rigate di lacrime.

Hooks guardò dritta verso di me e parlò: «Senta. Non vorrei dirlo, perché Susan mi ha messo in guardia l'ultima volta che l'ho vista. Mi ha intimato: 'Non andare alla polizia'. Ma aveva sentito una voce che l'aveva spaventata molto. Aveva sentito che Mister Big aveva ucciso un paio di ragazze che non l'avevano ripagato, o che non erano riuscite a esibirsi; per motivi di droga, credo. Susan l'aveva sentito scherzarci su. Credo... Credo che le sue amiche siano state ammazzate».

La sorella di Susan si voltò e si diresse in fretta verso l'uscita. Sentii suonare il campanello dell'ascensore. Se n'era andata.

97

Io e Conklin stavamo compilando i nostri rapporti quando Jacobi si avvicinò alle scrivanie e fece ruotare una sedia. «Come sta andando?» chiese.

«Abbiamo bisogno di un altro paio di squadre, Jacobi», risposi. «Non abbiamo niente su Myers e Saran. Non abbiamo niente su Lopez. Ho paura che anche Susan Jones sia morta, o stia per morire. Abbiamo appena ottenuto un retroscena molto interessante su di lei da sua sorella, e forse un'immagine più completa di quello a cui può arrivare Petrović, su come fa i soldi, su come siano finite nella sua trappola queste donne. Ancora, però, non abbiamo avvistato altro che il suo fantasma.»

«È diventato rischioso per lui», proseguì Conklin. «Ci sta eludendo, sta facendo il gioco delle tre carte con la sua auto. Non è sul suo solito terreno e noi non abbiamo abbastanza occhi in giro. Se per caso lo vedessimo e lo portassimo dentro per interrogarlo, non avremmo niente su cui fare leva. Almeno finché non riusciamo a seguire le briciole lasciate da quello che ci ha detto la sorella di Susan, che potrebbero significare qualcosa. Oppure potrebbe trattarsi della teoria di una sorella disperata che ha visto troppe serie tv.»

«Quindi è così che va», dissi, mettendoci una pietra sopra.

«È passata solo, quanto? Una settimana e mezzo da Myers?»

«Quasi due, Jacobi. Dodici giorni da Myers. Cinque giorni da Saran. Quarantott'ore, più o meno, da Lopez. Non possiamo cercare sotto ogni sasso, neanche con McNeil e Chi a darci man forte. Per favore. Facci avere dei rinforzi.»

«Ho già fatto tutto il possibile, Boxer. E ora sono qui. Dimmi: in che modo pensi che la morte di Lopez sia collegata a Tony's Place for Steak?»

«Tiro a indovinare. Lopez era stato testimone di qualcosa. Può aver visto Petrović offrire da bere alle professoresse. E lui può essere stato visto mentre parlava con noi.»

«Quindi Lopez è stato fatto fuori prima che consegnasse Petrović?»

«O forse è stato solo vittima di un caso fortuito. Un tossico ha bisogno di soldi, strangola Denny per rubargli il portafoglio. Sembra una forzatura, ma può essere andata così.»

«Comunque sia, non possiamo ancora addossare a Petrović nessuno degli omicidi. Tutto quello che crediamo di sapere è pura speculazione» aggiunse Conklin.

«Incontrerò il capo come prima cosa domani mattina», disse Jacobi. «Mi inginocchierò a implorare altri rinforzi per questo caso. In più, come sapete bene, la stampa non ci sta dando tregua. Ma voi, invece, andate a mangiare qualcosa per cena e mettetelo sul mio conto.»

«Non è necessario», obiettai.

«Farebbe sentire meglio *me*, okay, Boxer?»

98

Io e Conklin portammo i nostri crampi allo stomaco sul lato opposto della strada, fin da MacBain's. Ci mettemmo a un tavolo vicino al jukebox, a divorare hamburger e patatine fritte.

Sydney ci rabboccò i bicchieri e ci disse di fare con calma.

« Mister Big è Petrović », esordì Conklin. « Ma prova ad affibbiargli un omicidio. È come arpionare una balena con una forchetta di plastica. »

Anuii, aprii il panino e aggiunsi altro ketchup.

Eravamo partner da così tanto tempo che poche parole avevano preso il posto dei discorsi.

« Lopez. Petrović. Insegnanti con un secondo lavoro da cattive ragazze », dissi.

« Tu credi a Tuohy? » mi chiese Conklin.

« Ha un pessimo carattere, ma non credo sia stupido. Non al punto da abbandonare i cadaveri sul proprio luogo di lavoro. Che ne pensi tu? »

« Penso che Jacobi vorrebbe che ci prendessimo una birra. »

Alzò il braccio e Sydney chiese: « Birra? Arriva subito ».

« Non vedo Cindy da tre giorni, ma mi sembra molto di più », disse Conklin.

« Stessa cosa con Joe. »

« Finché la Scientifica non riuscirà a collegare Petrović a qualcuna delle nostre vittime... »

Non aveva bisogno di terminare la frase. « Rivoltiamo tutto di nuovo », proposi. « Guardiamo le cose da un'altra prospettiva. »

« Okay », rispose lui. « Ecco la nostra nuova prospettiva. Susan racconta a sua sorella che gira una voce. Uno straniero con un nome che non è un nome ha ucciso un paio di donne. Noi abbiamo due donne impiccate e un pappone collegato a una delle vittime, che viene strangolato. »

Dovevo mettere sul piatto i dettagli che fino ad allora avevo tenuto per me per rispetto di Joe. Era il momento. « Joe ha delle immagini di Petrović in Bosnia. In una ci sono dei prigionieri di Djoba impiccati. E sembra che sia bravo con le stellette da lancio. »

Conklin fermò il suo hamburger a un centimetro dalla bocca. Non gli avevo mai parlato della foto di Petrović con le sue truppe e i cadaveri che penzolavano dagli alberi sullo sfondo. Era il caso di Joe. Informazioni dell'FBI. Non avevo raccontato al mio collega di Anna.

« Stellette da lancio? Ok, hai la mia attenzione. Continua. »

« Non dovrei raccontarlo, ma hai bisogno di sapere. »

« Parla. »

« Una sopravvissuta alla guerra in Bosnia, Anna Sotovina, si è rivolta all'FBI perché ha visto Petrović a San Francisco. »

« Lei può collegarlo alle vittime? »

« No, ma è convinta che lui l'abbia riconosciuta. Anche Joe la pensa così. Ora Anna è scomparsa da tre giorni. Il caso è di Joe. Sta cercando sia lei che Petrović. Quanto a noi, possiamo aspettare che Mister Big faccia un errore o possiamo collaborare con l'FBI. »

« L'abbiamo già fatto in passato. Loro prendono il controllo e noi gli offriamo il caffè. »

«Chi se ne frega? Inchiodiamo il Macellaio prima di trovare un altro cadavere impiccato a un albero.»
Conklin prese il telefono e chiamò Jacobi.
Io presi il mio e chiamai Joe.

99

Jacobi aveva fatto un piccolo miracolo.

Quel mattino lui e il sovrintendente dell'FBI Craig Steinmetz avevano tagliato il nastro e avevano dato vita a una task force congiunta. Io e Conklin lavoravamo insieme a Joe e alla sua squadra per localizzare Petrović e portarlo dentro per un interrogatorio. La scomparsa di Anna era il fondato motivo di cui avevamo bisogno.

Petrović non era nella sua casa di Fell Street. Allo stesso modo il maître del suo ristorante riferì che Tony non ci sarebbe stato quel giorno: non sapeva altro.

Alle cinque del pomeriggio, dopo una infruttuosa giornata passata a giocare a nascondino, le telecamere del traffico segnalarono la Jaguar di Petrović che attraversava il Bay Bridge. Una squadra di agenti lo tallonò fino a Laurel Heights e poi lo perse.

A quel punto un'autopattuglia localizzò l'auto di Petrović parcheggiata su Pine Street, davanti a un negozio di abbigliamento maschile. Un agente sotto copertura entrò nel negozio, si guardò intorno e non lo vide. Quando mostrò una foto ai commessi, questi sostennero tutti di non averlo visto. Il poliziotto e il suo collega controllarono il resto dell'isolato e infine si arresero.

Sembrava che Petrović fosse sparito sottoterra un'altra volta, con nostra immensa e dichiarata frustrazione.

Ormai era mezzanotte e venti.

Io e Conklin eravamo in attesa dentro una berlina Honda

tutta nera, ferma in un gradevole isolato residenziale, con una buona visuale della Jaguar. Rich era al volante e io mi occupavo delle comunicazioni radio, che crepitavano collegandoci alla centrale e ai membri delle squadre che stazionavano in vari punti del quartiere.

La squadra di Joe si trovava dentro un furgone di sorveglianza su Geary Street, a quattro isolati di distanza. L'avevo visto. Aveva qualche ammaccatura, delle scale a pioli sul tetto e un grande adesivo sulla fiancata che diceva RIPARAZIONI DOMESTICHE KELLY. All'interno, sembrava una navetta spaziale equipaggiata con tecnologia all'avanguardia: apparecchi per le intercettazioni, collegamento satellitare, periscopio, e quattro agenti vestiti da operai per poter uscire facilmente senza attirare l'attenzione.

Avevamo occhi, orecchi e stivali per strada, ma non c'era nulla da segnalare.

I negozi erano chiusi. Il traffico scarso. Le case buie. Sei agenti dell'FBI, una squadra della SWAT, oltre a me e Conklin, tutti sul chi vive per un unico uomo.

Era una lunga notte.

In quel momento Conklin era al telefono con Cindy. «Non posso farci niente, Cin. E no, non posso parlarne ufficialmente. Non posso e basta... Lo so... Capisco. Tu mi capisci? Aspetta un momento.» Si rivolse a me: «Le parli tu?»

«Sul serio?» dissi. Presi il telefono. «Cindy, non c'è niente da dire. Siamo nel bel mezzo di un appostamento.»

La mia attenzione era stata attirata da un SUV con un faro rotto che ci aveva sorpassati, aveva rallentato e si era fermato in fondo all'isolato tenendo il motore acceso.

Afferrai il binocolo e diedi un'occhiata attenta al veicolo, una Cadillac Escalade. Tutto quello che riuscivo a vedere della targa erano gli ultimi tre numeri, e anche quelli con approssimazione.

Rich riprese il telefono concludendo: «Cindy, dobbiamo andare. Ti amo».

Chiuse la chiamata e guardammo insieme mentre la portiera del passeggero del SUV si apriva e ne scendeva un uomo imponente. Poi l'auto ripartì, a nord verso Presidio Avenue.

Riportai gli occhi sull'omone che si avvicinava a una casa grigia dalle finiture bianche dall'altro lato della via, a un centinaio di metri da dove eravamo parcheggiati noi. C'era un garage al livello della strada e, dietro alcuni cespugli, una scala conduceva alla porta d'ingresso al piano rialzato.

Misi a fuoco l'uomo, fitti capelli brizzolati e portamento militare. Stava fumando un sigaro.

Lo riconobbi dalle foto. Finalmente una svolta. Avevamo nel mirino Slobodan Petrović.

Chiamai Joe.

100

Sentii la voce di Joe all'orecchio. « Cos'hai, Lindsay? »

« Petrović è appena sceso da un'Escalade scura con un faro rotto vicino a una casa su Pine Street, in mezzo all'isolato. Ho tre numeri della targa. Sta entrando dalla porta d'ingresso proprio adesso. »

Mandai a Joe via messaggio una foto dell'uomo e della casa, luogo fino a quel momento sconosciuto per noi.

Lui chiese a tutte le unità di rimanere in attesa. Assegnò a tre squadre gli incroci nei dintorni e ordinò alla SWAT di entrare.

Usai il computer sulla nostra auto per cercare il proprietario della casa in cui Petrović era appena entrato. La ricerca nel database immobiliare restituì un nome: Marko Vladic, in precedenza cittadino serbo, ora naturalizzato americano. Viveva a San Francisco da quasi cinque anni ormai e possedeva un'Escalade blu.

Controllai il database criminale, trattenendo il fiato mentre mi chiedevo se Vladic avesse dei precedenti. In quel caso, Petrović sarebbe stato in collegamento con un noto criminale.

Inserii il nome di Vladic anche nel database dell'FBI per sicurezza, poi riferii a Conklin: « Non ha precedenti. Almeno non sotto il nome di Marko Vladic ».

« Prova con una ricerca per immagini », suggerì il mio collega.

Mentre Joe dava ordini alle squadre e discuteva il perimetro dell'azione, gli isolati potenzialmente insidiosi e i piani per i rinforzi, cercai *Vladic, Marko* in tutti i database che mi vennero in mente.

E lo trovai.

«Ha una licenza per la vendita di alcolici ancora attiva, per uno strip club al Tenderloin chiamato Skin. È al numero 816 della Larkin. È il club di Petrović? Oppure ci siamo sbagliati? Mister Big è Vladic? Era lui ad avere Susan in pugno?»

«Non vedo l'ora di chiederglielo.»

Alzai gli occhi per vedere il furgone della SWAT fermarsi all'inizio dell'isolato, in avvicinamento verso il 3045 di Pine Street. Volevo controllare lo Skin, le licenze, eventuali violazioni.

Ma non ne ebbi la possibilità.

Pochi attimi dopo aver finito di parlare con Joe, vidi il suo furgone accostare al marciapiede qualche auto davanti a noi.

Quando Joe e il suo collega furono in piedi davanti alla casa grigia, io e Conklin scendemmo dalla nostra Honda. Chiusi la giacca a vento, che mi identificava come agente di polizia di San Francisco, sopra il giubbotto antiproiettile in kevlar ed estrassi la pistola. Non appena io e Conklin fummo sincronizzati, attraversammo la strada e salimmo le scale esterne dietro Joe e Diano.

La porta del 3045 di Pine Street era dipinta di antracite, aveva uno spioncino e un batacchio d'ottone a forma di pugno. Joe era il caposquadra, ma ero io al comando perché il caso era di competenza della polizia.

«Dopo aver bussato, fatti da parte», mi disse Joe.

Al mio bussare, i proiettili avrebbero attraversato la porta? Era il mio ultimo momento sulla Terra? Cosa sarebbe successo a Joe o a Conklin? Come avrei potuto sopportarlo?

Ma c'erano altre vite in gioco. Se Susan Jones e Anna Sotovina si trovavano lì, non era per loro scelta.

Conoscevo la procedura.

Mi avvicinai alla porta e sollevai il batacchio.

101

Bussai e annunciai: «Polizia di San Francisco. Aprite».

Io e Conklin ci posizionammo ognuno a un lato della porta. Rimasi in ascolto aspettando un rumore di passi, una voce che dicesse in tono di sfida «Tenete su i pantaloni. Sto arrivando», oppure la concreta possibilità che degli spari perforassero la porta in legno.

Non ci fu risposta.

Sollevai nuovamente il batacchio picchiandolo con forza sulla piastra e urlai: «Polizia! Aprite la porta o entriamo!»

Ancora nessuna risposta.

Joe chiamò la SWAT. Sei uomini in equipaggiamento tattico uscirono dal veicolo corazzato e salirono di corsa le scale. Prima che raggiungessero la porta, ci fu il rumore di un vetro rotto e un grido maschile incomprensibile. Il vetro schizzò via da una finestra del piano rialzato.

Vidi la bocca di una pistola spuntare dalla fessura e, a seguire, sentii tre veloci colpi d'arma da fuoco.

«Via!» gridò Joe agli uomini della SWAT, che avevano un ariete. Fecero cedere le serrature, aprirono a calci e lanciarono all'interno della casa una granata stordente, non prima di aver richiuso la porta per quanto possibile.

La granata esplose, facendo tremare le finestre. Un attimo dopo, Joe e Diano spalancarono la porta a spallate ed entrarono in casa, urlando: «FBI! Mani in alto!»

Io e Conklin seguimmo i federali in un ingresso scuro e fumoso, illuminato dalle nostre torce e dalla luce tenue dei lampioni. Alla nostra destra c'era quello che sembrava un ampio soggiorno con una finestra rotta, rischiarato debolmente dalla tv.

Dritto davanti a noi, una scalinata ricoperta di moquette portava al piano superiore. Alla nostra sinistra c'era la scala che scendeva al garage. Joe fece segno con le mani, indirizzando me e Conklin di sopra, mentre lui e la sua squadra si occupavano del soggiorno e del resto.

La SWAT si divise, metà prese le scale che andavano giù, mentre gli altri rimasero nell'ingresso, al centro della casa.

Udii Joe gridare: «Mani sopra la testa! Faccia al muro!»

Stava bene, grazie a Dio, quindi io e Conklin proseguimmo. Il piano superiore doveva essere quello delle camere da letto. Mi immaginavo già Susan e Anna, avevo il forte presentimento che fossimo sul punto di trovarle, vive, dietro porte chiuse a chiave. Il mio collega era subito dietro di me quando raggiungemmo il pianerottolo. Mi aspettavo un corridoio vuoto, una fila di porte, invece c'era nell'ombra una mastodontica presenza proprio di fronte a me.

Gli puntai la torcia in faccia.

«Fermi lì», latrò lui.

Aveva il braccio teso e una pistola in mano.

Eravamo faccia a faccia con il mostro, a soli tre metri di distanza. Se fosse partito un colpo da uno qualsiasi dei tre, qualcuno sarebbe morto.

102

Petrović era enorme.

Molto più grande nella realtà di quanto l'avessi immaginato. Un metro e novantacinque? Due metri? Ricordo ancora il cuore che batteva veloce, ma grazie a Dio, il mio addestramento prevalse sullo shock.

« Polizia! Butta la pistola! » urlai.

Petrović non si mosse.

Conklin parlò in maniera razionale: « Non fare un errore proprio adesso, Tony. La casa è piena di poliziotti. Non ne uscirai mai vivo ».

Petrović si prese una pausa per valutare a fondo la situazione; la granata, gli spari, e il piano di sotto pieno di urla. « Okay, okay, guarda », disse e si piegò per posare con attenzione la pistola sul tappeto. Poi sollevò le mani dichiarando: « Non ho fatto nulla di male ». Conklin calciò via l'arma mentre Petrović aggiungeva: « Ho una licenza per quella. Pensavo foste rapinatori ».

Il cuore mi batteva ancora forte. Lo sentivo picchiare nel petto, nella gola, dietro gli occhi.

« Girati e appoggiati al muro », ordinò Conklin.

Io tenni la pistola puntata su Petrović, e dopo che Rich lo ebbe ammanettato, trovai l'interruttore della luce. Un centinaio di watt illuminarono la plafoniera sul soffitto, e la mia pressione sanguigna calò a un livello quasi normale.

Informai Slobodan Petrović che l'avremmo portato dentro come testimone chiave per l'omicidio di Carly Myers.

«Chi?» disse.

Ignorai la domanda. L'accusa di essere un testimone chiave l'avrebbe trattenuto abbastanza da permetterci di ottenere un mandato di perquisizione per la sua abitazione di Fell Street, per la casa di Pine Street e per lo strip club Skin. Volevo anche il suo DNA e il calco dei denti, già che c'eravamo.

«Siete fuori di testa. Non ho fatto niente di male. Niente. Ho un ristorante. Sono pulito. La vostra è una montatura.»

Certo, lui non aveva fatto niente di male. Una sfilza di cazzate che avevo sentito centinaia di volte da parte dei colpevoli, da quando avevo il distintivo.

«Dove sono Susan Jones e Anna Sotovina?» chiesi.

«Non so di chi stiate parlando.»

Dov'erano? Avevo bisogno di vederle, parlare con loro, sapere che stavano bene.

Ripetei la domanda e lui ripeté la sua non-risposta.

Petrović non parlava.

«Le darò una possibilità, signor Branko», intimai. «Può parlare con noi o con l'FBI. Decida lei.»

Lui fece la sua scelta.

Chiesi rinforzi via radio e, mentre Conklin teneva la pistola puntata su Petrović, controllai la disposizione del piano superiore. C'erano cinque camere da letto e tre bagni. Li perquisii tutti.

Le camere erano disordinate e vuote. Gli armadi contenevano abiti da lavoro maschili, uniformi da cameriere e scarpe, ma non c'era traccia delle nostre persone scomparse.

Se non si trovavano lì, dove diavolo erano?

Forse Petrović ce l'avrebbe detto.

Sì. Come no.

103

Gli agenti di pattuglia chiusero Petrović nel retro di un furgone della polizia e partirono.

Ritornai dentro la casa e trovai Joe nel soggiorno, in piedi sopra due uomini che stavano faccia a terra sulla moquette con i polsi ammanettati dietro la schiena.

Mi aggiornò su quello che mi ero persa. I due sul pavimento lavoravano per Petrović alla Tony's Place for Steak. L'affitto gratuito faceva parte del contratto, quindi dormivano entrambi lì.

Per me, questo li rendeva probabili testimoni di ciò che era successo in quella casa. Ne fui felice.

Joe lasciò la stanza per scendere a controllare il garage. Studiai gli uomini sul pavimento.

Mi sembrò che il più giovane, coperto di tatuaggi e piercing, avesse tra i venti e i trent'anni. Era Carson Wells, detto Junior. L'uomo sdraiato vicino aveva una decina d'anni in più ed era grosso. Randy LaPierre.

Erano ancora storditi dalla granata, ma Junior sollevò il mento da terra e mi disse: «Come ho appena detto, pensavo che qualcuno stesse facendo irruzione. Ho sparato. Non ho colpito nessuno. Non avete il diritto di arrestarci».

Mi abbassai al suo livello, letteralmente. «Il primo che mi dice dove posso trovare Susan Jones e Anna Sotovina si guadagna un'amica al dipartimento di polizia. Mi darò da fare per farvi avere uno sconto di pena.»

«Non capisco», disse Randy. «Noi viviamo qui. Non so di chi parla. Lo giuro su mia madre.»

«E tu, Junior? Vuoi essere mio amico?»

«È come dice Randy. Non le ho mai sentite nominare.»

«Potete riferire alle vostre madri che sarete in cella al civico 850 di Bryant Street. Sesto piano.»

Chiamai i due poliziotti all'ingresso, che li rimisero in piedi.

«Faccia quello che vuole, signora», disse Randy. «Su di noi non ha un cazzo.»

Gli agenti stavano portando fuori quei vermi quando Joe e il suo collega risalirono dal garage.

«In casa non c'è nessuno», ci informò Joe. «Anna non è qui. E nemmeno Susan.»

«Oh, non dirmelo.»

«Ci sono tre camere da letto su questo piano. Abbiamo trovato degli abiti da donna negli armadi. Vestiti informali e biancheria intima. C'erano confezioni di trucchi in un camerino. Manderemo tutto a far analizzare. Se una delle donne ha usato il rossetto, avremo un riscontro del DNA.»

«Quindi *erano* qui.»

«La mia idea è che le abbiamo mancate di poco», suggerì Joe. «La porta che dal garage si affaccia in strada era chiusa, ma quella verso il giardino sul retro era spalancata. E se ci fosse stata un'auto ad attenderle su Bush Street?»

Alzò le mani in segno di sconforto, con l'aria più demoralizzata che gli avessi mai visto.

Merda. La squadra di Petrović ci aveva visti e forse gli eravamo stati talmente con il fiato sul collo che avevano dovuto muoversi. Quindi avevano fatto ricorso al loro piano di fuga.

104

Fuori sulla strada i lampeggianti illuminavano le ombre che precedevano l'alba.

Gli agenti avevano teso il nastro per delimitare la scena del crimine davanti alla casa, in modo da tenere i passanti fuori dall'area. Alcuni vicini, tirati giù dal letto alle due del mattino, si erano raggruppati incuriositi sui marciapiedi. Noi eravamo in silenzio.

L'auto di Joe era in attesa.

« Mettete in ghiaccio Petrović », disse. « Io e Diano vogliamo fare tappa in ufficio per compilare il rapporto, ma ci vediamo al Palazzo di Giustizia tra un'ora. Ho buone sensazioni. »

Anch'io ero ottimista. Le donne non c'erano, quindi forse erano vive. E Petrović era nostro, per tutto il tempo che fossimo riusciti a trattenerlo. Quanto sarebbe stato? Giorni? Settimane? Avevamo bisogno di prove se volevamo accusarlo.

E se non ci fossimo riusciti, avremmo dovuto rilasciarlo.

Ripensai a Petrović che mi puntava la pistola in faccia. Ero ancora scossa da quell'immagine e sapevo che avrebbe potuto premere il grilletto. L'avevamo dissuaso.

Ma mi sovvenne un pensiero: cosa sarebbe successo se avesse avuto un'altra possibilità con me? E pensai a Susan e Anna. Totalmente impotenti. Non le avevo mai incontrate, eppure mi sembrava di conoscerle. In quel momento ebbi una chiara idea del terrore che avevano provato, delle brutalità cui erano state sottoposte.

Alzai gli occhi verso Joe. Sono abbastanza sicura che potesse leggermi in viso e capire quanto fossi vicina alle lacrime. Mi raggiunse. Io m'infilai tra le sue braccia e ci baciammo davanti ai poliziotti, ai federali, a Dio e a chiunque.

« Va tutto bene, Linds », mi consolò. « Abbiamo fatto un ottimo lavoro. »

La Honda si accostò. Conklin suonò il clacson. Lasciai Joe e gli strinsi la mano.

Poi salii sull'auto e allacciai la cintura di sicurezza.

Oltrepassammo la Jaguar di Petrović, ancora parcheggiata davanti al negozio di abiti da uomo.

« Richie, torna indietro. »

Scesi dall'auto e presi nota del numero di targa.

Poi chiamai il laboratorio.

105

La stessa notte, o più precisamente la stessa mattina, Jacobi si alzò dalla sua scrivania, aprì il cassetto dello scaffale ed estrasse un sacchetto di Sam's Deli.

«Sedetevi. Forza», ci ordinò.

Si congratulò con noi per aver portato dentro Petrović, poi ci passò il sacchetto, dicendo: «Ecco quello che ho. Due panini con bacon, lattuga e pomodoro, un pacco di patatine, due barrette, e alcune informazioni, per quello che valgono».

Conklin aprì il sacchetto e mi allungò un panino avvolto nella stagnola. «Solo un momento», disse. Si alzò, andò nella sala caffè e tornò con caffettiera, tazze e zuccheri vari. Riempì una tazza ciascuno. «Vada pure adesso, tenente.»

Jacobi cominciò: «Marko Vladic è il numero due di Petrović. Paga le tasse. Si tiene fuori dai guai. In pubblico, almeno».

«L'abbiamo controllato», intervenne Conklin. «Lavora alla steakhouse come responsabile del turno di giorno. Di notte invece dirige uno strip club chiamato Skin.»

Jacobi proseguì: «Corretto. Lo Skin è un piccolo locale a luci rosse sopra una rivendita di alcolici. Per piccolo si intende esclusivo. Poltroncine, un bel palchetto. L'alcol è costoso. E lo sono anche le ballerine di lap dance. Direi che è redditizio».

«Questo combacia con quello che ci ha raccontato la sorella di Susan», confermai. «Il fatto che ballava per saldare un debito con Mister Big. Fammi felice, capo. Chi è il proprietario del club? »

« È registrato a nome di Antonije Branko. »

« Oh, mio Dio », dissi ricadendo sulla sedia. « Ecco la pioggia di palloncini dal soffitto. »

Jacobi rise.

Mi alzai, sollevai le mani e gli diedi il cinque alto, il cinque basso, e un colpo d'anca per andare sul sicuro.

Fu il turno di Richie di ridere.

Mi risedetti, trangugiai del caffè, e informai Jacobi che la Jaguar di Petrović si trovava sul pianale di un carro attrezzi, diretta a gran velocità verso i nostri laboratori della Scientifica a Hunters Point.

« La Scientifica ne tirerà fuori l'inferno. »

« Fatemi sapere se trovano qualcosa di buono. Nel frattempo, rimarrò a vedervi mentre interrogate Petrović. »

Conklin guardò l'orologio. « Sono quasi le tre. Sarà rimasto a cuocere nella sua cella abbastanza a lungo? »

« Lo interrogherei tra poco », suggerì Jacobi. « Così il suo avvocato non alzerà la cornetta. »

« Joe è coinvolto nel caso », dissi.

« Contattalo. »

Usai il telefono di Jacobi per chiamare Joe e poi feci uno squillo alle celle al piano di sopra, chiedendo che nel giro di mezz'ora Petrović venisse scortato giù alla sala interrogatori n. 1.

Andai al bagno, mi lavai il viso, mi pettinai i capelli con le dita e ripassai mentalmente i possibili scenari dell'interrogatorio. Ricordai a me stessa che mi era permesso dire *qualunque cosa* per riportare a casa Susan e Anna. Ai poliziotti è concesso mentire.

C'era una camicia pulita nel mio armadietto. Dopo essermi cambiata, mi sentivo un po' più fresca. Camminai lungo il corridoio fino alle sale interrogatori. Prima di entrare nella n. 1, guardai attraverso il vetro.

Petrović era seduto al piccolo tavolo grigio, di fronte ai due uomini più importanti della mia vita.

Attivai l'audio e ascoltai per un minuto. Joe e Rich lo stavano facendo scaldare, parlando di baseball e del prezzo della benzina con uno psicopatico responsabile di omicidi di massa, stupri e torture.

106

Quando entrai nella sala interrogatori, Joe si alzò e mi diede la sua sedia di fronte a Petrović.

«Mi perdoni se non mi alzo», esordì Petrović.

«Si rilassi. È stata una lunga notte per tutti», dissi.

«Sergente, giusto? Sergente, sta perdendo tempo con me.»

«Signor Petrović...»

«Mi chiami Tony.»

Petrović sembrava a suo agio in abiti civili e pantofole della prigione. Le manette gli erano state tolte. La cintura confiscata. La pistola al laboratorio. Ci aveva detto di avere il porto d'armi, ma era una bugia.

Se per trattenerlo avessimo avuto bisogno del possesso illegale di arma da fuoco, saremmo stati a cavallo, per di più l'avevamo beccato mentre la brandiva. Forse con quelle accuse avremmo potuto trattenere Petrović per trenta giorni, ammesso di avere un giudice comprensivo, ma non era quello il nostro obiettivo.

Avevamo bisogno che Petrović ci dicesse dove si trovavano Susan Jones e Anna Sotovina, altrimenti... non c'era un altrimenti. Dovevamo trovare quelle donne, punto.

Era molto presto, un giovedì mattina. I giudici stavano dormendo. Non avevamo mandati di perquisizione né di arresto, e ci sarebbe voluto minimo fino al pomeriggio per ottenerli.

«Tony, lei ha familiarità con le procedure della polizia,

quindi salterò i convenevoli», dissi. «Lei ci aiuta e noi aiutiamo lei.»

«Cosa volete? Cosa avete da offrire?»

«Vogliamo Susan Jones e Anna Sotovina.»

Joe si avvicinò: «Prima che lei dica di non conoscerle, sappiamo che le conosce. Susan lavorava al suo club. E con Anna ha un precedente a Djoba».

«Non ho queste donne.»

Bugiardo.

«Bene, abbiamo qualcosa per lei», continuai. «Per prima cosa, abbiamo la sua auto.»

«Dov'è il mandato?» mi chiese, in un tono liscio quanto il whisky single malt che mio padre teneva di scorta per le feste private.

«Non ci serve un mandato se la lascia su suolo pubblico. E lei lo ha fatto», replicai. «Ora è al nostro laboratorio. Siamo responsabili per qualsiasi danno, ma non si preoccupi. Stiamo trattando la sua auto con i guanti. Vedrà che la ripuliremo per bene.»

Il sorriso di Petrović s'incrinò. «Come si dice? Accomodatevi.»

Gli sorrisi di rimando. «Oh, lo faremo. Ha lasciato una bottiglia d'acqua nel portabibite della sua auto. Raccoglieremo da lì il suo DNA e, se troveremo anche solo un capello che appartiene a Carly Myers o Adele Saran, la accuseremo di omicidio.»

L'assassino fece uno sbadiglio. Non sembrava finto. Slobodan Petrović aveva già avuto la meglio contro un ergastolo in passato. Ma in quel momento poteva essere troppo sicuro di sé.

«Ho sentito la parte in cui io vi aiuto», disse. «Dov'è quella in cui voi aiutate me?»

«Ci arriveremo. Prima voglio apparecchiare la tavola. Joe, hai la foto? Quella scattata a Djoba.»

«Ce l'ho.» Joe esibì il telefono, aprì un'applicazione, fece scorrere alcune foto e mostrò lo schermo a Petrović.

«Cosa sto guardando?» chiese Petrović.

Joe indicò la foto che lo ritraeva nella foresta, i corpi impiccati nel bosco alle sue spalle, una stelletta da lancio in mano. Lesse la didascalia, in bosniaco.

Il colonnello Slobodan Petrović e i suoi uomini dopo la presa della città bosniaca di Djoba. Petrović è esperto nell'utilizzo delle shuriken, *le stellette da lancio.*

«Mi dispiace dovervelo dire, ma quello non sono io», affermò. «Slobodan è mio cugino, dalla parte di mia madre. È una vecchia storia. Mio cugino è stato assolto, lo saprete.»

Intervenne Conklin: «Carly aveva ferite prodotte da un'arma come questa. Adele aveva una stelletta conficcata nella schiena. Non sono un esperto, ma credo sia un motivo sufficiente per un'accusa».

«Ah, siete dei dilettanti, sapete? Non avete nulla su di me.»

Quello che diceva era abbastanza vero.

Non avevamo nulla su di lui a San Francisco, negli Stati Uniti. Nulla. Mi spinsi oltre il vago, nonostante il dubbio strisciante, e affermai: «Ci *sono* le prove contro di lei. Può contarci».

«E *voi* potete contare su *questo*», rispose Petrović. Aveva l'aria tronfia e felice mentre si lasciava andare indietro sulla sedia. «Lavoro con il vostro governo federale. Ho l'immunità.»

107

Non credevo all'affermazione di Petrović, al fatto che aveva un accordo con i federali.

« Sì, come no », dissi.

E in quel momento Jacobi spinse la porta ed entrò nella stanza con un uomo che non conoscevo, anche se avevo presente il tipo. Quarant'anni e qualcosa, abito su misura, capelli pettinati all'indietro e l'aria di aver appena ordinato all'autista di aspettarlo.

Jacobi teneva in mano un foglio di carta intestata del governo e sembrava disgustato. « Petrović, è arrivato il suo avvocato. »

L'avvocato si presentò come Richard Constable, poi si rivolse a Petrović: « Tony, sono qui per riportarti a casa. Tenente, per favore dica le parole magiche ».

Jacobi mise le mani sul tavolo e si chinò verso Petrović. « Lei è libero di andare », disse. Quindi si tirò su e ordinò: « Ispettore Conklin, per favore, aiuti il signor Petrović ».

Quando Conklin ebbe accompagnato Petrović e il suo legale fuori dalla stanza, Jacobi ragguagliò me e Joe su quanto appena accaduto: « Sentite, sono sconvolto quanto voi. Joe, una task force speciale dell'FBI proveniente da Washington ha consegnato personalmente questa lettera ». Sbatté il foglio sul tavolo in modo che potessimo leggerlo.

Era lungo un paragrafo e affermava che Slobodan Petrović, alias Tony Branko, si trovava sotto la protezione dell'FBI.

Era firmato dal direttore in persona, con mano decisa e inequivocabile.

Jacobi continuò: «Immaginavo che Petrović avesse ricevuto protezione in cambio di qualche accordo fatto con la Corte penale internazionale. Tutto dipende dalla fedina penale pulita. L'accordo è valido se non commette un crimine. Lo sappiamo tutti: non possiamo collegare Petrović a nessuna di quelle donne morte o scomparse. Non lo faremo certo estradare perché ha brandito un'arma».

«Aspetta un attimo, Warren», s'intromise Joe. «Abbiamo i due idioti presi oggi a casa di Vladic. Lavorano per Tony. Devono sapere tutto di lui.»

«Ho lasciato un messaggio per il procuratore distrettuale», disse Jacobi. «Finché non abbiamo i mandati di perquisizione per la casa e il ristorante di Petrović, come per la casa di Vladic, il caso è sospeso. Andate a casa», ci esortò gentilmente. «E nel caso non fossi stato chiaro, Boxer, niente sorveglianza nel tempo libero. Joe: Steinmetz ha le stesse raccomandazioni per te. State lontani da quell'uomo. Abbiamo ricevuto ordini in tal senso. Non combiniamo casini.» Osservò per un secondo le nostre facce scioccate, poi aggiunse: «Bel lavoro, tutti quanti, comunque. Mi dispiace».

Io ero su tutte le furie. Mi alzai velocemente, rovesciando la sedia. «Non possiamo lasciar cadere questa faccenda come se non fosse mai successa, Jacobi! Susan e Anna...»

«Fidati di me, Boxer, non è finita, ma abbiamo le mani legate ora. Va' a casa. Dormi un po' e di' a Conklin di fare lo stesso.»

Stava scherzando?

Forse quelle due donne erano legate e imbavagliate nel bagagliaio di un'auto? Anche loro avrebbero avuto la serata libera?

Jacobi agitò un dito verso di me, come a rimarcare il concetto: *Dico davvero*. Poi uscì dalla stanza.

108

Io e Joe portammo Martha a fare una bella passeggiata lunga prima dell'alba. Eravamo entrambi su tutte le furie e avevamo imprecato per almeno mezz'ora.

Una volta tornati a casa, ci eravamo placati con un barattolo di gelato e un Pinot californiano ghiacciato. Dopo di che, i vestiti caddero e ci aggrappammo l'uno all'altra sotto una doccia bollente. Il sole era alto quando ci tuffammo a letto e, quanto a me, dormii quasi come se fossi caduta in coma.

Un po' di tempo dopo, Joe mi scosse gentilmente il braccio fino a svegliarmi. Reggeva il mio telefono. «Jacobi», disse.

Grugnii un «Ehi» nei fori del microfono.

«Ho novità per entrambi», annunciò Jacobi. «Sono quasi sotto casa vostra. Ho portato della torta al caffè.»

Joe riempì la caffettiera. Io infilai i jeans e una maglietta e fui pronta per Jacobi nel momento stesso in cui suonò il campanello.

All'epoca, lo conoscevo da dieci anni. In parte li avevo passati a lavorare per lui. In parte era stato lui a lavorare per me. Per lo più, però, eravamo stati colleghi e avevamo trascorso un numero incalcolabile di ore a perlustrare il quartiere sull'auto di pattuglia. Avevamo parlato di tutto, indagando su crimini indimenticabili, feroci e istruttivi. Lavorare con Jacobi mi ha resa la poliziotta che sono oggi.

Conosco Jacobi.

Eppure, quando entrò nell'appartamento quella mattina, non riuscivo a decifrare la sua espressione.

Ci avvicinammo all'isola della cucina e subito Joe disse: « Torno subito. Porto Martha solo fino all'angolo ».

Ci mise più tempo di quanto mi aspettassi e, quando fu di ritorno, io e Jacobi eravamo a buon punto con il caffè e la torta. Dopo che Joe si fu servito, Jacobi ci illustrò il motivo della sua visita.

« Dopo avervi mandati a casa, Marko Vladic è stato fermato per quel faro rotto. L'agente è stato sveglio. Ha visto che c'era una segnalazione su di lui, come sospettato di rapimento, e l'ha portato in centrale. La prima cosa che è uscita dalla sua bocca è stata: 'Voglio un accordo'. »

« Oh, davvero. E qual era l'offerta? » chiesi.

« Ha detto di sapere dove fossero Anna e Susan, offrendo di rivelarcelo in cambio dell'immunità. Io ho ribattuto: 'Prima voglio le donne, e poi parleremo con il procuratore distrettuale'. Ha risposto che non sapeva se sarebbero vissute tanto a lungo. »

Sentii il cuore fermarsi.

« Cristo », commentò Joe prendendosi la testa tra le mani.

« Lo so, lo so », disse Jacobi e proseguì. « Ho proposto a Vladic che gli avrei concesso un accordo per iscritto. Doveva consegnarci subito le donne, e volevo prove e testimonianze che Petrović aveva ucciso Myers e Saran. Ha ceduto, ma solo sulle donne. Quella merda mi ha detto: 'Vi darò quelle troie, ma non dirò una parola contro Tony'. »

« Cazzo. E tu cosa gli hai risposto? » chiesi.

« Che andava bene. »

« Non capisco », s'intromise Joe.

« Ho risposto che andava bene: consegnami le donne e io lavorerò per te. Gliel'ho messo per iscritto. L'ho fatto per bene. Ho giurato in base all'autorità conferitami dallo Stato della California che avrei negoziato a suo nome con il procuratore distrettuale, il governatore e l'FBI in cambio della sua collaborazione. Ho chiesto a Chi di batterlo sulla mia carta intestata e l'ho firmato con uno svolazzo. Lo stesso Chi ha assistito come testimone, e io l'ho datato e fatto firmare a Vladic. Poi quello stronzetto ha obiettato: 'Non mi pare a prova di bomba'. Ho risposto: 'Chi, tu sei un notaio, giusto?' Lui ha iniziato a temporeggiare, dicendo: 'Non so dove ho il mio timbro'. Mentre lo dice, si ricorda che Brenda ha uno di quei vecchi timbri statali da notaio che usa come fermacarte.»

«L'ho visto», intervenni. «Peserà un chilo e mezzo. Se si schiaccia il manico, lascia sulla carta l'impronta del sigillo.»

«Esattamente. Allora Chi lo prende dalla scrivania di Brenda, firma con il suo nome, marchia il foglio dell'accordo e lo dichiara sicuro come l'oro. È un sigillo della Motorizzazione del 1939, ma chi se ne frega. Faccio una copia, sventolo l'originale davanti a Vladic, e gli prometto che avrà l'immunità quando le due donne saranno sotto la nostra custodia.»

«Jacobi!» esclamai. «Per carità di Dio. Ha rivelato dove sono?»

«Sì, amici, lo ha fatto. Ho chiamato le squadre di soccorso, e i ragazzi hanno intagliato un bel buco nel palco dello Skin tirando fuori quelle povere donne da uno scompartimento segreto.»

«Ce le abbiamo? Sono vive?» gridò Joe.

«Sono al Metro Hospital. Distrutte e traumatizzate, ma ce le abbiamo. Susan e Anna sono vive.»

109

Nel reparto di terapia intensiva, la luce dentro le cabine trasparenti era volutamente tenue, e i pazienti nei loro lettini erano del tutto immobili.

«È stata operata qualche ora fa», ci riferì l'infermiera di turno. «Sta bene, per quanto possibile dopo un'emorragia interna, ma è sotto farmaci pesanti e potrebbe non capire che siete lì. Uno alla volta, nella sua stanza, per favore.»

«Se parla, dobbiamo essere presenti entrambi», replicò Joe. «È una questione di polizia.»

L'infermiera scosse la testa con disapprovazione, poi disse: «Avete cinque minuti. Non stancatela».

Ci accompagnò a una delle cabine e aprì la porta scorrevole in vetro.

«Joe, lei ti conosce. Vai tu. Io aspetterò qui», proposi.

«Okay.»

Rimasi subito fuori dalla stanzetta guardando Anna Sotovina all'interno. Aveva gli occhi chiusi. La testa le era stata rasata. Innumerevoli tubi le entravano nelle braccia e sotto il lenzuolo, mentre elettrodi e cavi la collegavano ai monitor che registravano le sue funzioni vitali.

La cicatrice sul viso metteva in risalto che persona coraggiosa e indomabile fosse. Una combattente. Una sopravvissuta.

Ero stata talmente preoccupata che vederla viva mi riempiva di un'ondata di sollievo e di qualcosa di simile all'amore.

Era stata presa a calci nell'addome, aveva subito una commozione cerebrale e un'emorragia interna, con sei costole rotte, però ce l'avrebbe fatta. E sarebbe valsa la pena per tutte le mie paure e preoccupazioni.

Allungai entrambe le mani e toccai il vetro.

Ce l'abbiamo fatta, Anna. Ti abbiamo tirata fuori.

Mi scesero le lacrime e mi coprii gli occhi con le mani. Quando l'emozione si placò, guardai Anna, le braccia infilzate dagli aghi, e pensai a quanto fosse meglio per lei non provare dolore.

Joe era seduto vicino al suo letto. Parlava, ma non riuscivo a sentire le parole, e mi sembrava che neanche Anna ci riuscisse. Lui le mise una mano attorno al polso. Pensai si stesse preparando a salutarla. E poi gli occhi di lei si aprirono. Si girò verso Joe e lo cercò con un braccio.

Joe si sporse verso Anna e l'abbracciò con molta delicatezza.

Fui sorpresa di vedere quell'affetto tra loro, e devo ammettere di aver provato una fitta di gelosia. Ma capii: quella donna aveva passato l'inferno. E a lui importava di lei. Si raddrizzò, tenendole per tutto il tempo la mano sul polso.

Anna stava parlando a Joe. Parlava ormai da qualche minuto, lentamente, con cautela, controllando con gli occhi d'essere capita. Le lessi il labiale mentre mormorava: «Mi dispiace. Grazie, Joe».

Lui le disse qualcosa, poi si girò verso il punto in cui io ero aggrappata alla parete di vetro e mi indicò. Il viso di Anna si illuminò per la comprensione.

«Grazie, Lindsay», disse o almeno questo fu quello che mi sembrò. Le lacrime mi zampillarono dagli occhi e non riuscii a ricacciarle indietro. Quello era il giorno fortunato di Anna Sotovina, e stava andando abbastanza alla grande anche a me.

Avevo intenzione di entrare e parlarle, quando l'infermiera mi passò davanti e bussò alla porta di vetro.

« Mi dispiace. La paziente ha bisogno di riposare », disse a Joe.

Lui si alzò: « Tornerò domani, Anna. Dorma un po' adesso ».

Salutai con la mano, poi riuscii a malapena ad attendere che entrassimo in ascensore.

« Come ti è sembrata? » chiesi a mio marito.

Joe mi prese la mano e la strinse. « Era poco cosciente, sotto l'effetto degli antidolorifici, e probabilmente confusa. Ricorda cosa ha passato nella casa di Pine Street, ma quei ricordi si sono fusi con immagini più vecchie. Ha menzionato l''hotel' a Djoba. Non vuole parlare di nulla. Specialmente di Petrović. »

Ma noi abbiamo bisogno che lei ci dica di Petrović. Abbiamo bisogno della sua testimonianza.

Joe sapeva abbastanza bene a cosa stavo pensando. « Non le farò pressioni. Anna ha detto che parlerà soltanto con la Corte penale internazionale. »

« Ma si tratta della corte che ha *liberato* Petrović. Ha fatto un *accordo* con lui. »

« Andiamo a incontrare Susan, okay? »

110

Era nello stesso ospedale, a un altro piano, e l'atmosfera nella stanza non avrebbe potuto essere più diversa.

Susan era a letto con addosso una graziosa vestaglia rosa, accanto alla sua devota sorella Ronnie. Alcuni palloncini fluttuavano sopra la testiera, un gran numero di vasi colmi di fiori era allineato sul davanzale, e Conklin e Jacobi erano seduti a un lato del letto.

Ci fu un'acclamazione all'indirizzo mio e di Joe quando varcammo la porta. Se fossi stata connessa a un monitor che registrava l'umore, la linea avrebbe avuto un'impennata. Ecco quanto mi sentivo bene.

Conklin ci presentò a Susan.

«Questi sono la mia collega Lindsay Boxer e l'agente speciale dell'FBI Joe Molinari.»

Susan era adorabile, con i capelli ramati, la carnagione pallida e un sorriso che mostrava quanto fosse felice di essere viva.

«Ho sentito molto parlare di lei, Lindsay. Penso che la riconoscerei ovunque.» Allungò le braccia. «Grazie mille di tutto.»

La abbracciai, e lo stesso fece Joe. La informammo che avevamo appena fatto visita ad Anna, che parlava e si stava riprendendo.

Ci furono sollievo e risate, e per un momento mi sentii in preda alle vertigini, come se avessi bevuto champagne. Anna e Susan erano vive! Avevo ancora delle scosse di assestamento dopo l'arresto nella casa di Pine Street, ma quel momento gioioso era il benvenuto.

Alla fine fummo costretti ad arrivare alla parte spiacevole.

«Ronnie, le dispiacerebbe lasciarci cinque minuti da soli con Susan?» chiese Jacobi.

«Per niente», mormorò Ronnie e uscì con eleganza.

Jacobi chiese a Susan come fosse finita in quella casa di Pine Street, e se potesse spiegarci il suo collegamento con Petrović.

Eravamo tutti raccolti sulle sedie attorno a lei quando Susan raccontò di aver incontrato un uomo al The Bridge, Tony Branko. Disse come lui le avesse offerto da bere, l'avesse portata fuori a cena due volte, le avesse venduto droghe e poi le avesse offerto un prestito. In seguito le aveva spiegato come avrebbe potuto ripagarlo. Raccontò che era stato degradante, che l'ammontare del debito era aumentato per gli interessi, ma che aveva pensato di averlo quasi ripagato. Invece no.

Così dal ballare allo Skin era passata alla notte in cui lei e le sue amiche Adele e Carly erano state rapite. Descrisse i giorni e le notti interminabili nella casa, e non lesinò sui dettagli: il buio, le regole, gli uomini senza volto, le loro pretese e le punizioni.

Susan si riferì soltanto di sfuggita alla morte di Carly e Adele, ma potei sentire il suo dolore indicibile. Stava dicendo moltissimo senza proferire parola.

Quando arrivò all'ultima parte della storia, il secondo rapimento, disse: «Anna ha lottato contro Marko, ma lui è un soldato. L'ha presa a calci, ha sollevato una sedia e gliel'ha sbattuta in testa. Io non ho lottato. Ero sicura che ci avrebbero ucciso. Ci hanno legate entrambe e ci hanno cacciate sotto il palco. Ho provato a scalciare contro le tavole, ma era inutile. È passato molto tempo. Ho assicurato ad Anna che saremmo uscite, e lei non mi rispondeva più. Il suo respiro era così fioco, e poi ho sentito delle voci maschili: 'C'è qualcuno qui?' Ho urlato e urlato».

Terminata la sua storia, Susan smise di parlare.

C'era un silenzio che nessuno sapeva come rompere.

Quindi lo fece lei.

«Come posso aiutarvi contro quei bastardi? Cos'altro volete sapere?» chiese a tutti i poliziotti raggruppati attorno al suo letto.

Risposi io: «L'uomo che conosce come Tony Branko ha un biglietto per uscire gratis di prigione che gli è stato dato dalle agenzie governative ed è valido qui e oltreoceano. Abbiamo bisogno della prova che abbia commesso un crimine. Abbiamo bisogno del suo aiuto».

Susan espirò profondamente, ci pensò su un secondo e poi chiese: «Tony è fuori di prigione ora?»

«Sì. È libero e si gode la sua vita meravigliosa.»

«Be', non so se ho delle *prove*. Non ho foto o registrazioni o altro di simile. Ma posso dirvi che ci ha stuprate tutte ripetutamente. Lui e Marko Vladic.»

«Lo conosciamo», intervenne Conklin.

«Bene. E sono coinvolti anche alcuni camerieri della steakhouse. Vivevano in quella casa e tutti... hanno fatto quello che hanno fatto. Non potevamo uscire, lo sapete? Ci tenevano rinchiuse e ci facevano del male. Non sapevamo quando saremmo potute morire.»

La voce di Susan si ruppe, e le lacrime le colarono sulle guance. Fu terribile vedere la trasformazione dalla giovane donna felice che era sembrata solo pochi attimi prima. Tutta sorrisi e fiori.

Mi chiesi se sarebbe tornata davvero a essere tutta sorrisi e fiori. Come Anna, anche Susan Jones era una lottatrice.

Ed era viva.

«Lei testimonierà su quello che le hanno fatto?» chiese Jacobi.

«Naturalmente. Ma non so come potrò provarlo.»

«Lasci quella parte a noi», la rassicurò Jacobi.

111

Claire inviò un messaggio alla task force: *Riunione bomba, da me alle otto.*

Entro le otto della mattina successiva, eravamo tutti e sei accalcati nell'ufficio di Claire all'obitorio. Jacobi e Steinmetz erano arrivati per primi e avevano preso le sedie. Jacobi provò a offrirmi la sua, ma le sue ginocchia non stavano mai ferme quindi lo ringraziai e rimasi in piedi contro la parete con Joe, Diano e Conklin.

Claire era dietro la sua scrivania, con addosso un camice blu sporco di sangue e la cuffia sui capelli. Si tolse i guanti, aprì una cartellina, ne estrasse due oggetti e li posizionò sulla scrivania rivolti verso l'alto.

Uno era l'ingrandimento di una foto del morso sul collo di Carly Myers scattata durante l'autopsia. Il secondo era l'impronta del morso riportata su un foglio di acetato, con la rilevazione delle dimensioni effettive.

« La vittima ha dato uno strattone per sfuggire a chi la stava mordendo. Vedete come i marcatori si trovano lontano dal centro? Anche se avessimo il calco dentale del sospettato, a meno di avere un'evidente anomalia come per esempio dei denti molto storti, le possibilità che combaci con la traccia sul collo della vittima sono poche. »

« Quindi... » dissi.

« Quindi, amica sergente, il morso è da considerarsi inconcludente. »

« Peccato », borbottò Jacobi, ma Claire non aveva finito.

« E poi c'è questo, che non saprei dire se è stata un'ispirazione divina o se è stata Carly a sussurrarmi da sopra la spalla: 'Ehi, dottoressa, dai un'altra occhiata'. » Si chinò sotto la scrivania e riapparve con in mano una busta sigillata in carta da pacchi, presa dal piccolo frigorifero che teneva in ufficio. « Clapper ha chiamato la notte scorsa. Abbiamo ottenuto il DNA dalla bottiglia d'acqua di Petrović. Poi, quando al rilascio dalla prigione Petrović ha firmato la liberatoria per i suoi oggetti personali, mentre scriveva vi ha appoggiato sopra la sua zampa sudata. Richie, credo sia stato tu a mettere al sicuro il foglio con il DNA di Petrović. Ispettore, per favore, un inchino. »

Il mio collega sorrise e io gli diedi un pugnetto sulla spalla.

Claire riprese: « I campioni di DNA provenienti dalla bottiglia e dal modulo di rilascio combaciano perfettamente con questo ». Aprì la busta sigillata, vi infilò la mano, estrasse un sacchettino trasparente e lo resse in modo da farci vedere la prova, schiacciata a sandwich tra due vetrini da microscopio.

Diano scrutò da sopra la testa di Jacobi. « È quello che credo? »

Claire sorrise come un angelo e fece passare la bustina trasparente in modo che potessimo dare tutti un'occhiata a quel frammento di prova che avrebbe potuto far saltare in aria il mostro.

Il nostro stimato medico legale disse: « Ho recuperato questo pelo pubico dall'interno della vagina di Carly Myers. Combacia al cento per cento con Slobodan Petrović, e nessun altro ».

112

Ero davvero fiera di Claire.

Avevamo una prova, avevamo un fondato motivo. *Avevamo* lui. Ero raggiante mentre le dedicavamo un giro di applausi a scena aperta.

Rimise la prova nel frigorifero, si inchinò giocosamente e concluse: « Grazie a tutti. Adesso devo andare. Sono nel bel mezzo di qualcuno ».

Noialtri filammo via, e io, Conklin e Joe ci recammo con Steinmetz negli uffici dell'FBI, dove trascorremmo il resto di quel venerdì a elaborare il piano.

Per prima cosa, Steinmetz fece una chiamata al direttore dell'FBI L. Martin Roberts. Era rispettato, lanciava sguardi da divo del cinema e aveva un futuro in politica. Quando Roberts fu in vivavoce, Steinmetz ci presentò, e io e Conklin elencammo le prove: le donne impiccate, le ferite procurate da stellette da lancio, e la foto di Petrović a Djoba in un bosco diventato campo di sterminio, circondato da cadaveri impiccati e con una stelletta in mano.

Raccontammo a Roberts anche le ultime scoperte, ovvero che avevamo recuperato due vittime legate e imbavagliate dentro un'intercapedine all'interno del club di Petrović.

Riferii: « Una delle vittime, un'insegnante di nome Susan Jones, ha affermato che Petrović l'ha stuprata e si è vantato di aver ucciso Carly Myers, oltre a essere stata l'ultima a vedere viva Adele Saran ».

Conclusi con il riscontro ottenuto da Claire con il DNA di Petrović.

«Quanto tempo vi serve per mettere tutto questo per iscritto?» chiese il direttore dell'FBI.

Prima che il sole toccasse l'orizzonte, Roberts ebbe la nostra relazione e assegnò di nuovo la task force che aveva fatto la guardia a Petrović all'operazione di trasferimento. Steinmetz contattò la CIA, che si mise in contatto con chi di dovere in Bosnia. Semaforo verde ovunque. Steinmetz stampò l'ordine di estradizione firmato per Petrović.

Avrei voluto saltare e abbracciare tutti, ma resistetti all'impulso.

Steinmetz aveva l'aria molto soddisfatta. Ci guardò e disse: «Siamo in gioco. Non ci resta che festeggiare».

Ma sapevamo che c'era ancora molto da fare prima di poter festeggiare.

Petrović non sapeva che stava respirando la sua ultima aria di libertà, e non volevamo rischiare nessuno strano incidente, quindi dovevamo lavorare in fretta.

Quando la riunione si sciolse, Cappy e Chi andarono a prendere Marko Vladic allo Skin, dove stava esaminando il danno al palco con un operaio. Nonostante una crisi isterica per la sua cosiddetta immunità, Vladic fu arrestato con l'accusa di rapimento, stupro e complicità in omicidio. Fu portato al Palazzo di Giustizia e accompagnato con calma attraverso le procedure di accettazione, in modo che non avesse il tempo di avvisare il suo capo.

Io, Steinmetz, Joe e Conklin mettemmo a punto un piano A e un piano B per prendere Petrović. Progettammo il dispiegamento delle forze e facemmo un po' di chiamate.

Poi ci muovemmo.

113

Dopo aver lasciato Steinmetz, la nostra task force con l'aggiunta dei rinforzi istituì una stretta sorveglianza attorno a Tony's Place for Steak.

California Street e gli isolati circostanti pullulavano di auto civetta, e all'interno del ristorante due squadre sotto copertura stavano consumando un pasto tranquillo, con microfoni e occhi spalancati.

Gli agenti operativi fuori dalla casa di Petrović in Fell Street ci fecero un segnale e, poco dopo, un taxi accostò davanti alla steakhouse. Petrović scese, pagò l'autista ed entrò nel suo ristorante attraverso l'ingresso principale.

Io, Jacobi e Conklin, dietro ordine di Joe, ci occupammo della porta d'ingresso. Joe e Diano invece abbatterono a calci quella sul retro ed entrarono dalla cucina.

Scattai un'istantanea mentale. Tre quarti dei tavoli erano pieni. Petrović chiacchierava con un cliente vicino all'entrata, quando sentì i piatti rompersi nel retro. Si girò, vide Joe, si girò di nuovo verso l'ingresso e vide me e Conklin superare il maître e puntare di corsa verso di lui.

La folla a cena reagì; un tavolo venne rovesciato, i clienti gridarono buttandosi a terra mentre avanzavamo verso Petrović a pistole spianate. I quattro sotto copertura erano in piedi, con distintivi e armi in mano.

Vidi un principio di consapevolezza negli occhi di Petrović. Sapeva di non avere possibilità di uscire dal ristorante alle sue condizioni. Gli ordinai di mettere le mani sopra la testa e di lasciarsi cadere in ginocchio.

Lo fece, dichiarando: «Non sono armato».

Diano lo perquisì con cura e annuì, per farci sapere che in effetti Petrović non aveva armi addosso.

Conklin gli andò alle spalle e gli mise le manette, mentre io pronunciavo: «Signor Petrović, lei è in arresto con l'accusa di rapimento, aggressione aggravata, stupro e omicidio». Quindi gli lessi i suoi diritti e gli chiesi se avesse capito.

Non rispose.

«Mi ha sentito? Ha capito i suoi diritti?»

«L'ho sentita.»

Conklin e Diano lo issarono in piedi e lo fecero muovere in direzione della porta principale.

Lui si divincolò e oppose resistenza. «Dove mi state portando?» chiese.

Fui felice di informarlo. «All'aeroporto internazionale di San Francisco, signor Petrović. Il suo volo per Sarajevo parte alle nove.»

Lottò mentre veniva portato fuori dall'ingresso e sotto il tendone fino al bordo del marciapiede, divincolandosi mentre lo infilavano a forza dentro il SUV blindato della CIA.

«Non potete estradarmi», protestò. «Non ho fatto niente.»

Gli risposi con il viso a quindici centimetri da lui: «Non abbiamo *niente* a parte una testimone oculare e la prova fisica che ha violentato Carly Myers».

«Quante volte ve lo devo dire: non conosco quella donna.»

«È stato negligente, signor P.», gli disse Conklin. «O forse precipitoso: ha lasciato una prova fisica dentro la sua vittima. L'abbiamo in pugno per un pelo.»

114

Non potevamo proprio tornare a casa, dopo l'arresto.

La squadra che aveva fatto cadere Slobodan Petrović era fuori sulla strada che diventava sempre più scura, con l'adrenalina che pompava, e guardava allontanarsi le luci posteriori del Land Rover blindato della CIA che portava via il mostro. Eravamo eccitati per il successo, ma ancora non avevamo finito. Finché Petrović non fosse stato fuori dal suolo americano, i festeggiamenti avrebbero dovuto aspettare.

« Sto morendo di fame », disse Jacobi. « Voi no? »

Ci guidò nuovamente nel ristorante e chiese ai camerieri di unire tre tavoli nel centro della sala. Il personale sembrava impazzito, ma lo assecondò e portò i menu, dopo che tutti i federali e i poliziotti ebbero preso posto.

Uno dei camerieri si chinò per parlarmi. Era giovane, poco più di vent'anni, con il nome CHRISTOPHER inciso sopra la targhetta appuntata alla giacca. « Il signor Branko tornerà? »

« No. Probabilmente no. »

« Il signor Vladic non si è presentato oggi. È nei guai anche lui? »

« Non posso parlare », dissi al cameriere.

« Cosa succederà al ristorante? E a noi? »

Gli risposi che non lo sapevo.

« Sono finiti in prigione, eh? Non è una grande perdita. Sono degli stronzi », commentò il ragazzo.

« È vero. Noi comunque abbiamo i soldi per pagare. »

«Altrimenti, cosa potrei fare? Chiamare la polizia?» Ammiccò e aggiunse: «Non preoccupatevi».

Poi Jacobi gli chiese: «Cosa avete di buono qui?»

Ridemmo tutti, ordinammo bistecca, vino e contorni e, prima che il cibo arrivasse, Jacobi chiamò il sindaco. Gli fece un resoconto dettagliato degli avvenimenti, mettendo il telefono in mezzo al tavolo in modo che potessimo sentirlo in un raro momento di allegria.

«Terrò una conferenza stampa domani», disse il sindaco. «La città vi è grata.»

Rich chiamò Cindy e le suggerì di andare all'aeroporto e controllare il primo aereo in partenza per Sarajevo. Un attimo dopo, Joe ricevette un'email dal laboratorio.

Mi mostrò il telefono. Clapper aveva scritto che l'Escalade di Vladic presentava della vernice, attaccata alla cavità che conteneva il faro rotto: combaciava con quella della Tesla guidata da Anna il giorno in cui era stata rapita.

«Se Vladic è accusato di rapimento, sarà estradato, giusto?» chiesi a Joe. «Giuro che, se confessa di aver ucciso Denny Lopez, gli organizzo una festa d'addio con champagne e dj set.»

Joe mi tirò a sé e ci sorridemmo. «Non starai correndo troppo, biondina?»

«Posso esprimere un desiderio, no?»

Nel frattempo, avevamo fatto una decina di brindisi con il vino di Tony: a Claire, ai poliziotti che avevano localizzato la Jaguar e l'Escalade, alle squadre di soccorso che avevano salvato Anna e Susan. Vennero alzati i bicchieri per Joe e Diano, per me e Conklin, che avevamo guidato la carica e l'avevamo portata a casa.

Nessuno fu dimenticato.

Steinmetz fece tintinnare un bicchiere con il cucchiaio e

annunciò che lavorare con la polizia di San Francisco era stato un onore e un piacere. Jacobi restituì il favore.

Il telefono di Conklin suonò, lui rispose e, dopo averlo baciato, ci diede la buona notizia. «Cindy ha assistito all'imbarco di Petrović sull'aereo, sotto sorveglianza. Ha detto di non aver distolto gli occhi finché non ha rotto il muro del suono.»

Cindy era indomabile.

E, dopo che Rich ebbe fatto l'annuncio, cominciarono i festeggiamenti.

Petrović era *andato*.

Da tutto quello che sapevamo del suo recente passato e della sua storia durante la guerra, era sicuro come la morte che la sua condanna sarebbe stata ristabilita e che avrebbe trascorso il resto della vita nella scatola di cemento di una cella, dentro una prigione di massima sicurezza.

Gridammo e urlammo e abbracciammo le persone sedute vicino a noi, anche quelle che prima di quella notte non conoscevamo. Mandai un messaggio a Yuki e a Claire, ed entrambe arrivarono da Tony in tempo per il caffè e la torta al cioccolato.

Fu un finale meraviglioso e indimenticabile per il nostro duro e pericoloso lavoro.

Ce l'avevamo fatta. Caso chiuso.

Non potevamo saperlo allora, ma cinque anni dopo, quando ormai pensavamo a lui solo raramente, Slobodan Petrović avrebbe fatto ricorso in appello presso la Corte penale internazionale dell'Aia.

Aveva già ottenuto un accordo in passato.

Sarebbe stato insopportabile, ingiusto, se ci fosse riuscito di nuovo.

EPILOGO

115

Io e Joe ci trovavamo con Anna fuori dalla Corte penale internazionale dell'Aia, con le pareti di vetro dell'edificio che ci facevano scudo dalla pioggia tagliente.

Tre anni prima, Anna si era trasferita a Spokane per allontanarsi dai brutti ricordi del suo periodo a San Francisco. Anche se eravamo rimasti in contatto, non l'avevamo più vista da allora.

Sembrava invecchiata e più vulnerabile. Indossava un impermeabile con il cappuccio che non riusciva a nascondere le lacrime agli occhi. Quando ci abbracciammo, la sentii rabbrividire.

Ero preoccupata per lei. Presto avrebbe testimoniato davanti al tribunale, raccontando i crimini commessi da Petrović ai danni di lei e della sua famiglia a Djoba. Non avrebbe potuto parlare di San Francisco, ma sapevo bene quanto avesse sofferto quando Petrović l'aveva torturata un'altra volta.

Non riuscivo a immaginare dove trovasse il coraggio di affrontarlo di nuovo.

Joe la afferrò per le spalle e le mormorò: «Siamo con te, Anna».

«Lo so. Ne sono felice.»

Le porte del tribunale si aprirono scorrendo e la folla di giornalisti, sopravvissuti e spettatori si precipitò nell'atrio attraverso l'ingresso come un branco di cani bagnati.

Gli uscieri ci indirizzarono, mandando i testimoni verso

l'aula principale e gli spettatori e la stampa verso la galleria, una sala di osservazione sopraelevata, divisa dal salone del tribunale da una parete di vetro antiproiettile. Quando entrammo, vidi file di sedie che come in un teatro salivano verso il fondo della stanza, offrendo una visuale da stadio sui procedimenti della corte.

Io e Joe ci sedemmo in quinta fila, da dove si vedeva tutta l'aula. Era grande quanto un auditorium universitario, austera e dai soffitti alti. I banchi dei giudici, rivestiti in legno, si trovavano al centro della parete opposta alla barriera di vetro. Banchi simili, per la difesa e per l'accusa, erano nell'angolo a destra rispetto a quelli dei giudici.

Mentre guardavamo, entrarono in aula Anna e i suoi avvocati. Lei si era tolta il cappotto. Indossava un discreto tailleur scozzese con una camicetta bianca, e i capelli castani erano tagliati all'altezza delle spalle. Non c'era traccia delle lacrime o dei brividi che avevo visto solo qualche minuto prima. La osservai mentre si tirava i capelli dietro le orecchie, mostrando chiaramente l'ustione sul viso.

Indossai le cuffie e ascoltai il discorso del cancelliere sui procedimenti e sulle regole di decoro. Parlava in inglese, ma le sue parole venivano tradotte in ognuna delle sei lingue ufficiali della Corte penale internazionale e si poteva cambiare lingua toccando semplicemente un interruttore.

Richiamò l'aula all'ordine, e chiese a tutti di alzarsi.

Un centinaio di persone nella galleria e altre cinquanta nell'aula di tribunale si alzarono all'ingresso dei giudici attraverso una porta laterale. Nove tra uomini e donne, le toghe color blu scuro con i risvolti color blu reale e rigidi jabot bianchi alla gola, presero posto ai banchi.

Il giudice principale, Alain Bouchard, si sedette sul sedile rialzato al centro della fila posteriore. Nero, capelli bianchi e sembrava sulla sessantina. Avevo letto qualcosa sul suo conto: era stato giudice penale nel suo Paese, il Belgio, e aveva una formazione da avvocato difensore.

Bouchard scambiò qualche sussurro con i suoi colleghi, poi parlò con l'ufficiale giudiziario: « Per favore, faccia entrare l'imputato ».

116

Pensavo di essere preparata a vederlo, ma quando la porta laterale si aprì e Slobodan Petrović fu scortato dalle guardie all'interno dell'aula, mi sentii male.

Visione limitata, stordimento, sensazione di cadere sul pavimento.

Joe mi afferrò il braccio. « Tutto a posto? »

« Sì, sì. Sto bene. »

Non stavo bene. Ero furiosa.

Quando guardavo Petrović, vedevo la sua pistola puntata contro la mia faccia. Avevo altre immagini nella testa, quelle assorbite mentre ascoltavo Susan in lacrime e i suoi resoconti degli stupri e dei pestaggi. Ripensai al primo incontro con Anna, quando era semicosciente in terapia intensiva. E non avrei mai e poi mai dimenticato i corpi mutilati di Carly Myers e Adele Saran.

Petrović era responsabile di tutte quelle cose e molte di più. E non aveva pagato per nessuna.

Ero stata molto felice che la Corte penale internazionale lo avesse riportato nel suo sarcofago di cemento. La mia mente si era cullata con quell'immagine di lui, uno scarafaggio in un blocco di calcestruzzo.

Scorgerlo in piedi, ben vestito, mi mise in testa una nuova immagine. Ora vedevo l'ufficiale intelligente e imbattuto che forse aveva trovato un'altra scappatoia. Entro la fine della giornata, avrebbe potuto essere rilasciato.

Petrović sorrise ai giudici mentre passava davanti ai banchi, prima di prendere posto alla sbarra.

Joe mi prese la mano, e osservammo insieme quell'assassino esperto che per un periodo era stato la nostra ossessione. Petrović aveva lo stesso aspetto di quando l'avevamo visto l'ultima volta. Sì, i capelli erano più grigi, ed era dimagrito. Ma sembrava ancora Tony Branko in un bel completo blu e camicia bianca con la cravatta.

Ci fu un brusio in galleria, esclamazioni in molte lingue, singhiozzi soffocati e il suo nome, il suono di qualcuno che si schiarisce la gola. Petrović.

Prima di partire per l'Aia avevo fatto ricerche sui processi ai criminali di guerra serbi. Sapevo che negli ultimi quattro mesi quella corte aveva ascoltato gli appelli di sette ex ufficiali di alto rango condannati in precedenza, tutti traditi da Petrović.

Sei dei sette appelli erano stati rigettati. Una condanna era stata ridotta a causa di un errore commesso nel procedimento.

Quel giorno era il turno di Slobodan Petrović.

Lo guardai in piedi alla sbarra, il volto che irradiava sicurezza. Spostai velocemente gli occhi verso Anna Sotovina. Aveva l'aria decisa.

Pensai che Petrović e Anna erano alla pari.

Il giudice Bouchard parlò: «Slobodan Petrović, lei è stato colonnello dell'esercito della Republika Srpska. Quando è stato processato, è stato giudicato colpevole di aver ucciso e ordinato alle truppe di uccidere più di millecinquecento civili – uomini, donne e bambini – a Djoba, in Bosnia. In più, è stato provato che i prigionieri furono torturati e violentati prima dell'esecuzione e in seguito seppelliti in fosse comuni».

«Vostro Onore...» lo interruppe Petrović.

«Le farò sapere quando sarà il suo turno di parlare», lo bloccò Bouchard. Il giudice ricapitolò quindi la testimonianza di Petrović contro i suoi superiori, la sua ricompensa, la condanna commutata e i termini del rilascio. Il suo volto era inespressivo mentre diceva: «Dal momento che lei ha violato l'accordo, signor Petrović, la sua condanna è stata ripristinata e giustizia è stata fatta. Lei però ha fatto appello, chiedendo che le accuse nei suoi confronti siano lasciate cadere, e chiedendo di essere immediatamente rilasciato. Oltre alle sue dichiarazioni di non sentirsi al sicuro in prigione, lei non ha esposto la ragione per cui dovrebbe essere prosciolto. Ora, se è pronto, la corte vorrebbe sentire quello che ha da dire».

117

Petrović si prese un momento per stringere il nodo alla cravatta, sistemare il microfono e passare in rassegna con lo sguardo la parete di vetro che lo separava dalla stampa e dal pubblico.

Diede una rapida occhiata alla zona dei testimoni, dietro un banco simile a quello dei giudici. Dietro c'era una fila di sedie pieghevoli, ognuna delle quali occupata da un testimone.

Petrović si fermò per una frazione di secondo quando tra loro vide Anna. Aveva sussultato, o il suo era stato un ammiccamento? Con lo sguardo tuttavia proseguì oltre quegli uomini e quelle donne, poi si voltò a guardare i giudici.

«Salve, signori giudici. Il giudice Bouchard ha asserito che, quando sono stato riportato in questa prigione, giustizia è stata fatta. Mi ha sorpreso che abbia voluto fare una simile affermazione, per due motivi. Primo: sono stato arrestato e messo su un aereo per Sarajevo, non sono stato giudicato, non ho avuto un processo, non ho guardato in faccia i miei accusatori, non mi sono state mostrate le prove e non era presente il mio avvocato. Sono stato arrestato, trattenuto, spedito in prigione. In che modo si è trattato di giustizia? Giustizia. Voi parlate di *giustizia*? Forse dovreste considerare alla stessa stregua l'assenza di giustizia, o la sua applicazione selettiva. Permettete che lo domandi a voi, giuristi: dov'è stata la giustizia per Dragan Ilić? Assassinato dai bosgnacchi, il giorno del matrimonio di suo figlio, mentre andava in processione in chiesa. Dov'è stata la giustizia a Sijekovac, dove undici persone della nostra gente, civili, furono colpiti a morte dai croati e dai bosniaci insieme? Non c'è stata giustizia. Nessuna condanna delle Nazioni Unite o della Corte penale internazionale. Dormivate forse? Quelli erano crimini ingiustificati causati dalla tragica e illegittima dissoluzione di una nazione con lo scopo di ostacolare il destino della Grande Serbia. Erano attacchi alla nostra gente, la *mia* gente, che non potevano rimanere impuniti. Quelli, cari i miei cercatori di giustizia, erano atti di guerra.»

Aveva fatto pietrificare la galleria e l'aula. Ero anch'io nella sua stretta. Se avevo pensato che sarebbe stato evasivo e manipolatore, che avrebbe supplicato per la libertà, mi ero sbagliata. Era arrabbiato.

Petrović continuò. «Io sono un soldato. Mio padre era un soldato. È stato ucciso durante il genocidio perpetrato dagli Ustascia, un crimine contro l'umanità diretto soprattutto contro cittadini serbi. Sono stato forse io a permettere che gli alleati di chi aveva ucciso mio padre – nemici da secoli e detrattori delle nostre credenze e tradizioni – ripetessero, impuniti, i loro crimini? No. Voi giudici siete stati ingannati se pensate che qualsiasi uomo sia in grado di comportarsi così. Io non potrei, perché sono un uomo che crede nella giustizia. Io. Non voi. Io.»

Ci fu un grido di protesta nella sala, uno strepito di emozione, sdegno, dolore, per tutta la galleria. Una donna anziana con il fazzoletto sulla testa, seduta nella fila davanti a noi, scrollò il capo – *No, no, no* – e pianse con il viso tra le mani. Tra i testimoni, nell'aula, una donna che aveva più o meno la mia età si alzò e si mise a gridare.

Il giudice sbatté violentemente il martelletto finché i rumori non cessarono. La testimone che era in piedi si risedette.

« Signor Petrović », intervenne il giudice Bouchard. « L'abbiamo ascoltata. Per favore, ora lasci la sbarra e ritorni al tavolo dei suoi avvocati. I testimoni dell'operazione militare di Djoba deporranno in merito alle azioni delle truppe del signor Petrović nei confronti degli abitanti della città. Chiunque, e dico chiunque, non sia in grado di controllare le proprie emozioni, verrà scortato fuori dall'aula. Il signor Petrović avrà l'opportunità di controbattere alle testimonianze dopo che tutti avranno parlato », disse la traduzione delle sue parole al mio orecchio. « Poi la corte deciderà se il suo appello debba essere accolto o rigettato. La decisione del tribunale sarà definitiva. » Bouchard si girò e parlò all'ufficiale giudiziario. « Signor Weiss. Per favore, chiami il primo testimone. »

118

Ero sbalordita dal discorso di Petrović.

Se non fossi stata testimone della sua brutalità a San Francisco, forse mi sarei commossa. Ciò nonostante, rimasi colpita dalla sua difesa. Si sentiva giustificato per quello che aveva fatto a Djoba e non aveva mostrato rimorso quando era stato preso a San Francisco.

Aveva una sua posizione, benché radicata nel narcisismo. In effetti erano morti anche serbi innocenti.

Erano solo le dieci del mattino quando l'attenzione dell'aula si spostò sui testimoni che deponevano contro Petrović. Sarebbero stati chiamati in ordine alfabetico e avrebbero giurato di dire la verità sul libro sacro della propria confessione religiosa o sul proprio onore. Veniva loro richiesto di intervenire per non più di cinque minuti, con un avviso da parte del signor Weiss a trenta secondi dalla fine.

Per le quattro ore successive gli spettatori nella galleria e i partecipanti in aula ascoltarono dalla voce delle vittime i resoconti di morte e distruzione, di perdita, speranza, amore e fede, che avrebbero spezzato anche il cuore di qualsiasi sociopatico.

Ma non quello di Petrović.

Lo osservai mentre venivano rese le testimonianze. Teneva le mani intrecciate sul tavolo e ogni tanto prendeva appunti.

Anna fu l'ultima a essere chiamata e Petrović le concesse la sua attenzione.

Lei camminò sul pavimento lucido fino al posto riservato ai testimoni, giurò di dire la verità e si rivolse al tribunale. «Mi chiamo Anna Sotovina, ma oggi parlo a nome di tutti quelli che sono stati uccisi a Djoba, e di tutti quelli che sono sopravvissuti ma hanno perso ogni cosa e ogni persona che amavano. Quando Petrović è entrato a Djoba con l'esercito, io avevo vent'anni, ero una casalinga e avevo un bimbo piccolo. Mio marito mi ha ordinato di stare in casa mentre lui è uscito con il fucile in strada, dove è stato immediatamente ucciso. I soldati hanno buttato giù la porta, mi hanno preso il piccolo dalle braccia e mi hanno gettata sulle assi del pavimento, dove mi hanno strappato i vestiti e mi hanno stuprata a turno. Il primo a stuprarmi è stato lui, Petrović. Io potevo sentire mio figlio piangere fuori in strada. A un certo punto si è interrotto e io devo aver urlato per lui, ma Petrović mi ordinava di piantarla. Poi ha preso il suo accendino e mi ha fatto questa.» Anna mostrò la cicatrice sul viso all'aula, su cui era calato un silenzio totale. «Quello stesso giorno, le donne della città sono state radunate e portate nell'auditorium della scuola. Le hanno denudate e quelle incinte sono state portate fuori e uccise con un colpo d'arma da fuoco. A noialtre è stato detto che avremmo dovuto dare alla luce i figli dei nostri nemici e che ci saremmo riposate solo quando fossimo state incinte. Venivamo nutrite. Dovevamo pulire la scuola e dormivamo sui pavimenti delle aule. Venivamo violentate e picchiate ripetutamente, ma non ci lamentavamo né parlavamo tra noi perché avevamo paura per la nostra vita.»

Anna fece una pausa. Potevo vedere che stava tentando di mantenere l'autocontrollo. Fui felice quando riuscì ad andare avanti.

«Alle donne che avevano figli è stato detto che avrebbero potuto averne altri. 'Ci darete dei piccoli cetnici', ripetevano i soldati. Puntavano lame alla gola dei bambini, li usavano come ostaggi per far sì che le madri ubbidissero. Qualche volta venivamo stuprate in gruppo da due, quattro, o anche sette soldati disgustosi e crudeli. Lui, Petrović, frequentava l''hotel dello stupro'. Ogni tanto una donna si ribellava: un desiderio suicida, che spesso veniva soddisfatto da una pistola o dalla gamba di una sedia. Le mie zie, sorelle, cugine, amiche, sono state tutte violentate e uccise nelle aule della scuola. Io sono rimasta incinta. Mi hanno portata da un dottore che l'ha certificato. Ma prima che potessi ritirarmi in uno sgabuzzino a dormire, è scoppiata una rissa e sono stata picchiata insieme a tutte le altre. Ho perso il bambino che non avevo conosciuto e che ancora non amavo. Più tardi ho saputo che non avrei più potuto dare alla luce un figlio. Quando la guerra è finita, sono andata negli Stati Uniti. Passati molti anni, ho scoperto con mio grande orrore che lui, Petrović, viveva a meno di un chilometro dalla mia porta. So che i crimini fuori dalla Bosnia non sono sotto la giurisdizione di questa corte, ma con il vostro permesso vi dico questo: Petrović non stava combattendo la guerra di suo padre, né qualsiasi altra guerra, quando mi ha stuprata e picchiata, e quando ha fatto lo stesso alle altre donne e le ha uccise con le sue mani sotto il sole della California. Non c'era la guerra in California. Si trattava di lui e del suo amore per il dominio. Il suo amore per il potere sulla vita e sulla morte. Per favore. Tenetelo qui. Non rilasciatelo. Per favore. »

119

Calò il silenzio quando Anna ritornò al suo posto e poi cominciò il pianto, nella sala di osservazione e nell'area dei testimoni. Anche alcuni giudici si portarono il fazzoletto agli occhi.

Io singhiozzavo con la faccia affondata nella giacca di mio marito, senza riuscire a smettere. Ma fui costretta a rialzare lo sguardo quando sentii lo schiocco del martelletto nelle cuffie. Il giudice Bouchard richiamava l'aula all'ordine. Ringraziò i testimoni e sospese l'udienza per trenta minuti.

L'atrio principale fuori dal tribunale straripava di persone che non riuscivano più a stare sedute al loro posto. Amici, e anche estranei, abbracciati. La stampa parlava nei microfoni e nei registratori. Le code per il bagno erano lunghissime. Nessuno rompeva la tensione con chiacchiere o risate.

Ventinove minuti più tardi, la galleria era di nuovo piena e la corte di nuovo all'opera.

Le sale erano totalmente silenziose, cariche di aspettativa. L'uso del martelletto da parte del giudice Bouchard fu solo una formalità.

«Signor Petrović, vuole fare una dichiarazione conclusiva?» chiese.

Petrović si alzò, attraversò la sala con passo pesante e salì i tre gradini fino alla sbarra. La sua arroganza era sparita, ma la rabbia c'era ancora tutta.

Senza ringraziamenti alla corte o altri preamboli, esordì: «Non sono un criminale di guerra. Voi siete dei bugiardi», accusò, puntando il dito verso la fila dei testimoni. «Siete *tutti* dei bugiardi. Io sono un patriota. Sono un eroe serbo, e la storia mi ricorderà come tale. Il mio nome sarà dato a strade, parchi e figli. Quindi potete andare tutti all'inferno». Detto ciò, si premette una mano sulla bocca.

Non riuscii a vedere cosa reggesse, ma quando rovesciò indietro la testa dedussi che aveva ingoiato qualcosa.

«Joe. Cos'era?»

«Ho letto che soffre di ipertensione.»

Petrović lasciò cadere qualcosa, una fiala, e fece un gesto osceno con la mano, rivolto all'intera sala. Poi collassò sul pavimento.

Il cancelliere si mosse in fretta. Le guardie lasciarono i loro posti vicino alle porte. Tutti si precipitarono verso la sbarra, dove Petrović era crollato con la testa sul pavimento e parte del corpo sui gradini.

Era un trucco?

Petrović era scosso dagli spasmi. Si contorceva, si afferrava la gola ed emetteva suoni che potevano essere causati solo dal dolore e dall'agonia. Capii dal rosso ciliegia della sua pelle, dai suoi occhi fuori dalle orbite, che aveva evitato un ergastolo prendendo del cianuro: facile da ottenere, facile da introdurre di nascosto, garanzia di una morte veloce ma terribile.

Dov'era andata a finire la sua arroganza?

All'inferno. Quando Anna aveva fatto la sua deposizione, aveva capito che non c'era possibilità per lui di lasciare quel tribunale da uomo libero.

Gli avvocati di Petrović erano trattenuti dalle guardie. Il giudice fece sgomberare l'aula, ma chi di noi si trovava nella sala di osservazione vide l'ingresso dei paramedici. Ce ne vollero quattro per caricarlo su una barella e portarlo fuori.

Erano arrivati troppo tardi.

Slobodan Petrović era finalmente morto. Non l'avremmo mai dimenticato.

E, di sicuro, io e Joe non avremmo mai dimenticato Anna Sotovina.

RINGRAZIAMENTI

I nostri ringraziamenti vanno agli esperti che hanno condiviso con noi il loro tempo e la loro conoscenza durante la scrittura di questo libro: il capitano Richard Conklin, comandante del Bureau of Criminal Investigations del dipartimento di polizia di Stamford, nel Connecticut; Phil Hoffman, avvocato e socio dello studio Pryor Cashman LLC di New York; Michael A. Cizmar, ex marine ed ex agente dell'FBI, esperto della divisione criminale; Steven Cerutti, investigatore della Homeland Security a New York, oggi in pensione; J.M. Sereno, investigatore dell'ufficio del procuratore generale degli Stati Uniti nel Connecticut; il tenente Patricia Correa del dipartimento di polizia di San Francisco, oggi in pensione; e il tenente Lisa Frazer del dipartimento di polizia di San Francisco, divisione aeroportuale.

Vogliamo anche ringraziare la nostra meravigliosa ricercatrice Ingrid Taylar; John Duffy, appassionato storico di guerra; e Mary Jordan, che mantiene tutto in ordine e nei tempi, con qualche risata lungo la strada.

James Patterson & James O. Born
La foresta del male

Gli ultimi tempi sono stati duri per la famiglia Bennett: dopo aver scoperto che il figlio Brian spacciava droga, il detective Michael Bennett è riuscito ad assicurare alla giustizia i criminali che gestivano il traffico di stupefacenti. Qualcosa tuttavia è andato storto e Bennett è stato sospeso dal servizio per poi essere reintegrato. Con questa macchia nella carriera, Michael decide di caricare le valigie in auto e, insieme a tutti i familiari, staccare la spina. L'idea è trascorrere l'estate nel Maine ma, una volta a destinazione, il detective scopre molto presto che la tranquillità promessa dai dépliant turistici è solo un sogno. La comunità apparentemente perfetta che vive immersa nei boschi nasconde infatti un mondo oscuro. Due ragazzi del posto spariscono e l'intrico di alberi e silenzi rivela una macabra scena. La polizia locale decide di consultare Bennett, che vede nell'indagine l'occasione per riscattarsi e riabilitare il proprio nome. Ma il caso si rivela più complesso del previsto. Mentre Bennett brancola nel buio, tra la gente chiusa in una corazza di diffidenza, una strana ragazza che sembra dimenticata da tutti diventa il suo improbabile alleato. Chi è il responsabile di una violenza così efferata? E, soprattutto, quali altri segreti custodisce la foresta del male?

LONGANESI

Finito di stampare nel mese di dicembre 2022
per conto della TEA S.r.l.
dalla Press Grafica s.r.l.
Gravellona Toce (VB)
Printed in Italy